KB022737

와타리 와타루 지음
퐁칸⑧ 일러스트

10
ten

Contents

역시 내 청춘 러브코메디는 잘못됐다. 10

My youth romantic comedy is wrong as I expected.

등장인물 【character】

ten

히키가야 하치만·········· 주인공. 고2. 성격이 삐뚤어졌다.

유키노시타 유키노·········· 봉사부 부장. 완벽주의자.

유이가하마 유이·········· 하치만과 같은 반. 주위의 눈치를 보는 경향이 있다.

토츠카 사이카·········· 테니스부원. 무진장 귀엽지만 남자.

카와사키 사키·········· 하치만과 같은 반. 약간 불량스러워 보인다.

하야마 하야토·········· 하치만과 같은 반. 인기인. 축구부.

토베 카케루·········· 하치만과 같은 반. 하야마 그룹의 촐랑이.

미우라 유미코·········· 하치만과 같은 반. F반 여학생들의 정점에 군림한다.

에비나 히나·········· 하치만과 같은 반. 미우라 그룹이지만 부녀자.

사가미 미나미·········· 하치만과 같은 반. 여학생 2위 그룹 소속.

잇시키 이로하·········· 축구부 매니저. 1학년으로 학생회장에 당선.

시로메구리 메구리·········· 학생회장. 3학년.

히라츠카 시즈카·········· 국어 교사. 생활 지도 담당.

유키노시타 하루노·········· 유키노의 언니. 대학생.

히키가야 코마치·········· 하치만의 여동생. 중3.

일본판 오리지널 디자인
numata rina

첫 번째 수기

혹은 그것은 누구의 독백도 아니다.

몹시 부끄러운 인생을 살아왔습니다.

불현듯 그 문장에 눈길이 멎었다.

연말을 앞두고 한창 대청소를 하던 도중이었다. 책꽂이를 정리하다 보면 무심코 책을 뽑아들게 된다.

하고많은 장서 중에서 하필 이 책을 꺼내 든 까닭은, 네 글자로 된 간결한 제목이 기묘하리만큼 나와 링크되는 것처럼 느껴졌기 때문이다.

인간실격.

이 책을 처음 읽은 것은 중학교에 들어갔을 무렵으로 기억한다.

두 번째 수기 중간에 접어들었을 때 책을 탁 덮었고, 그 후로는 한 장도 넘기지 못했다. 그 당시의 내게는 어려운 내용이었고, 중학생이 읽기에는 약간 따분했던 탓도 있었다. 그 밖에도 재미있는 일들은 수두룩했고, 현학적인 척하며 골치 아픈 책을 읽어야 할 만큼 오락거리에 굶주린 것도 아니었다.

그랬기에 이 책을 덮었다.

이 책을 통해서 내 이야기가, 그것도 감추고 감추며 줄곧 숨겨왔던 내 본성이 폭로당하는 느낌을 받았기 때문이다.

심지어는 중학생이었던 내가 굳이 이 책을 읽으려고 했던 이유마저도 적혀 있었던 기분이 든다.

그럼에도 뒤늦게 이 책을 읽게 된 것은 예전에 버린 줄로만 알았기 때문이다. 놀란 나머지 반사적으로 뽑아들고 말았다.

하지만 유심히 생각해보면 내가 이 책을 버렸을 리가 없다.

책장에는 주인의 성격이 드러난다고들 한다.

그렇다면 이것은 분명 나 자신의 본성일 테지. 그래서 끝내 처분하지 못하고, 그저 구석에 쑤셔 박아놓고 못 본 척해온 거다.

그럼에도 결국은 다시 뽑아들고 말았다.

하늘의 계시, 혹은 운명.

그런 걸 믿는 편은 아니지만, 아득바득 부정하는 것 역시 역설적으로 긍정하는 느낌이 들어 내키지 않았다.

문고본에 쌓인 먼지를 털어내고, 그대로 소파에 몸을 묻었다.

책의 뒷부분을. 그때는 읽을 수 없었던 그다음을.

지금부터 마주해야만 하겠지.

결국 히키가야 코마치는 신에게 의지한다.

책을 읽다 보니 어느새 날이 저문 후였다.

대청소나 방 정리를 할 때의 나쁜 버릇 중 하나로 꼽히는 것이 바로『정신을 차리면 책을 읽고 있는 병』이다.

큰일 날 뻔했다……. 만약 이게 시리즈물이었으면 내친김에 전권을 독파하고「최신간은 아직이냐! 일해라 작가!」라고 부르 짖을 뻔했다고.

뒹굴거리던 소파에서 일어나 다 읽은 책을 다시 책꽂이에 꽂았다.

이것으로 내 대청소는 완료. 전혀 깨끗하지 않지만, 어쨌거 나 완료.

인생에서 과거의 오점을 씻을 방법이 없는 이상, 궁극적으로 볼 때 청소란 불가능하며 또한 무의미하다. 인생 그 자체가 더럽혀졌다면, 설령 그 어떤 수단을 동원한들 인생의 대청소는 끝나지 않는다.

아무튼 적어도 내 방 책꽂이 정리까지는 마쳤으므로, 의기양양하게 거실로 귀환했다.

올해도 이제 며칠 남지 않았다.

부모님은 내일이 업무 마감일이라 처리해야 할 일들이 산더미처럼 쌓인 탓에 오늘 밤도 늦게 돌아오실 모양이다. 그래서 엄마는 짬이 날 때마다 틈틈이 청소를 해왔고, 덕분에 거실은 이미 깔끔하게 정돈된 상태였다.

그런데 깔끔해야 할 그 거실에 떡하니 드러누워, 불길한 오라를 뿜어내는 존재가 있었다.

바로 내 동생 히키가야 코마치다.

코마치는 고타츠 밖으로 상체를 내민 채 엎드려 있었고, 그 등 위에는 우리 집 고양이 카마쿠라가 올라타 할짝할짝 혀로 털을 고르는 중이었다.

"너 뭐 하냐……?"

놀라서 무심코 말을 걸었지만 대답이 없었다. 그냥 시체인 모양이다. 오오, 코마치. 죽어버리다니 한심하구나……. #1

그보다 고양이 밑에 깔려 있으니 힘들겠는데. 카마쿠라는 마치 지박령처럼 코마치에게 딱 들러붙어 꿈쩍도 하지 않았다. 그나저나 고양이 지박령 요괴라니, 고양이인지 유령인지 요괴인지 분명히 해달라냥.

나도 고타츠 속으로 기어들어가며 카마쿠라를 번쩍 안아 들어 내 무릎에 앉혔다. 카마쿠라는 땅을 다지듯 내 무릎을

#1 그냥 시체인 모양이다. 오오, 코마치. 죽어버리다니 한심하구나 드래곤 퀘스트에서 시체를 조사하면 「대답이 없다. 그냥 시체인 모양이다.」란 대사가 뜸. 또한 전멸 시에는 신부가 「오오, 용사여. 죽어버리다니 한심하구나.」라고 함.

두세 번 꾹꾹 눌러보더니, 도로 흐느적거리며 꾸벅꾸벅 졸기 시작했다. 자는데 미안하게 됐구나. 용서해주라냥♪

그러자 압박감에서 해방된 덕분인지, 코마치가 고개를 들었다.

"아, 오빠……."

평소에는 초롱초롱 사랑스러운 코마치의 눈동자가 한물간 동태처럼 흐리멍덩했다. 어머나 세상에, 오빠를 닮았네! 역시 남매라니까! 그 말은 곧 귀여운 코마치를 닮은 나도 귀엽다는 뜻이 돼버리잖아! 그나저나 저 썩은 눈, 귀여운 구석이라곤 찾아볼 수가 없구만. 코마치의 귀여움으로도 극복이 안 되다니, 나 무진장 심각한 거 아닌가?

그나저나 코마치가 저렇게까지 한계에 몰린 모습을 보는 건 처음이다.

"코마치, 너 괜찮냐……?"

"응…… 죽겠어……."

칭얼대듯 대꾸한 코마치가 도로 쿠션에 얼굴을 묻었다. 그리고 힘겨운 목소리로 헛소리처럼 중얼거렸다.

"대청소, 해야 되는데…… 쓰레기, 쓰레기를 치워야…… 오레기를, 치워야……."

"진정해, 코마치. 대청소는 이미 대강 끝났다고. 게다가 이 오빠는 웬만해선 못 치워. 장기전을 각오해야 할걸."

"으으, 코마치 입장에서는 얼른 치워버리고 싶은데……."

불만스러운 시선이 흘끗 내 쪽을 향했지만, 그래 봤자 난감할 따름이다. 십중팔구 히라츠카 선생님 못잖게 치우기 힘들 거다. 이렇게 성가신 인간이 그리 쉽게 치워지겠냐고…… 아차, 이렇게 예방선이나 치고 있을 때가 아니지. 지금은 코마치가 먼저다.

코마치가 저기압인 이유는 대충 짐작이 갔다. 십중팔구 입시 관련이겠지. 공부하기가 힘들다거나 모의고사 점수가 개판이라거나.

크리스마스 이후로 코마치는 불철주야 공부에 열을 올렸지만, 섣달 그믐날을 앞두고 결국 진이 빠져버린 눈치였다.

코마치는 흑흑 찡찡 훌쩍훌쩍 우는소리를 했다.

"이젠 틀렸어, 틀렸다고……."

그리고는 힐끗 나를 곁눈질했다.

내가 아무 말도 하지 않자, 코마치는 다시 풀썩 쿠션에 얼굴을 묻었다. 낮게 잠긴 가냘픈 목소리가 새어나왔다.

"히끅, 우웃…… 지쳤어……."

그리고는 힐끗 나를 곁눈질했다.

거참 성가시게 구네, 이 녀석…… 그러나 나 역시 15년 이상의 오빠 경력을 지닌 거물급 베테랑이다. 이럴 때의 대처 요령은 정확하게 알고 있다.

"하긴 맨날 책만 붙들고 있으려니 답답할 만도 하지. 이제 곧 새해니까 기분전환 삼아 첫 참배 겸 나들이라도 갔다 오랴?"

"갈래!"

코마치가 번쩍 고개를 들며 냉큼 대답했다. 아무래도 완벽하게 정답을 맞힌 모양이다. 역시 난 프로 오빠라니까. 나중에는 이 오빠 스킬을 유감없이 발휘할 수 있는 직업을 얻을 작정이고, 더 나아가서는 정부에서 오빠란 직업을 만들어줘야 한다고 생각한다. 직업 오빠라니 뭐냐고. 여동생한테 얹혀사는 건가? 그야말로 무적의 직업이구만. 실제로는 무적이 아니라 단순한 무직이겠지만.

하지만 프로 의식이 투철한 오빠는 여동생의 응석을 무조건 받아주지는 않는다. 그런 고로 확실하게 못을 박아두기로 했다.

"가는 거야 좋다만, 그때까지는 열심히 공부해라."

"응응, 알았어. 곧 신나게 놀 수 있다고 생각하면 힘이 나는 법이니까."

조건을 달았지만, 코마치는 들을 마음이 없는지 일어나 앉더니 귤을 집어 들었다. 으음, 뭐 의욕이 생겼다면 그걸로 됐다만……

"어디 특별히 가보고 싶은 신사라도 있어? 영험할 것 같은 곳이라든가."

"으음……."

내 물음에 코마치가 생각에 잠겼다.

수험생 입장에서 본다면 첫 참배를 하러 가는 신사는 나름대로 중요할지도 모른다. 실제로 급할 때는 신을 찾는다는 말도 있지 않은가.

정말로 다급한 상황에 처하면 신에게 의지하는 수밖에 없다. 왜냐하면 인간이란 믿을 게 못 되니까. 따라서 다른 사람에게 의지하지 못하는 이상, 거의 일상적으로 신에게 의지해야 한다 해도 과언이 아닌 수준이다. 핀치의 핀치로 어찌해볼 도리가 없는 핀치.[2] 그럴 때는 울트라한 무언가를 갈망하게 되는 법이다.

"이 근처면 거기는 어떠냐? 아버지가 밤새서 줄 설 거라는 카메이도 텐진 말이야."

우리 집에서는 소부선으로 한 번에 가고, 거리도 가까운 편이다. 물론 학업의 신을 모시는 신사이므로 이 시기에는 극심한 혼잡이 예상된다. 그 북새통을 상상하니 저절로 오만상이 찌푸려졌다. 왜냐하면 난 인파에 약한걸☆

그러자 어찌 된 영문인지 코마치까지 오만상을 찌푸렸다.

"밤을 새우다니…… 하여튼 아빠는 그런 점이 깬다니까……."

딸 사랑이 극진한 좋은 아빠잖아. 좀 봐줘라…… 그 양반, 엄마가 뜯어말리지 않았더라면 저 머나먼 규슈에 있는 다자이후까지 갈 기세였다고…… 아마 밤샘도 엄마가 못 하게 할 것 같지만.

"뭐 아버지는 그렇다 치고, 그 밖에는 유시마 텐진 정도이려나……."

거기도 학문의 신인 텐진(天神)을 모시는 신사여서 수험 시

#2 핀치의 핀치로 어찌해볼 도리가 없는 핀치 「울트라맨 가이아」의 오프닝 곡 가사 패러디.

즌에는 인기가 하늘을 찌른다. 고로 이 시기에는 극심한 혼잡이 예상되어 이하 생략.

후보를 하나씩 꼽아보는데 코마치가 나직하게 신음했다.

"으음, 그런 유명한 곳도 좋지만……. 그보다는 소부고랑 가까운 곳이 더 효험이 있을 거 같아!"

"그러냐. 그러면…… 센겐 신사겠네."

"아, 맨날 축제하는 거기?"

"아니, 맨날 하지는 않는데."

맨날 축제라니 그 신사 정체가 뭐냐고. 특별한 느낌이라곤 쥐뿔도 없잖아. 노상 폐업 세일 중인 아키하바라 역 앞 상점이냐. 매일이 에브리데이[#3]냐고.

그렇지만 센겐 신사와 별다른 접점이 없는 코마치에게 축제의 이미지밖에 남아 있지 않은 것도 어찌 보면 당연한 일이다. 거창한 관광지라면 또 모를까, 가까운 신사는 새해 참배나 축제 때밖에 안 가니까.

그나저나 센겐 신사……. 어째 아는 놈들이 득실거릴 것 같아 영 안 내키지만, 그래도 이 동네 신사보다야 나으려나? 어차피 중학교 동창생을 만나는 것도 달갑지 않고. 어라, 이쯤 되면 나 그냥 아무 데도 안 가고 싶은 거 아냐?

그런 망설임이 표정에 드러났는지, 코마치가 걱정스러운 기색으로 나를 보았다.

"뭐냐?"

#3 매일이 에브리데이 「매일이 일요일」에서 파생된 말로, 「혼돈의 카오스」 같은 말장난.

내 물음에 코마치가 분위기를 바꾸며 자세를 바로 했다.

"저기, 있잖아 오빠. 꼭 코마치랑 같이 가주지 않아도 괜찮아. 코마치는 그냥 엄마랑 가도 되니까."

으음, 아버지가 아주 자연스럽게 소외당했는뎁쇼. 과연 제 아버지다우시군요.

하지만 코마치가 이렇게 마음을 써주는 이유도 대충 짐작은 간다. 저 녀석 나름대로 오빠인 나에 대해 이런저런 생각이 있는 거겠지. 하지만 이 오빠도 자신에 대해 이런저런 생각이 있거든요? 단지 어떻게 행동하는 게 옳은지 확신이 서지 않을 뿐.

그렇기에 겨울방학이라는 2주일 조금 못 되는 이 기간이 주어진 건 상당히 다행스러운 일이었다. 물론 개학하고 나면 다시 마주해야 할 문제이긴 하지만.

그래도 한동안은 휴식이다. 쉴 때는 전력으로 쉬어줘야 한다는 게 내 신조다. 쉬는 날인데 정신노동을 하다니, 전업주부 희망자의 이름이 울잖아. 결론은 뒤로 미루고, 제안은 추후에 검토한다. 그것이 사축의 기본자세랍니다! 사축인지 전업주부인지 하나만 하라고……

전력으로 쉬고 가급적 뒤로 미루고자, 잽싸게 화제를 돌리기로 했다.

"넌 쓸데없는 데 신경 쓰지 마라니까 그러네."

"그야 가능하면 코마치도 신경 끄고 싶다고요……"

코마치가 여봐란 듯 한숨을 푹 쉬었다. 이런 오빠라서 미안하구나.

"아무튼 네가 안 가면 예전처럼 나 혼자 가면 그만이야. 그 편이 홀가분하고 편하니까."

"또 그런 소리 한다……."

"옛말에 한 해의 계획은 설날에 달렸다고 하잖냐. 요컨대 새해 참배에서 기분을 잡쳤다간 그해를 통째로 잡치게 된다는 거지. 새해 벽두부터 사람에 치여 기분을 잡치다니, 어리석은 짓이라고 생각하지 않나? 코마치 군."

신물 난다는 표정의 코마치에게 유창하게 설명했다. 그러자 처음에는 짜게 식은 기색이던 코마치도 흠흠 맞장구를 치더니 고개를 들고 나를 향해 진지한 눈빛을 보내왔다.

"옳거니, 한 해의 계획은 설날에 달렸단 말이지? ……코마치, 역시 오빠랑 같이 갈래."

"그, 그래……. 근데 갑자기 웬 심경의 변화냐?"

아까만 해도 인간쓰레기를 보는 듯한 눈초리였는데, 순식간에 비장한 표정으로 돌변했다. 그 반응이 조금 찜찜해서 물어보자, 코마치가 나를 향해 활짝 웃어 보였다.

"생각해봐. 설날에 오빠랑 같이 있으면 내년 한 해는 쭉 오빠랑 같이 있게 된다는 뜻이잖아? 방금 그 말, 코마치 기준으로 포인트 높았어."

"어, 어어. 그렇긴 하네……."

그 직설적인 대답에 순간적으로 사고가 정지했다.

……

……꺄아 어쩜 좋아 내 여동생 귀엽잖아! 맨 끝에 덧붙인 상투적인 대사는 일단 무시하고, 내 여동생 무진장 귀여워!

"코, 코마치……."

감격으로 목이 메어오는데, 코마치가 발그스름하게 물든 뺨을 부풀리며 홱 고개를 돌렸다. 그리고는 흘끗 나를 곁눈질했다.

"차, 착각하지 마! 내년에 오빠랑 같이 있다는 건 곧 같은 학교에 다닌다는 뜻이니까 합격기원 삼아 해본 소리일 뿐이라고! 방금 그 말, 코마치 기준으로 포인트 높았으니까!"

우와, 속이 뻔히 보이는 츤데레구만……. 이렇게 뻔한 건 모 영화 범인 정도 아냐? 범인은 절름발이다! 뭔가 김이 팍 새버린다고.

방금 그 티 나는 연기는 전혀 귀엽지 않지만, 그것도 그 전에 한 말의 쑥스러움을 달래기 위해서라고 생각하면 역시 귀엽다고 해도 좋을지 모른다.

"그러면 같이 갈까?"

"응. 좋았어, 그럼 코마치는 방에 가서 다시 한 번 힘내볼게."

그렇게 대꾸하며 고타츠에서 빠져나온 코마치가 일어섰다.

"그래, 들어가라."

무릎 위에서 잠든 카마쿠라의 앞발을 잡고 살랑살랑 흔들어주자 코마치가 싱긋 웃었다.

"알았어. 코마치 열심히 할게!"

그렇게 선언한 코마치가 휴대폰을 쓱 집어 들었다. 그리고는 흥얼흥얼 콧노래 소리와 함께 휴대폰을 톡톡 두들기며 방으로 걸음을 옮겼다.

거실에 남겨진 것은 나와 카마쿠라뿐. 흥하고 콧김을 내뿜은 카마쿠라가 앞발을 쥔 내 손을 탁 뿌리치더니 못마땅한 기색으로 몸을 일으키며 끄응 기지개를 켰다. 그리고는 꾸물꾸물 고타츠 안으로 기어들어갔다.

나도 카마쿠라를 본받아 고타츠 밖으로 빼꼼 고개만 내밀고 고부기(고타츠+거북이) 모드에 돌입했다.

올해도 이제 얼마 남지 않았다.

예년과 다름없이 조용한 연말이었다.

×　×　×

무사히 새해가 밝았다.

새해 복 많이 받으세요.

가족들끼리 구태여 그런 의례적인 인사를 주고받는 건 아무래도 오글거린다고나 할까, 어찌 보면 우스꽝스러운 느낌도 들기 마련이다.

하지만 세뱃돈을 타낼 수만 있다면야 그깟 게 대수냐. 그렇다. 사축을 키워내기 위한 영재 교육은 유소년기부터 시작되는 셈이다. 돈을 벌기 위해서라면 다소의 부당함과 부조리함은 눈감아주고, 뻣뻣한 고개를 숙이고, 아양 섞인 엷은 미소를 짓는다. 그것이 사축이랍니다!

속으로 그런 시답잖은 생각을 하며, 올해도 고마운 마음으로 부모님한테 세뱃돈을 타냈다. 코흘리개 시절에는 「엄마 은행」이라는 정체불명의 기관에 고스란히 흡수당했지만, 그것도 지금쯤은 목돈이 되었을 거다. 아마 내가 독립할 때쯤에는 돌려받을 수 있겠지. ……아마도 그렇겠지. 분명 그럴 거야. 믿습니다. 마더(Mother)에서 M이 떨어져 나가지 않기만을[#4] 간절히 바라야 할 수준.

올해도 별 탈 없이 자금을 얻어내는 데 성공했으므로, 고타츠 안에 드러누워 빈둥거리기로 했다.

그리고는 좌식 의자를 베개 삼아 휴대폰을 깔짝깔짝 두들겼다.

설날을 맞이하여 작년까지는 쥐죽은 듯 잠잠했던 휴대폰이 올해는 웬일로 요란하게 울었다.

이른바 새해맞이 문자라는 거다.

신년 벽두부터 어처구니없을 만큼 길고 딱딱한 문자가 날아왔고, 뒤이어 심플하지만 죽도록 귀여운 문자에 이어 발신자 불명의 예언서 같은 문자가 왔고…… 대충 그 정도인가. 어쩌면 조금 맹한 느낌의 문자 한 통이 더 올지도 모른다고 생각했지만, 그런 일은 없었다. 하긴 딱히 기대했던 것도 아니다. 급한 대로 중 2스러운 문자와 폭풍처럼 장황한 문자에는

#4 마더에서 M이 떨어져 나가지 않기만을 마더(Mother)에서 M을 때면 Other(타인)이 됨. 일본 가정교사 파견업체의 CF 문구로도 유명.

날림으로 적당히 답문을 보내놓았다.

그러나 마지막 한 통, 심플 시리즈 최신작 「THE 귀여운 문자」에 대한 답장에는 고심하지 않을 수 없었다. 열성이 지나쳐서 장황한 문자를 보내는 것도 좀 깨고, 그렇다고 그림이나 이모티콘으로 화려하게 치장하는 것도 기분 나쁘다. 그렇다면 남은 방법은 관용구뿐인데, 그것도 자칫하면 차갑고 쌀쌀맞은 인상을 줄 우려가 있다.

차라리 연하장처럼 포맷과 최대 용량이 딱 정해져 있으면 편할 텐데 말이지……. 연하장은 형식적인지 아닌지 한눈에 티가 나니까 편리하다. 무릇 연하장이란 일러스트나 사진을 대문짝만하게 뽑은 다음, 여백에다가 「또 같이 놀러 가요!」라든가 「다음에 한잔 해요!」라고 써넣기만 하면 된다. 역시 일본 문화는 끝내준다니까. 그나저나 대학생의 상황 타개용 멘트 「다음에 한잔 하자!」의 남용률은 범상치 않은 수준. 그렇게 날이면 날마다 퍼마셨다가는 알코올 중독이 되어버릴걸. 하지만 다들 멀쩡하게 잘 사는 걸 보면 죄다 빈말이고 실제로 술자리를 갖지는 않으니까 그런 거겠지…….

그런 생각을 하면서 답장을 썼다 지우고 썼다 지우고, 지웠다 쓰고 지웠다 쓰고 지우고오오오오오오! 리라이트하고오오오오![#5]를 되풀이했다.

길게 써서 보내고 싶지만, 너무 길면 역시 깨겠지. 그렇다고

#5 지우고오오오오오오! 리라이트하고오오오오 강철의 연금술사 4기 오프닝곡 「리라이트(Rewrite)」의 가사.

짧게 쓰면 쌀쌀맞게 느껴지지 않을까. 그런 사태를 우려하여 내가 받은 것과 비슷하게 글자 수를 맞춰서 답장을 보내기로 했다. 이게 바로 심리학에서 말하는 미러링이다. 상대방과 같은 행동을 함으로써 호감도를 올리자고!

"오빠, 슬슬 나갈까?"

답장을 쓰고 있는데 코마치가 불렀다.

시계를 확인하니 오전 아홉 시가 조금 못 된 시각이었다. 부모님은 이미 카메이도 텐진으로 떠났다. 우리도 이쯤에서 출발하는 게 좋겠지.

"어, 그래……. 가자."

문자가 무사히 송신되었음을 확인하고, 꾸물꾸물 고타츠에서 빠져나왔다.

× × ×

혼잡한 전철을 타고 몇 정거장을 달렸다. 개찰구에서 쏟아져 나오는 인파에 휩쓸려 완만한 비탈길을 걸어 내려가자, 이윽고 센겐 신사 입구의 토리이가 나왔다.

국도 제14호선과 면한 이 커다란 토리이는 한때 바닷속에서 있었다고 한다. 치바 현 마스코트 캐릭터인 치바 군 공식 트위터에 올라왔으니 틀림없다. 먼 옛날에는 세계 유산으로 지정된 이츠쿠시마 신사처럼 장엄한 풍경이 펼쳐졌을 테지. 즉 치바도 희박하게나마 세계 유산이 됐을 가능성이 있었다는 뜻이니까, 내 안에서는 이미 세계 유산과 동급.

"그나저나 참배객 수가 엄청난데……?"

과연 내 맘대로 세계 유산……. 인기 폭발이구만…….

"이 근방에서는 여기가 제일 큰 신사라며? 그럼 다들 이쪽으로 오지 않겠어?"

오호라, 듣고 보니 그럴 만도 하군……. 수긍하다가 문득 깨달았다. 다들 이쪽으로 온다는 소리는 우리 학교 놈들도 이쪽으로 올 가능성이 농후하다는 소리잖아……?

망했다. 매년 동네 신사에만 다녀서 새까맣게 잊고 있었다고…….

그런 생각을 하는 사이, 옆에 있던 코마치가 두리번두리번 주위를 살폈다.

"아, 찾았다."

그리고는 인파를 뚫고 성큼성큼 나아가기 시작했다.

"엉? 야, 코마치. 너 어디 가?"

수험생이니까 넘어지거나 미끄러지거나 미아가 되지 않도록 오빠 손을 꼭 잡고 다녀야지! 원한다면 이 오빠는 공주님 안기도 불사할 거라고! 그렇게 생각하며 손을 뻗는데, 저 앞에 있는 몹시 낯익은 얼굴이 시야에 들어왔다.

"언니들, 새해 복 많이 받으세요!"

코마치가 와락 끌어안기라도 할 것처럼 힘차게 달려가자, 그 앞에 있던 여자애가 씩씩하게 손을 들어 화답했다. 그러자 밝은 갈색 당고머리가 찰랑 춤을 추었다.

"복 많이 받구 야헬롱~!"

"그 괴상한 인사는 뭐냐……. 복 많이 받아라."

독기가 쭉 빠지는 느낌을 받으며 대꾸했다. 유이가하마는 골지 니트 위에 베이지색 코트를 입고, 목에는 긴 머플러를 둘둘 감은 채였다. 치켜든 손은 벙어리장갑에 쏙 들어가 있었다.

그 바로 옆에는 흰색 코트와 체크무늬 미니스커트를 입고, 그 아래로 드러난 다리에는 검은 타이즈를 신은 유키노시타 유키노가 있었다.

"……새해 복 많이 받으렴."

유키노시타가 머플러에 얼굴을 폭 묻으며 말했다. 하긴 새삼스레 새해 인사를 나눈다는 게 역시 좀 쑥스럽긴 하지. 나도 괜히 머플러 끄트머리를 만지작거리고 말았다.

"그래……. 그 뭐냐, 너도 복 많이 받아라."

"그럼 참배하러 갈까요?"

그렇게 말한 코마치가 인파를 헤치며 나아가기 시작했고, 우리도 그 뒤를 따랐다. 걸음을 옮기며 앞서가는 코마치의 등을 쿡쿡 찔렀다.

"얘, 코마치. 오빠가 뭐 하나만 물어봐도 되겠니?"

"뭔데?"

슬그머니 코마치 옆으로 다가가 목소리를 낮추고 물었다.

"저 녀석들이 왜 여기 있냐?"

"코마치랑 약속했으니까☆"

"야야, 약속이라니……."

질렸다는 투로 대꾸하자, 코마치가 입술을 삐죽 내밀었다.

"코마치 친구니까 상관없잖아.

"그야 그렇긴 하다만……. 친구를 부르더라도 그 뭐랄까……."

말하다 말고 으음~ 하고 생각에 잠긴 채 뺨을 긁적이고 말았다.

이럴 때는 보통 같은 학교 친구를 부르는 거 아닌가? 하긴 난 중학교 때 친구가 없었으니 뭐가 보통인지 잘 모르지만. 혹시 이것도 요괴 때문인가?[#6] 그런가, 이게 바로 요괴 외톨이(ボッチ, 봇치)라는 건가…….

그나저나 이런 날까지 오빠한테 맞추다니, 코마치의 교우관계가 걱정스러워지는데. 잠자코 생각에 잠겨 있자니, 내 말뜻을 알아차렸는지 코마치가 흠흠 티 나게 헛기침을 했다.

"그게, 이런 시기에는 학교 친구를 부르지 않는 게 매너라고나 할까……."

그리고는 불쑥 그렇게 중얼거렸다.

아하, 그 말을 듣고 나니 알겠다. 이번에 처음부터 동급생 친구를 부를 생각이 없었던 건 입시를 앞둔 예민한 심리 상태가 반영된 결과겠지.

입시 전쟁에서는 명암이 확연히 갈린다.

친구와 같은 학교에 응시해서 한 명은 떨어지고 한 명은 붙

#6 요괴 때문 게임·애니 「요괴 워치」에서 나온 유행어로, 일본에서는 어린아이들이 뭐든 다 요괴 탓으로 돌리는 바람에 사회 문제가 되고 있다고 함.

는 경우도 흔하다. 커플이 같은 학교를 지망했는데 한쪽이 떨어졌다는 이야기를 들으면 밥맛이 꿀맛이고, 한술 더 떠서 그 일을 계기로 서먹해져서 헤어지기라도 하는 날에는 밥이 목구멍으로 술술 넘어간다.

중학생 정도 나잇대에는 그러한 입장차가 우정에 금이 가는 결정적인 원인이 되기도 한다. 특히나 명문고를 노리는 경우, 정원이 한정되어 있으므로 누군가는 탈락의 고배를 마시게 된다. 그렇게 떨어진 사람은 온 힘을 다해 관계를 끊으려고 들기 십상이다. 적어도 나라면 그렇게 할 테지.

비참하고 굴욕적이고 원망스럽고 질투 날 테니까. 그런 악감정을 대놓고 표출하는 경우가 있는가 하면, 그런 충동을 억누르고 억지웃음을 짓다가 나중에 관계를 끊는 경우도 있다.

결국은 남이나 다름없는 사이가 될 게 뻔한데도 이것저것 복잡하기 짝이 없다. 웃는 얼굴로 졸업하려면 수험 시즌에 친구들과 너무 가깝게 지내서는 안 된다. 그럴 때 친구가 없으면 무진장 편리하단 말씀! 입시 학원에서는 일단 교우 관계를 파탄 내는 법부터 가르치는 편이 좋겠다고 하치만은 생각해!

그러다 보니 이런 시기에는 동갑이 아닌 친구 쪽이 더 편하게 느껴지겠지. 서로 스스럼없이 대할 수 있으니까.

실제로 지금도 코마치가 말을 붙이면 유키노시타와 유이가하마가 웃으며 화답하는 식으로, 셋이서 재잘재잘 수다를 떨며 걸어가는 중이다. 겨울방학 내내 공부해야 한다는 압박감에 시달려온 코마치 입장에서는 오랜만에 마음 편한 시간을 보내는 셈인지도 모른다.

인파에 섞여 이동하던 유이가하마가 두리번두리번 주위를 살폈다. 보아하니 참배로 양쪽에 길게 늘어선 노점상에 관심이 쏠린 눈치였다.

"꼭 축젯날 같다, 그치?"

그 말에 코마치가 반색을 했다.

"그러게요! 맞다, 우리 뭐 좀 사 먹을까요?"

"찬성! 그럼 난, 우움…… 사과 사탕으루 할까?"

화기애애하게 그런 이야기를 나누더니, 둘이 함께 어슬렁어슬렁 곁길로 새려 했다. 그러자 옆에 있던 유키노시타가 머플러를 쭉 잡아당겨 두 사람을 제지했다.

"참배부터 하고 가렴."

"네에……."

따끔한 지적에 둘 다 풀죽은 기색으로 제자리로 돌아왔다.

뭔가 자매 같은 대화구만……. 오빠가 끼어들 틈이 안 보입니다만…….

유키노시타의 똑 부러지는 성격 때문인가, 상대방에게 맞춰주는 유이가하마의 싹싹한 대응 때문인가, 아니면 세계적으로 이름난 세계인의 여동생, 히키가야 코마치의 여동생 속성이 이루어낸 위업인가. 이유야 뭐가 됐든, 나이 차이가 나는 세 사람은 제법 죽이 잘 맞았다.

일행을 이끌듯 앞장서서 나아가는 유이가하마. 쾌활하게 웃으며 그 뒤를 쫓아가는 코마치. 그리고 그런 두 사람을 차분하게 지켜보듯 뒤따라가는 유키노시타.

맨 뒤에서 그들의 모습을 바라보며 나도 걸음을 재촉했다.

그러다 문득, 아까 생각했던 자매 같다는 말이 뇌리를 스쳐 갔다.

……이런.

정초부터 실없는 생각이 나버린 탓에 입꼬리가 올라가며 저절로 표정이 풀어졌다. 그래서 머플러를 슬쩍 끌어올려 입매를 가렸다.

그리고 내친김에 시선도 돌려서 운집한 참배객들을 바라보았다.

그나저나 이 북새통 좀 어떻게 못 하나? 미안해 인파에 약한 내가. 지금 이 순간이 꿈이라면 살며시 돌아갈 텐데…….

하지만 그 혼잡함도 돌계단을 올라 경내로 들어서자 조금은 나아졌다.

경내에는 노점상이 없기 때문이겠지. 눈앞에 사당이 있다 보니, 다들 한눈팔지 않고 그쪽으로 직행한다. 우리도 그 대열에 껴서 사당 앞까지 왔다.

"있잖아, 다들 무슨 소원 빌 거야?"

"새해 참배는 그런 게 아니잖냐. 칠석도 아니고……."

"그래. 딱히 소원을 들어달라고 비는 타산적인 의식은 아니지."

"으아, 이 사람들 진짜 꽉 막혔네~."

코마치가 식겁한 기색으로 중얼거리자, 유이가하마도 그 말에 동조했다.

"맞아맞아, 기왕 참배하러 왔으니까, 소원두 빌어둠 이득이잖아!"

큰일이다. 그 수수께끼의 논리전개, 도무지 이해가 안 간다. 유키노시타 역시 골치가 아픈지 관자놀이에 손을 얹으며 한숨을 쉬었다.

"휴우……. 하기는 그것도 나쁘진 않겠구나. 굳이 따지자면 결의를 다지는 느낌에 가깝다고 생각되지만."

유키노시타가 빙그레 웃으며 말하자, 유이가하마도 열렬하게 고개를 끄덕이며 그 팔을 꼭 끌어안았다. 그리고는 둘이서 새전을 던지고 힘을 모아 딸랑딸랑 방울을 흔들었다. 그후 두 번 절을 하고 짝짝 손뼉을 친 후 지그시 눈을 감았다.

신 앞에서의 선서. 그 모습에서는 어딘가 엄숙한 분위기가 묻어났다.

나도 두 사람을 따라 예법에 맞추어 합장을 했다.

소원, 혹은 다짐이라…….

힐끗 유키노시타와 유이가하마를 곁눈질했다.

유키노시타는 조용히 눈을 감고 가느다란 숨결을 토해냈다. 유이가하마는 미간을 찡그린 채 끄응 나직한 신음을 흘렸다. 그들이 무엇을 기원하고 무엇을 다짐했는지는 모른다.

나도 따라서 눈을 감았다. 소원다운 소원은 없지만, 최소한 내 노력 여하에 달린 일은 빌지 않기로 마음먹었다.

일단 코마치가 무사히 합격하기를……. 그것만큼은 내가 어떻게 해줄 수 있는 문제가 아니니까.

×　×　×

참배를 마치자 간신히 사람들의 물결에서 해방되었다.

넓은 경내를 둘러보니, 사방 천지에 무녀 무녀 간호사.[7] 뻥이다. 간호사는 없다. 그때 드넓은 신사 안에서 무언가를 발견한 유이가하마가 탄성을 질렀다.

"아, 운세 쪽지다!"

"……한번 뽑아볼까?"

줄을 서서 순서대로 제비를 뽑았다. 가느다란 막대기가 들어 있는 육각형 나무함을 달그락달그락 흔들어서 나온 막대에 적힌 번호를 무녀에게 알려주면 운세 쪽지를 준다. 넘겨받은 점괘 쪽지를 펴보았다.

"소길……."

미묘함의 극치다……. 하긴 고작 백 엔짜리 점괘에 거창한 걸 기대하는 게 잘못인가. 세부 항목을 쭉 훑어보았지만, 죄다 한결같이 미묘했다. 얼마나 미묘하냐면 건강 운에 구내염을 조심하라고 쓰여 있을 정도의 미묘함이랄까.

완전히 나쁜 운세로 간주할 수도 없어서 묶을까 말까 고민하는데[8] 옆에 있던 유키노시타가 자기 운세 쪽지를 팔랑 내

#7 무녀 무녀 간호사 19금 게임 「무녀(巫女, 미코) 미코 너스」의 패러디.
#8 묶을까 말까 고민하는데 일본에서는 운세를 뽑아서 나쁜 점괘가 나오면 액막이 차원에서 나뭇가지 등에 묶음.

보였다.

"······길."

후훗 우쭐한 미소를 머금은 채 유키노시타가 선언했다. 근데 길이 소길보다 위던가? 어디로 보나 평범 그 자체라 별 볼일 없어 보이는뎁쇼? 하지만 유키노시타가 의기양양해하는 걸로 봐서는 아마도 길이 더 좋은 거겠지.

승부욕은 여전하구만, 저 녀석······. 그렇게 생각하는데, 유이가하마가 에헤헷 웃으며 짜잔~ 하고 운세 쪽지를 펼쳐 보였다.

"난 대길이지롱~!"

"······그래? 잘됐구나."

대답과는 달리 유키노시타의 눈동자에는 불길이 일렁거리고 있었다. 괜찮을까······? 저 애, 대길이 나올 때까지 죽기 살기로 뽑아대는 건 아니겠지······?

가슴 졸이며 지켜보는데, 유키노시타 뒤에서 어두운 표정을 한 코마치가 불쑥 모습을 드러냈다.

"코마치, 흉이에요······."

수험생의 새해 운세가 흉이라니······. 싱글벙글하던 유이가하마와 경쟁심을 불태우던 유키노시타도 그만 말문이 막혀버렸다. 이거 어째 우중충한 분위기가 흐르기 시작했습니다만······.

유키노시타가 상황을 수습하려는 듯 헛기침을 하더니, 코마치의 어깨를 다정하게 토닥였다.

"괜찮아, 코마치. 식구 중에 저토록 불길한 존재가 있잖니.

이 정도는 아무것도 아니야."

"거참 센스라곤 쥐뿔도 없는 위로구만……. 어쨌거나 코마치, 운세 따위 신경 쓸 필요 없어. 어차피 일주일만 지나면 뭘 뽑았는지조차 까먹는 법이라고."

"네 센스도 심각하구나……."

"왠지 대길을 뽑은 기쁨이 사그라드는 것 같아……."

유키노시타와 유이가하마도 손에 든 쪽지를 보며 복잡한 표정을 지었다. 엇, 이상한걸……? 동생을 생각해서 성심성의껏 다독여줬는데 오히려 분위기만 더 암담해졌잖아.

그때 유이가하마가 좋은 생각이 났다는 듯 손뼉을 쳤다.

"아, 이럼 되겠다. 자, 코마치. 나랑 바꿔."

그렇게 말하며 유이가하마가 자기 운세 쪽지를 코마치에게 내밀었다.

"네? 그래도 돼요?"

"그럼!"

미소와 함께 긍정의 대답이 돌아왔지만, 그럼에도 정말 받아도 되는지 고민하던 코마치가 난감한 기색으로 나를 보았다.

"뭐 행운의 아이템이니까. 받아둬라."

뭣보다 어떻게 우리 학교에 붙었는지 궁금하기 그지없는 유이가하마가 뽑은 대길 아닌가. 효과 하나만큼은 끝내줄 테지. 다소의 인과율은 비틀고도 남을 테고, 더 나아가서는 물리 법칙도 무시할지 모른다.

"고맙습니다……. 코마치, 열심히 할게요!"

"그래, 나두 코마치가 후배루 들어옴 기쁠 테니까."

그렇게 대답한 유이가하마가 코마치에게 운세 쪽지를 넘겨주고, 코마치가 뽑은 흉을 대신 받아들었다. 그러자 그 모습을 지켜보던 유키노시타가 턱을 만지며 가만히 생각에 잠겼다.

"유이가하마, 그것 좀 줘보겠니?"

"응? 응, 여기……."

쪽지를 건네받은 유키노시타가 자기 것까지 두 개를 합쳐서 하나로 묶었다.

"이렇게 해서 평균을 내면 각자 소길 정도는 되겠구나."

"어떻게 생겨먹은 계산식이냐, 그거."

(흉+길)÷2=소길×2……? 수식 자체는 이과 쪽이지만 발상은 문과 쪽에 가깝다는 느낌이다. 요새 유행하는 문이과 통합이라는 건가?

"이제 우리 셋 다 똑같아졌네."

유이가하마가 밝은 표정으로 말하자, 유키노시타도 만족스러운 미소를 지었다.

"그래. ……이것으로 전원 동점. 무승부구나."

"그게 목적이었어?!"

"그 잘못된 참교육 같은 해결 방식은 또 뭐냐……."

학예회에서 학급 전체가 주인공을 맡아 손에 손을 잡고 동시에 골인하는 수준.

"농담이야."

유키노시타가 그렇게 말하며 빙그레 웃었다.

코마치가 받아든 운세 쪽지를 서둘러 지갑에 넣고 휙 고개를 들었다.

"참배도 했고 운세도 봤는데, 이제 어떡할까요?"

"노점상 구경하자!"

참배하러 올 때부터 잔뜩 벼러왔던 유이가하마의 제안에 유키노시타도 고개를 끄덕였다.

어차피 집에 가려면 다시 참배로를 지나가야 한다. 나도 이견은 없었다. 더 정확히는 아예 발언권 자체가 없었는지, 세 사람은 그대로 방향을 틀었다.

왔던 길을 되돌아가자, 노점이 즐비한 구역이 나왔다. 오코노미야키, 타코야키는 기본이고 계절 탓인지 감주를 파는 곳도 있었다.

요깃거리를 파는 노점들 사이에 경품 사격장이 끼어 있었다. 여름 축제에서는 흔히 볼 수 있는 광경이지만 겨울에도 영업하나 싶어 시선을 주는데, 옆에서 나직하게 중얼대는 소리가 들려왔다.

"설날인데 왜 사격장이 있는 거지……?"

희한한지고…… 라는 표정으로 유키노시타가 경품 사격장을 유심히 바라보았다.

"그야 물론 특이하다면 특이하지만, 애들도 오니까 돈벌이가 되겠다 싶으면 올 만도 하지 않냐?"

"불가사의하구나……. 어째서 이런 곳에……."

하지만 유키노시타는 내 말이 귀에 들어오지 않는지, 여전히 경품 사격장을 뚫어지게 쳐다보는 중이었다. 자세히 보니 경품 중에 팬돌이 인형 비슷한 게 눈에 띄었다. 아하, 그래서 쳐다보는 거였군…….

"……한번 해볼래?"

"됐어, 딱히 그럴 생각은…….."

말은 그렇게 했지만, 유키노시타는 여전히 안절부절못하는 기색이었다. 딱 봐도 갖고 싶어 하는 티가 팍팍 나잖아…….

유키노시타는 계속해서 중얼중얼 혼잣말을 하며 팬돌이 인형을 바라보았다. 반응으로 보아 따낼 때까지는 여기서 꼼짝도 안 할 거 같은데. 어떡하지? 그다지 자신은 없지만, 그래도 한 번 시도나 해봐……?

지갑 사정을 따져보는데, 유이가하마가 갑자기 탄성을 질렀다.

"아."

그리고 내 소맷자락을 마구 잡아당겼다.

"왜?"

"저기……."

말하다가 말고 까닥까닥 손짓을 한다. 아무래도 자세를 좀 낮춰달라는 뜻인가 보다. 시키는 대로 살짝 고개를 숙이자, 유이가하마가 밀담이라도 하듯 내 귓가로 얼굴을 가져다 댔다.

이런 포즈를 취하면 서로 밀착하게 된다는 걸 모를 리 없다. 새삼스럽게 놀랄 만한 상황도 아니거니와 구태여 의식할 만한 일도 못 된다.

그럼에도 평소와 다른 시트러스 계열의 향기가 코끝을 간질이고, 겨울바람을 맞아 은은한 복숭앗빛으로 물든 뺨이 코앞으로 다가오자, 눈 둘 곳이 없어졌다.

　조용히 얕은 숨을 내쉬고 뒷말을 재촉하고자 시선을 주자, 유이가하마의 입에서도 실낱같은 숨결이 새어나오는 게 보였다. 유이가하마가 내 귓가에 대고 소곤소곤 속삭였다.

　"있잖아. 유키농 선물, 언제 사러 갈까?"

　"아, 그거……."

　그 말을 듣고 생각해보았다.

　이제 곧 유키노시타의 생일이다. 그리고 지난번 크리스마스 파티 날, 함께 유키노시타한테 줄 선물을 사러 가기로 약속했다.

　물론 그 약속을 까먹었던 건 절대 아니고, 오히려 어떡해야 좋을지 계속 고심해왔다. 언제 어디서 누구와 무엇을 어떻게 살 것인지는 말할 필요도 없고, 그 이전에 어떻게 이야기를 꺼내야 하는가라는 육하원칙 수준에서부터 고민해왔다. 내가 먼저 약속을 잡는 건 어렵단 말이지. 날짜 정하는 것도 진짜 힘들고. 내 마음대로 정했다간 불편해할 거 같고, 그렇다고 언제가 좋으냐고 물어보자니 상대방에게 전부 떠넘기는 느낌이어서 영 마음이 편치 않고. 뭐냐고, 이 평생 결정 못 하는 패턴.

　어쨌든 저쪽에서 먼저 이야기를 꺼내줘서 다행이다. 지나치게 뒤로 미뤘다가는 또 이것저것 생각이 많아질 테고, 최종적으로는 가기가 싫어져서 하치치카 집에 갈래! 라고 우기게 될 것 같아 신속하게 결론을 내리기로 했다.

"……내일, 시간 되냐?"

"으, 으응. 괜찮아."

유이가하마가 조금 당황한 기색으로 당고머리를 만지작거렸다.

"그래, 그럼 내일……"

"응……."

그 대답을 끝으로 유이가하마는 입을 다물어버렸고, 나도 자연스럽게 침묵했다. 그때 코마치가 다가오더니 내 소맷부리를 잡아당겼다.

"오빠, 유키노 언니가 저기서 움직일 생각을 안 하는데……."

그러자 유이가하마가 번쩍 고개를 들고 코마치에게 물었다.

"아, 코마치두 같이 가지 않을래?"

"네? 어디를요?"

"그게, 내일 힛키하구 유키농 생일 선물을 사러 가려구 하거든……."

"아, 그거 좋은데요!"

냉큼 대답한 코마치가 아차 싶은 표정을 지었다. 그리고 능글맞은 미소를 머금었다.

"……좋기는 한데요, 코마치는 그 뭐냐, 공부도 해야 되니까요."

"하, 하긴……."

그 대답에 유이가하마가 끄응 신음했다. 아까 운세 쪽지를 준 것도 있고 해서, 코마치가 수험생이라는 사실을 떠올린 눈치였다.

하지만 이내 다시 한 번 낮게 신음하더니, 홱 고개를 들고 코마치의 손을 덥석 거머쥐었다.

"그, 그치만 말야, 기분전환이랄까! 게다가 유키농두 코마치한테 선물 받음 기뻐할 테구! 나, 나두 조언해줄 사람이 필요하구……."

"아, 그, 그러네요……. ……어라?"

쭈뼛거리며 대답하던 코마치가 미심쩍은 표정을 짓더니 흘끗 나를 곁눈질했다.

"코마치, 자주 부탁하는 것도 아닌데 그냥 들어주지 그러냐?"

그러자 코마치가 고개를 갸웃했다.

"으음, 왜 후퇴한 거지……? 여름에는 둘이 잘 다녔는데……."

코마치가 나직하게 중얼거렸다. 아니 그게 사정이 좀 있어서 말이지. 뭐랄까, 거리감 파악이 덜 됐다고나 할까…….

"뭐, 정 그렇다면야……."

약간 떨떠름한 기색으로 코마치가 동의하자, 유이가하마가 반색을 하며 고개를 끄덕이더니 휴대폰을 꺼냈다.

"그럼 같이 가기루 한 거야! 나중에 문자 보낼게."

바로 그때 유이가하마의 휴대폰이 진동했다.

"아, 미안. 잠깐만."

양해를 구한 유이가하마가 조금 떨어진 곳으로 가서 전화를 받았다. 분위기로 봐서는 아무래도 친한 사람과 통화하는 것 같았다. 하지만 누구냐고 캐묻는 것도 무신경하달까, 뭔가 주제넘은 짓처럼 느껴져서 물어볼 수가 없었다.

　유이가하마가 통화를 마칠 때까지는 자리를 뜰 수 없다. 여기서 기다리는 수밖에 없겠군. 어차피 유키노시타가 사격장 앞을 떠날 줄 모르는 이상, 움직이려야 못 움직이니까.

　그렇게 생각하며 사격장 쪽을 돌아보자, 어깨를 늘어뜨린 채 힘없이 걸어오는 유키노시타가 보였다.

　"뭐야, 그냥 가려고?"

　물어보자 유키노시타가 후훗 서글픈 미소를 지으며 싸늘하게 대꾸했다.

　"그래, 됐어. 저따위 것⋯⋯."

　"엉?"

　어찌 된 영문인가 싶어 다시 한 번 사격장을 유심히 살펴보았다. 자세히 보니 유키노시타가 뚫어져라 쳐다보았던 인형은 팬돌이 팬이 아니라 팬돌이 팬더였다. 그래, 있지. 이런 축제 노점에는. 데○소다가 아니라 개○소다라든가, 아○다스가 아니라 삼○다스라든가.

　마찬가지로 사격장 쪽을 바라보던 코마치가 흠흠 납득한 표정으로 입을 열었다.

　"아하, 짝퉁(パチモン, 파치몬)이란 거네요."

　그 말에 유키노시타도 턱을 매만지며 고개를 갸웃했다.

"짝퉁? 어디선가 들어본 적이 있는 이름이구나. 아마도 성은 히, 히키……."

"저기요? 그거 제 이야기는 아니겠죠? 그보다 이름은 고사하고 성도 가물가물한 거냐?"

그러자 유키노시타가 자못 실망이라는 듯 어깨에 내려앉은 머리카락을 쓸어 넘겼다.

"실례잖니, 정확히 기억해."

"야야, 실례는 네가 했거든……?"

"그런 것보다 유이가하마는?"

「그런 거」로 치부된 거냐, 내 이름…….

"저쪽에서 통화 중이다만."

턱짓으로 쓱 가리키며 시선을 주자, 통화를 하며 두리번두리번 사방을 살피는 유이가하마가 보였다.

"응응, 맞아. 뭔가 돌계단? 같은 거 밑에. 우린 이미 와 있어."

"아, 유이~. 찾았다~."

휴대폰을 들고 이쪽으로 다가온 사람은 미우라 유미코였다. 북적거리는 인파 속에서도 목에 두른 화려한 털 장식과 미니스커트 밑으로 드러난 맨다리는 자연히 눈에 띄었다.

곧이어 에비나 양도 모습을 드러냈다.

"유이, 새해 복 많이 받아. 너희들도 복 많이 받고."

먼저 온 미우라와는 달리, 에비나 양은 우리들에게도 인사를 건넸다. 착한 애구나~.

"새해 복 많이 받으렴."

"우와, 오랜만이에요~! 새해 복 많이 받으세요."

"동생하고 만나는 건 여름 이후로 처음이네."

다른 일행들과 안부 인사를 주고받는 에비나 양을 향해 나도 까딱 고개를 숙여 보이고, 담소를 나누는 여자애들을 지켜보았다.

"미우라였나……."

아까 통화한 상대를 짐작하고 중얼거리자, 그 소리를 들었는지 유이가하마가 내 쪽을 돌아보며 고개를 끄덕였다.

그리고 다시 그 뒤로 낯익은 얼굴들이 줄줄이 나타났다.

금발 촐랑이 토베, 우유부단한 곰탱이 야마토, 동정 기회주의자 오오오카. 신(新) 세 마리가 벤다!#9 트리오였다. 그나저나 토베 머리, 금색이라기보다는 갈색이구만……. 워낙에 관심이 없다 보니 별로 신경 쓴 적도 없지만.

그들 세 사람은 우리와 조금 떨어진 곳에 있었다.

종이컵을 손에 들고 셋이서 시끌벅적하게 소란을 피워댄다. 보아하니 감주를 마시는 중인 듯했다. 감주를 꿀꺽꿀꺽 들이컨 토베가 크아~ 하고 탄성을 내질렀다.

"술빨 쫙쫙 받는데~! 올해 첫 음주잖어, 첫 음주. 자자, 늭들도 팍팍 마시라니까?"

"오케이."

장단을 맞추듯 그렇게 말한 오오오카도 쭈욱 종이컵을 비

#9 세 마리가 벤다! 일본 사극 제목.

우고 만족스러운 한숨을 토해냈다. 응, 그래. 뭐 감주지만.

"뜨어~ 나 완전 거나하게 마셨어. 몸이 막 후끈후끈한데? 근데 날씨 대박 춥잖어. 이래가지고 마라톤 대회 해먹을 수나 있겠냐고~."

"그러게."

"백번 동감."

그러게, 백번 동감이다……

야마토와 오오오카가 동조했고, 나도 속으로 힘주어 고개를 끄덕였다. 올해는 휴일 관계상 매년 2월에 열리는 마라톤 대회가 1월 말로 당겨졌다. 하루가 다르게 추워져가는 한겨울에 바닷가를 달려야 한다.

새해 벽두부터 기분 잡치게 하기냐…… 그렇게 생각하며 바보 삼형제를 향해 원망스러운 시선을 보냈다.

그러다 문득 깨달았다.

바보 삼형제와 미우라, 에비나 양. 항상 붙어 다니는 멤버들이다.

하지만 그곳에는 본디 그 일행의 중심에 있어야 할 사람이 없었다.

"저 녀석들뿐인가……?"

중얼거리자, 가만히 듣고 있던 유이가하마가 한 발짝 물러나 내 옆에 나란히 섰다.

"하야토도 부른 모양인데, 일이 있어서 못 왔대."

"그렇겠지."

유키노시타가 고개를 끄덕이며 대꾸했다.

그 대답이 조금 의외였다.

나와 유이가하마, 그리고 미우라와 에비나 양도 유키노시타를 돌아보았다.

"웅? 혹시 뭐 아는 게 있어?"

사뭇 당연하다는 말투였던 게 마음에 걸렸는지, 유이가하마가 물었다.

"하야마네 집은 옛날부터 그랬으니까."

"아하, 글쿠나."

유이가하마가 납득한 기색으로 고개를 끄덕였다.

하긴 유키노시타는 예전부터 하야마와 아는 사이, 더 정확히는 소꿉친구였으니 집안 사정을 안다 해도 이상할 거야 없다.

"……흐음."

관심 없다는 투로 대꾸했지만, 그러면서도 내가 유키노시타와 하야마에 대해 잘 모른다는 사실을 새삼 느꼈다. 물론 유이가하마에 대해서도 그리 많은 것을 알지는 못한다.

그리고 나와 유이가하마 이외에도 또 한 명, 반응을 보인 사람이 있었다.

"……흐응, 그래?"

낮게 깔린 목소리로 툭 내뱉듯 중얼거린 미우라가 유키노시타에게서 시선을 돌렸다. 그리고 몇 발짝 우리로부터 멀어지는가 싶더니, 머리카락을 빙글빙글 꼬며 심드렁하게 한숨을 쉬었다.

"나아, 배고파."

그 한마디를 끝으로, 미우라는 이쪽을 거들떠보지도 않고 성큼성큼 걸음을 옮겼다.

"아, 유미코."

유이가하마가 부르자, 걸음을 멈춘 미우라가 뒤돌아보았다. 하지만 여전히 별다른 말없이 딴청만 피울 따름이었다. 그 모습을 본 에비나 양이 피식 웃으며 발길을 돌렸다.

"그럼 나도 밥 먹으러 가볼까?"

그 말에 냉큼 반응한 토베가 미우라와 에비나 양 쪽으로 다가갔다.

"뭐야뭐야, 밥이라고라? 그거 내 새해 첫 점심이라고~."

꼭 있단 말이지. 새해가 밝을 때마다 아무 데나 첫첫 못 붙여서 안달이 난 놈들. 짜증 나게스리……

"아, 저기……."

미우라와 우리를 번갈아 보는 유이가하마의 얼굴에 망설이는 기색이 어렸다.

"미우라한테 안 가 봐도 되냐?"

"우움…… 다, 다들 어떡할 거야?"

난감한 기색으로 아하하 웃는 유이가하마를 지그시 바라보던 유키노시타가 부드러운 미소를 지어 보였다.

"나는 이만 가볼게. 번잡한 곳은 좋아하지 않으니까."

"아, 그치만……."

유키노시타의 말에 유이가하마가 복잡한 표정을 지었다. 그 마음속 갈등을 눈치챘는지, 유키노시타가 살포시 유이가하마의 어깨에 손을 얹었다.

"금방 또 만날 수 있잖니."

"응……."

그 말에 납득했다고 보기는 어렵지만, 어쨌든 유이가하마는 작은 소리로 대답했다.

하긴 정초부터 미우라와 유키노시타가 충돌하는 모습을 보는 것도 마음 편하지는 않겠지.

거리감을 줄이려 하는 유이가하마의 노력이 친애의 표시임은 의심의 여지가 없다.

하지만 친구의 친구라고 해서 반드시 친구란 법도 없고, 모두가 같은 공간에서 같은 시간을 보내는 게 최선이라는 보장도 없다.

말수는 적었지만, 유키노시타의 배려는 충분히 전해져왔다. 그 행동 이념은 나하고도 유사하기 때문이다. 고로 지금부터 내가 취할 행동 역시 정해진 거나 다름없다.

"그럼 나도 슬슬 가보마."

"어?"

조금 놀란 기색으로 유이가하마가 고개를 들었다. 하지만 딱히 놀랄 만한 일도 못 된다.

"설날이라 참배하러 온 것뿐이니까. 집에 가서 코마치 공부 시켜야지."

"하긴 그런가⋯⋯. 응, 알았어."

유이가하마가 수긍했다. 그러자 옆에 있던 코마치가 내 소맷자락을 마구 잡아끌었다.

"오빠, 코마치는 신경 쓰지 말고 어서 가!"

사망 플래그인지 생존 플래그인지 종잡을 수 없는 플래그가 서버렸지만, 깨끗이 묵살했다. 어찌 됐든 저 집단에 내가 끼어든다는 선택지는 존재하지 않는다.

"그럼 다음에 보자."

"학교에서 봐."

나와 유키노시타의 말에 코마치도 체념한 듯 꾸벅 고개를 숙였다.

"⋯⋯응, 다음에 봐."

가슴 앞에서 작게 손을 흔드는 유이가하마를 남겨두고, 우리는 그곳을 뒤로했다. 유이가하마는 이제 미우라 일행과 합류하겠지.

유이가하마의 교우 관계는 봉사부에 한정된 게 아니다.

베스트 프렌드라는 개념이 있는지 없는지도 모르고, 그걸 누가 결정하는 건지도 모르지만, 그 문제로 고민하는 날도 틀림없이 있을 테지.

부디 그 배려가 스트레스가 되지 않기를 바랄 뿐이다.

× × ×

왔던 길을 되돌아가 커다란 토리이를 지나서 국도변으로 나왔다.

넓은 국도를 차디찬 칼바람이 스쳐 갔다. 나와 코마치는 자동적으로 몸을 부르르 떨며 코트 깃을 여몄다. 반면 유키노시타는 추위에 강한 편인지, 살짝 머플러의 매무새를 정돈하기만 했다. 그런 유키노시타의 소맷자락을 잡아당기며 코마치가 말했다.

"유키노 언니도 중간까지 같이 가요!"

"……그래."

유키노시타는 잠시 망설이는 눈치였지만, 이내 빙그레 미소 지으며 그렇게 대답했다. 하긴 어차피 가는 길은 같다. 구태여 따로따로 돌아갈 필요도 없겠지.

역으로 향하는 길은 상점가여서, 참배객들을 겨냥한 것인지 가게 앞에 작은 매대를 설치해놓아 경내와 맞먹을 정도로 시끌벅적했다.

코마치와 유키노시타도 입시와 겨울 방학 동안 있었던 일에 관해 도란도란 이야기를 나누었다.

완만하게 이어지는 비탈길을 천천히 걸어 역 개찰구 앞까지 오자, 코마치가 화들짝 놀라며 그 자리에 멈춰 섰다.

"앗! 크, 큰일 났네! 바보같이 합격 부적 사는 걸 깜빡했어요! 세상에 이런 일이! 게다가 소원 팻말 적는 것도 까맣게 잊어버렸으니, 전속력으로 되돌아가 봐야겠어요! 유키노 언니, 그런 관계로 코마치는 이만 실례할게요!"

"아, 부적이라면 나도 하나 사둘까?"

그 말에 코마치가 가늘어진 눈으로 나를 째려보았다.

"오빠, 지금 그걸 말이라고 해? 오레기 바보! 둔탱이! 하치만! 가라니까, 둘이서 먼저 가도 된다니까!"

"그, 그러냐…… 엇, 잠깐만. 하치만은 욕이 아니잖아?"

반론한 보람도 없이 코마치는 쏜살같이 사라져간 후였다. 야야, 그렇게 느닷없이 가버리면 어쩌란 말이냐. 좀 난감한데…… 코마치 때문에 난감해지고(参って, 마잇떼) 말았으므로 이 현상을 코마잇칭이라 명명하기로 했습니다. 아잉~ 코마잇칭.[#10]

어떡하나 싶어 돌아보니, 유키노시타가 고개를 돌린 채 어깨를 가늘게 떨고 있었다.

"뭐냐……"

내 말에 유키노시타가 후우 한숨을 쉬며 호흡을 가다듬었다. 그리고 입 속으로 중얼거리듯 나직하게 뇌까렸다.

"바보, 둔탱이, 하치만……"

아무래도 유키노시타 양의 독설 어휘 사전이 오랜만에 갱신된 모양이군요……. 항의의 뜻을 담아 게슴츠레한 시선을 보내자, 유키노시타가 시치미를 떼듯 헛기침을 했다.

"아니, 그냥 정말 사이좋은 남매구나, 하고 생각한 것뿐이야."

#10 아잉~ 코마잇칭 만화『마잇칭 마치코 선생님』의 대사 패러디.

부드러운 미소를 지으며 그렇게 말하고는, 곧바로 몸을 돌려 개찰구를 빠져나갔다. 나도 그 뒤를 따라 승강장으로 가는 계단을 올랐다.

승강장 역시 사람들로 북적거렸다. 하필이면 참배객들이 귀가하는 타이밍에 휩쓸렸나 보다.

이윽고 도착한 전철에 올라탔지만 빈자리는 순식간에 메워졌고, 결국 우리는 서서 가야만 했다. 그래 봤자 고작 두 정거장 정도다. 피곤하기는 해도 못 견딜 거리는 아니다.

역에서 출발할 때, 전철이 덜컹 흔들렸다. 하마터면 고꾸라질 뻔하고는 허둥지둥 손잡이를 붙잡았다.

그러자 코트 한쪽에 기묘한 무게감이 느껴졌다. 흘끗 시선을 주자, 코트 자락을 꼭 움켜쥔 희고 조그만 손이 보였다.

덕분에 손잡이를 거머쥔 손과 비틀대지 않으려고 꼿꼿이 편 다리에 힘이 들어갔다.

덜컹거리는 진동과 창문을 때리는 바람 소리, 승객들의 웅성거림. 차 안에는 갖가지 소리가 흘러넘쳤다. 그럼에도 전철이 흔들릴 때마다 오른쪽에서 들려오는 가냘픈 숨소리는 똑똑히 귀에 들어왔다.

……하긴 사람도 많고 흔들리니까. 별 상관은 없지만.

바로 옆에 있는데도 이렇다 할 대화도 오가지 않았다. 내 시선은 자연스럽게 객차 중간과 창문 위에 있는 광고판으로 쏠렸다.

그중 한 곳에 노선도가 있었다. 무심하게 바라보다가 문득 의문이 생겼다.

"근데 너 이쪽 방향으로 가는 거 맞냐?"

내 물음에 유키노시타가 의아한 표정으로 고개를 갸웃했다.

"우리 집은 상행선이니까, 이쪽이 맞을 텐데⋯⋯?"

턱에 손을 얹으며 유키노시타도 노선도를 확인했다. 별로 자신이 없나? 하긴 저 녀석, 방향치니까⋯⋯.

"그게 아니라, 연말연시니까 부모님 댁으로 가려나 해서 물어본 것뿐이다만."

"아, 그래서⋯⋯. 올해는 따로 지냈어. 특별히 용건이 있는 것도 아니고, 이것저것 번거로우니까⋯⋯."

"그러냐."

유키노시타와 가족들의 관계에 대해 자세히 알지는 못한다. 어디까지 파고들어도 될지 감이 잡히지 않아 애매하게 대꾸했다.

그런 조심스러움이 표정에 드러났는지, 유키노시타가 후훗 웃었다.

"별것 아니야. 연말연시에는 경황이 없거든. 돌아가 봐야 피차 감정만 상할 테니, 불필요한 접촉은 삼가는 것뿐이야. 그리고⋯⋯."

유키노시타가 말을 이었다.

"나는 있으나 없으나 별 차이가 없으니까."

말을 마친 유키노시타는 유리창 밖, 빠르게 뒤로 흘러가는 풍경을 바라보았다.

"그럼 된 거 아니냐?"

"뭐?"

이쪽을 돌아보는 그 표정에서 희미한 놀라움이 묻어났다.

"있으나 없으나 마찬가지면 마음이 편하고, 아무한테도 민폐를 끼치지 않잖아. 이 세상에는 그냥 존재하는 것만으로도 분위기를 해치는 사람도 있다고."

"그거 자기소개니?"

유키노시타가 쿡쿡 심술궂은 미소를 지었다.

"잘 아네. 그러니까 가급적 남들과의 접촉을 피해온 거라고. 이런 내 배려 덕분에 평화로운 인생을 살아온 거니까 감사해줬으면 한다만."

"배려는 보상을 요구하지 않는 법이야."

옳거니. 치이, 기억했다. 배려는 보상을 요구하지 않는다. 다만 배려에 대한 보상은 없어도 배려하지 않으면 보복이 돌아온단 말이지. 불합리함의 극치.

이윽고 전철이 멈추어 섰다.

내가 내려야 하는 역이다. 유키노시타는 한 정거장 더 가서 버스를 타겠지.

"아, 난 여기서 내린다만."

"그래."

짤막한 대답에 고개를 끄덕여 보이고 승강장에 내려섰다.

"다음에 보자."

조심해서 들어가라는 말을 덧붙이려고 뒤돌아보니, 문이

막 닫히려는 참이었다. 그 안에서 유키노시타가 고개를 수그린 채, 작은 목소리로 속삭이듯 말했다.

"⋯⋯올해도, 잘 부탁해."

2

**변함없이
유키노시타 하루노는
혼란을 일으킨다.**

화창한 겨울 하늘을 올려다보자, 머리 위로 모노레일이 지나갔다.

옆에 있던 코마치가 눈으로 그 움직임을 좇았다. 그러다 지친 기색으로 휴우 하얀 입김을 내뿜었다.

"끌고 나와서 미안하다."

"아니까 다행이네."

거칠게 콧방귀를 뀌면서 코마치가 대답했다. 그 반응, 우리 집 고양이 카마쿠라하고 완전 붕어빵이잖아. 그 녀석도 이름을 부르면 저런 반응이란 말이지. 주인한테 물든 거니⋯⋯?

"어차피 코마치도 선물은 사놓을 생각이었으니까 됐지만."

말을 끊은 그 입에서 다시 하얀 숨결이 피어올랐다.

"⋯⋯게다가 오빠랑 놀러 가는 것도 이게 마지막일지 모르니까."

"애잔한 미소를 지으며 말하니까 꼭 내가 살날이 얼마 안 남은 거 같잖아⋯⋯."

마치 시한부 환자의 마지막 추억 만들기 같은 분위기로 변하고 말았다. 이걸 영화화했다간 도라에몽 극장판 뺨치는 눈물바다가 될 게 틀림없다고. 그보다 신체 건강해도 코마치한테 미움받는 날엔 이 오빠는 살아갈 수가 없단다……

"그런 게 아니라……. 다음부터는 안 따라올 테니까 그렇게 알아."

째릿 가볍게 흘겨보며 단단히 못을 박는다.

그게요, 저도 알고는 있단 말이지요……

코마치가 이야기하는 「다음」이 있다는 것도 안다. 약속이라고 불러도 될지는 모르겠으나, 일단은 약속을 했다고 생각하니까. 문제는 언제 어디서 어떤 식으로 뭐라고 말하느냐다. 사람들과 어울려본 경험이 적으면 이럴 때 난감하다. 다들 놀러 갈 때 어떤 식으로 꼬드겨?

어쨌든 그 문제는 제쳐놓고.

지금은 오늘의 약속에 집중해야 한다.

어제 신사에서 돌아온 후, 유키노시타의 선물 쇼핑 건으로 유이가하마가 문자를 보내왔다.

약속 장소는 치바역의 대형 전광판 앞. 더할 나위 없이 알기 쉬운 곳이다. 역에서 나오면 바로 우리를 발견할 테지. 그 반대 역시 마찬가지다. 그렇게 생각하니 하얀 입김이 새어나오는 빈도가 올라갔다.

이윽고 유이가하마가 개찰구 밖으로 나왔다. 우리를 발견한 유이가하마가 힘차게 손을 흔들었다.

"야헬롱~!"

"왔냐."

"유이 언니, 야헬롱이에요!"

"미안해, 좀 늦었지?"

유이가하마가 베이지색 코트자락을 팔락팔락 휘날리며, 경쾌한 부츠 소리와 함께 뛰어왔다. 코트 자락이 나부낄 때마다 무릎 근처까지 오는 롱 니트와 스키니 진이 얼핏얼핏 드러났다.

"그나저나 어디로 갈 거냐?"

"일단 여기저기 돌아다니면서 골라볼까 해."

그렇게 말한 유이가하마가 손가락으로 역 주위를 둥글게 훑으며 걸음을 옮겼다.

"그래요. 그럼 어디부터 가볼까요?"

코마치가 그 뒤를 따랐고, 나도 그 대열에 합류했다.

치바는 쇼핑 천국이다.

그리고 고교생이 즐겨 찾는 쇼핑 장소의 대명사라면 바로 대형 쇼핑몰 파르코겠지.

젊은 치바 시민의 강력한 아군, 그것이 바로 파르코다. 치바의 핫하고 영한 패션 피플들은 옷 구입처를 두고 파르코 교와 라라포트 교로 나뉘어 각축전을 벌이는 양상인 게 분명하다. 그 파르코 교도 치바 파르코 파와 츠다누마 파르코 파로 나뉘어 처참한 골육상쟁을 벌이는 중일 거다.

그만둬! 다들 사이좋게 지내라고! 같은 치바 시민이잖아! 츠다누마는 나라시노 시지만!

한동안 걸어간 끝에 유이가하마가 어딘가를 가리켰다.

"아, 그럼 C·one부터 가볼까?"

C·one. 아는 곳이다. 그래, 이치란 라면이 입점한 곳이다.

이치란은 카운터석을 독서실처럼 칸막이로 나눠놓아, 온전히 식사에만 전념할 수 있는 맛 집중 시스템으로 유명하다. 참고로 맛 집중 시스템은 특허도 따낸 바 있다. 그 논리를 적용하면 외톨이는 인생 집중 시스템을 탑재한 셈이다. 얼른! 얼른 특허를 따내야 해!

C·one의 C는 아마도 CHIBA의 C일 테지. 요컨대 이니셜 C다. 그 점은 치바 TV의 히어로 캐릭터 캡틴☆C의 이름만 보아도 명백하다. 참고로 치배트맨[#11]은 치바 TV 히어로 캐릭터가 아니므로 요주의.

마침내 도착한 목적지, 신년 세일을 알리는 장식물로 단장한 쇼핑몰 안에는 갖가지 점포가 줄줄이 늘어서 있었다. 고가도로 밑의 빈 공간을 활용해서 만든 상점가라, 길이 일직선으로 끝없이 이어진다. 새해맞이 창고 대방출 기간인 탓인지, 평소보다도 활기찬 분위기였다.

그런 와중에도 여자들의 쇼핑이란 떠들썩한 법인지, 코마치와 유이가하마는 트렌디 패션에 관해 열띤 토론을 벌이기 시작했다. 남자인 내가 그 대화에 끼어들 수 있을 리 만무했고, 한 발짝은커녕 세 발짝 뒤에 우두커니 서서 초장부터 소

#11 치배트맨 배트맨 코스튬을 입고 배트포드처럼 개조한 바이크를 몰고 다녀 화제가 된 남자. 주로 치바에서 목격되어 치배트맨(Chibatman)이라 불림.

외된 느낌을 풀풀 풍겨야 했다.

"코마치, 이것 좀 봐! 진짜 귀엽지 않아?!"

"아, 정말 그러네요! 털 장식도 탈부착 가능해서 여기저기 코디하기 좋겠는데요?"

"그치?! 이거면 봄에두 입을 수 있으려나?"

둘이서 이 옷 저 옷 집어 들고는 신나게 떠들어댄다. 즐거워 보이니 다행이다만, 너희들 유키노시타 선물 사러 온 거 맞지? 본인 옷 사러 온 거 아니지?

그래도 저런 모습을 보니, 무척 여자다운 느낌이 났다.

유이가하마는 털 달린 후드 집업을 입고 거울 앞에 서서 빙그르르 도는 등, 옷맵시를 체크하느라 바빴다.

남자인 내가 매장에 들어가기는 아무래도 껄끄러워, 그냥 먼발치에서 지켜보기로 했다.

그러자 코마치가 타박타박 이쪽으로 다가왔다. 기분 탓인지 유례없이 편안해 보이는 표정이었다.

"유이 언니랑 쇼핑하니까 안심이 돼……."

"그야 유키노시타하고 비교하면 그럴 수밖에……."

예전에 유이가하마의 생일 선물을 사러 셋이 함께 돌아다 녔을 때는 요즘 여고생답지 않은 유키노시타의 감각에 경악했더랬지.

"응, 정말이지 오빠랑 다닐 때하고 맞먹는 수준이었어……. 물론 유키노 언니는 그런 점도 귀엽지만 말이야! 그치?"

세뇌하듯 말한 코마치가 내 얼굴을 빤히 들여다보았다.

"그래. 그래 봤자 내 그런 점은 안 귀엽겠지만."

"에휴, 하여튼 삐죽이라니까……."

남이사.

게다가 나와 유키노시타를 같은 선상에 놓는 건 실례다.

적어도 유키노시타는 본인한테 어울리는 스타일은 알고 있는 눈치고, 패션에 무관심한 편도 아니다. 그런데도 유이가하마의 생일 선물을 사러 갔을 때 고전을 면치 못한 까닭은 남을 위해 무언가를 고른다는 행위가 생소했기 때문인지도 모른다.

그렇게 서툴고 고지식한 구석이 더없이 유키노시타다웠다.

"나도 이 근처를 좀 둘러보고 오마."

두 사람과 헤어져 이 근처를 좀 쏘다녀 보기로 했다. 실제로 상품을 구경하면서 생각하다 보면 뭔가 떠오르는 게 있겠지.

유키노시타한테 선물이라…….

뭐가 좋을까…….

누가 뭐래도 서투른(ぶきっちょな, 부킷쵸나) 유키노시타 양, 줄여서 부키노시타 양에게 줄 선물 아닌가. 난감하다고, 부키농. 취미 이외의 분야에서는 실용적인 물품을 선호하는 녀석이다. 더 정확하게는 취미부터가 그렇다. 독서 쪽은 자기가 알아서 사보는 편이고, 자취를 하니까 생활용품이나 요리 도구도 빠짐없이 구비해놨을 테지. 빨래판도 가슴에 표준 장착 상태고.

미치겠네, 대체 뭘 줘야 하냐고…….

어슬렁어슬렁 돌아다니다 보니 디스티니 캐릭터 상품을 파는 가게가 눈에 띄었다.

으음, 팬돌이는…… 나보다 유키노시타가 훨씬 더 빠삭할 테니 논외고.

계속 걸어가자 애완용품을 파는 매장이 나왔다.

고양이는…… 실제로 키우는 게 아니니까. ……키우는 게 아니었지. 그냥 키우면 좋으련만. 유키노시타네 아파트, 애완동물 금지인가? 꿩 대신 닭이라고 고양이 사진집을 주자니 이미 잔뜩 갖고 있을 거 같고…….

그렇다고 저기 있는 액세서리 매장에서 뭔가 사주자니 그것도 좀 그렇고…….

끙끙거리며 근처 매장을 순회하다 보니, 출발 지점으로 되돌아오고 말았다.

그러자 옷 몇 벌을 품에 안은 유이가하마가 주위를 두리번거리는 게 보였다.

"응? 코마치는?"

"너하고 같이 있었던 거 아니었냐?"

"난 힛키랑 같이 있는 줄 알았는데…….

유이가하마가 살짝 몸을 굽히고 내 얼굴을 올려다보는 듯한 자세로 이쪽의 반응을 살폈다.

뭐야. 또 내뺀 거냐, 그 녀석…….

연락해봤자 헛수고인 패턴이라는 건 지난날의 경험으로 익히 아는 바다. 여기까지 따라와 준 것만으로도 고마우니 불만은 없지만, 한마디 귀띔이라도 해주면 어디 덧나냐고. 마음의 준비가 필요하다고. 중간에 냅다 내팽개치지 마…….

한동안 우움~ 하고 생각에 잠겨 있던 유이가하마가 웃차 안고 있던 옷가지를 추스르더니, 내 눈치를 살피듯 고개를 비스듬히 기울였다.

"뭐가 좋을지 고민돼서, 코마치한테 물어볼까 했는데…….
힛키, 좀 봐줄래?"

"도움이 안 돼도 괜찮다면야."

"응! ……그래두 도움은 돼줬음 좋겠지만."

"노력은 해보마."

그러자 유이가하마가 매장 안쪽의 거울 앞으로 다가갔다.
나도 그 뒤를 따랐다.

"스웨터나 카디건은 블라우스 위에다가두 걸칠 수 있구, 학교에서두 입을 수 있지 않을까 싶어서 골라봤는데……."

설명을 마친 유이가하마가 코트를 벗더니, 그 안에 입은 니트까지 벗기 시작했다.

어쩐지 봐서는 안 될 것 같은 느낌이 들어 얼른 시선을 피했다. 피팅룸을 이용하라고……. 아하, 그런가. 밑에 셔츠를 받쳐 입었으니 거리낄 것 없다는 심리인가. 저는 신경 쓰이니까 자제해주세요.

가게 안에 음악을 틀어놨을 텐데도 옷자락 스치는 소리는 유독 크게 들렸고, 유이가하마의 숨소리도 저절로 귀에 들어왔다.

"웃차…… 어때?"

부르는 소리에 쭈뼛쭈뼛 돌아보았다.

몽실몽실하고 따뜻해 보이는 니트 카디건이었다.

"어떠냐니……. 뭐 괜찮다고 생각한다만……."

좋고 나쁘고를 따질 필요도 없다. 잘 어울린다.

다만 문제는 그 옷이 유이가하마가 입을 게 아니라 유키노시타에게 줄 선물이라는 점이다. 유키노시타가 그 카디건을 입으면 옷감이 남아돌지 않으려나……? 으음, 그 뭐시냐. 어느 부분이라고는 말 안 하겠지만.

"근데 유키노시타 사이즈는 고려 안 해도 되냐?"

옷을 살 때의 기본 원칙은 자신에게 맞는 사이즈를 선택하는 거다. 핏이 중요하다느니 뭐니 하는 건 전부 코마치한테서 주워들은 거지만. 참고로 오늘의 내 복장 역시 돈 코마치[#12]의 깐깐한 패션 체크를 거쳤다. 내가 고른 옷은 「짓뭉개버릴 테야!」라고 부르짖을 수준으로 지독하게 까였다. 아니지, 그건 피코 대사잖아. 어라, 오스기 대사였던가? 하긴 누구면 어때.

"사이즈……."

그 단어를 뇌까린 유이가하마가 자기 배 언저리를 살짝 꼬집어보았다.

"크려나……?"

나직하게 중얼거리는 얼굴에는 절망의 빛이 어른거렸다. 배

#12 돈 코마치 패션 디자이너 코니시 요시유키, 통칭 돈 코니시에서 따온 것. 참고로 피코는 패션 평론가이며, 오스기는 그 쌍둥이 형제임.

를 만지던 손이 다시 팔뚝으로 이동했고, 표정은 점점 더 어두워져만 갔다. 괜찮아! 안 커! 크지만, 하여튼 안 커! 정확히는 안 작아!

"아니 저기 괜찮아. 괜찮은 정도가 아니라 그야말로 딱 좋아. 그러니까……."

수습하려는 의도는 아니었지만, 다급한 김에 횡설수설 둘러냈다. 하지만 내가 너무 허둥댄 탓인지, 유이가하마는 새치름한 눈초리로 의심스러운 시선을 보내올 따름이었다. 아, 진짜 미치고 팔짝 뛰겠네! 이럴 때는 뭐라고 대답해야 정답인 거냐고!

"아무튼 잘 어울린다고. 그럼 된 거 아니냐?"

힘겹게 그 대답을 쥐어짜 냈다.

"……에헤헷, 고마워."

겨우 웃는 얼굴이 된 유이가하마가 카디건을 벗더니 주섬주섬 개키기 시작했다. 그 모습을 직시할 수가 없어, 낯 뜨거운 마음에 딴청을 피우다가 문득 깨달았다.

"근데 유키노시타는 교칙을 지키니까, 학교에서는 그런 거 안 입을 거 같다만."

비록 유명무실한 수준이긴 하지만, 소부고에도 교칙이 존재하기는 한다. 그중에는 당연히 복장에 대한 규정도 있어서, 스웨터나 카디건은 학교에서 허가한 것만을 입게끔 되어 있다. 그래 봤자 시키는 대로 하는 학생은 거의 없으니 별로 신경 쓸 필요도 없지만, 유키노시타를 비롯한 일부 모범생들은 그 교칙을 철저하게 준수했다.

"그런가? 하긴 그러네. 그럼……."

유이가하마가 생각에 잠긴 얼굴로 카디건을 한쪽 팔에 걸치더니, 이번에는 머플러와 장갑 같은 소품을 모아놓은 매대로 향했다.

그리고는 매대를 훑어보다가 아, 하고 탄성을 질렀다.

"귀여워~! 이거 끼구 사브레랑 놀면 재미있을지두!"

그렇게 말하며 집어 든 것은 고양이 손 모양의 벙어리장갑. 그리고 강아지 얼굴 모양의 벙어리장갑이었다.

고양이 손 모양 벙어리장갑은 말 그대로 고양이 손이라는 느낌이었다. 반면에 강아지 얼굴 장갑은 손등에 귀와 얼굴이 달려 있고, 엄지손가락은 아래턱에 해당했다. 유이가하마가 그 장갑을 끼고 손을 꼼지락거렸다.

"우움, 뭘 잡을 때 좀 불편하려나……?"

"벙어리장갑이란 게 다 그렇지 뭐."

우움~ 하고 고민하던 유이가하마가 뭔가 생각났다는 듯 고개를 들더니, 오므렸던 손을 쫙 폈다.

"에잇, 덥석!"

그리고 강아지 장갑이 내 손을 와작 깨물었다.

"……그, 그냥 심심해서."

변명하듯 말한 유이가하마의 얼굴이 확 붉어졌다. 쑥스러우면 하지 말아 주시렵니까. 저도 쑥스럽단 말입니다. 침착하게 벙어리장갑에서 손을 빼낸 다음, 가볍게 손부채질을 했다.

이 가게, 난방이 너무 센 거 아닌가?

"그보다 그 녀석, 그런 디자인 밖에서는 안 할 것 같다만."

"......그럴지두."

유이가하마가 납득한 기색으로 고개를 끄덕였다. 실제로 유키노시타가 평소에 입는 옷들을 생각해보면, 저렇게 대놓고 귀여운 척하는 건 없었던 것 같다. 선물해도 안 쓰는 게 아닐까. ......아냐, 과연 그럴까? 의외로 유이가하마가 선물하면 겉으로는 냉정한 척하면서도 내심 설레는 마음으로 낄 것 같은 느낌도 든단 말이지.

"다른 걸 찾아봐야 하나......?"

고양이 손 장갑을 살랑살랑 흔들며 생각을 거듭하던 유이가하마가 다시 탐색에 들어갔다.

"아, 이거 괜찮을지두."

그렇게 말하며 집어 든 것은 고양이 발을 본떠 만든 양말이었다.

"양말이냐. 어쩐지 신발 신기가 힘들 것 같다만."

"실내용이라구! 아무리 그래두 밖에서 이런 디자인은 못 신지."

그런 논리라면 아까 그 장갑도 절대로 밖에서는 못 낄 거라고 봅니다만....... 하지만 듣고 보니 발바닥 쪽에 분홍색 젤리 모양의 고무로 미끄럼 방지 처리가 되어 있는 게, 정말 실내용이기는 한 것 같았다.

"집에서 신는 거니까 남의 눈을 신경 쓰지 않아두 될 거 같은데…… 어떻게 생각해?"

"글쎄, 뭐 좋아하지 않겠냐?"

유이가하마가 선물하는 거라면 유키노시타는 뭐든지 환영일 테니까. 품목 자체보다도 누가 주었는지가 더 중요한 셈이다. 실제로 무슨 말을 했느냐보다 누가 한 말인지에 더 무게가 실리는 경우도 있으니까.

"좋아, 이걸루 할래."

유이가하마가 들고 있던 물건들을 부스럭부스럭 챙겨서 계산대로 향했다. 그 속에는 아까 본 카디건과 벙어리장갑 두 개도 포함되어 있었다. 고양이 손 장갑도 선물하려는 건가…….

그나저나 고양이 손, 고양이 발이라…….

여기 혹시 꼬리는 안 파나?

× × ×

어쨌거나 나는 나대로 열심히 찾아봐야 한다. 아까 그 가게, 고양이 꼬리는 안 팔더라고.

그리하여 방문했습니다. 센시티 소고 치바점. 이름부터가 유행에 민감할 것 같은 느낌. 그건 센시티가 아니라 센서티브겠지.

평소 같으면 남성복 매장으로 직행했을 테지만, 오늘은 유키노시타에게 줄 선물을 사러 온 참이다. 자연스럽게 여성용품을 취급하는 플로어로 향하게 되었다.

그래 봤자 내가 여성용품에 빠삭할 리 없는 관계로, 유이가하마가 앞장서는 형태가 되었다.

유이가하마가 낙점한 곳은 옷은 물론이고 그 밖의 각종 소품과 아이템도 폭넓게 갖춰놓은 매장이었다.

"다양하게 둘러봄 도움이 되지 않을까? 장갑이나 액세서리나 머플러나…… 아님 아예 잡화 쪽이라든가……"

유이가하마의 제안에 나도 매장으로 들어가 이것저것 살펴보았다.

유이가하마가 옆에 붙어서 살뜰하게 추천해준 덕분에, 여태까지는 점원이 신고를 한다거나 경비원이 으름장을 놓듯 순찰을 도는 불상사는 일어나지 않았다. 만약 나 혼자서 매장 안을 서성댔더라면 점원이 「뭔가 찾으시는 게 있으신가요?」라고 묻는 것을 시작으로, 철통 같은 밀착 마크를 당하는 것도 모자라 계산대 안쪽에서도 따가운 시선이 끈질기게 따라붙었을 게 틀림없다. 출처는 예전에 별생각 없이 들렀을 때의 나. 혼자 오는 남자 손님이 드문 거야 아닙니다만, 가능하면 저기, 아주 조금만 경계 레벨을 낮춰주셨으면 좋겠는데요…….

점원의 시선을 신경 쓰며 진열대에서 진열대로 이동하는데, 유이가하마가 문득 걸음을 멈췄다. 그 진열대에 붙여놓은 팻말에는 아이웨어라고 적혀 있었다.

아이웨어라니 뭐냐고. 그냥 안경이라고 하면 되잖아, 안경. 아무 데나 외국어를 못 갖다 붙여 안달이라니 교양인 행세라도 하겠다는 거냐. 행거도 옷걸이라고 하면 되잖아. 미트 소스를 볼로네제라고 하질 않나, 스파게티를 파스타라고 하질 않나. 그야말로 가소롭기 짝이 없다니까. 엇, 근데 미트 소스도 스파게티도 외국어잖아…… 일본어로는 뭐라고 해야 되지……?

고민에 빠져 있는데 유이가하마가 내 어깨를 툭툭 쳤다.

돌아보자 유이가하마가 어째서인지 으스대는 표정으로 안경테를 쓱 추켜올렸다.

"에헴, 어쩐지 똑똑해 보이지 않아?"

"안경=똑똑함이라는 발상 자체가 유식함과는 거리가 먼 거 아니냐……."

"몰라, 바보."

토라진 목소리로 대꾸한 유이가하마가 다시 안경을 이것저것 살펴보며 디자인을 체크하기 시작했다. 나도 덩달아 안경을 집어 들었다.

흐음, 신기한 게 많은데?

디자인뿐만 아니라 기능성도 겸비한 상품이 많았다. 꽃가루 차단용이니 블루라이트 차단용이니 하는 설명들이 눈에 띄었다. 단순한 시력 교정 목적 이외의 안경 착용이 보편화된 덕분인지, 가격대도 그럭저럭 합리적인 편이었다.

구경하고 있는데, 유이가하마가 그중 하나를 내밀었다.

"아, 맞다. 힛키두 한번 써봐. 이거 어때?"

"어……?"

이거 아무리 봐도 놀림감이 되는 패턴이잖아…… 주저하는

데, 유이가하마가 종용하듯 내게 안경을 떠넘겼다.

"자, 얼른!"

각오를 다지고 안경을 쓰기 위해 기합을 불어넣었다. 페르, 소나……! 참고로 4보다는 3을 좋아하는 저로서는 소환 시에는 꼭 머리에 권총을 겨누고 싶습니다!

"이러면 되냐?"

스슥 안경을 상착하고 집게손가락으로 쓱 테를 밀어 올렸다. 그러자 유이가하마가 웃음을 터뜨렸다.

"안 어울려!"

"시끄러……."

이래서 싫단 말이다……. 넌덜머리를 내며 안경을 벗자, 유이가하마가 지치지도 않고 다른 디자인의 안경을 내밀었다.

"자, 그럼 다음은…… 이거!"

"싫다니까."

"에이, 뭐 어때서 그래. 자!"

그렇게 말하며 우격다짐으로 내게 안경을 씌웠다. 거치적거려……. 어중간하게 귀에 걸린 안경을 제대로 고쳐 쓰고, 불평이라도 한마디 해줄 심산으로 유이가하마를 돌아보았다.

그러자 유이가하마가 입을 헤 벌린 채 나를 빤히 쳐다보고 있었다.

"……."

"야야, 침묵이라니…….."

자기가 시켜놓고 무반응이냐……. 뭐든 말 좀 해보라는 눈

으로 쳐다보자, 그런 내 시선을 감지한 유이가하마가 허둥지둥 손사래를 쳤다.

"아, 그냥. 아무것두 아니야. ……그게, 의외루 어울릴지두."

"……그러냐. 고맙다."

칭찬을 받으니 그건 그것대로 어떤 반응을 보여야 할지 난감했다.

그나저나 의외라…….

안다고 생각해도 모르는 것들은 많이 있다. 예컨대 평상시에는 안경을 쓰지 않는 유이가하마지만, 일단 써보니 생각 외로 잘 어울린다든가.

그 언젠가 유키노시타가 후회하듯 말한 적이 있었다. 유이가하마에 대해서 하나도 아는 게 없었다고.

그 점은 나도 마찬가지다.

예전의 내게는 정말로 알고자 하는 마음이 없었던 거겠지.

십중팔구 유키노시타뿐만 아니라 유이가하마에 대해서도.

그러나 지금은 비록 아주 조금이지만. 이해와는 거리가 먼데다 이상적이라고는 입이 찢어져도 말 못 하지만, 그래도 확실히 셋에서 켜켜이 시간을 쌓아왔다. 반년 남짓이라고 해봐야 결코 긴 시간은 아니다. 그래도 그때에 비하면 확실히 그녀에 대해 조금은 알고 있다.

내가 아는 유키노시타 유키노…….

유이가하마가 졸라대면 결국 들어줘 버리고, 고양이라면 사족을 못 쓰며, 휴일에는 팬돌이 쿠션을 끌어안고 컴퓨터로 고양이 동영상을 본다.

의외로 많은 것을 알고 있잖아.

유이가하마가 고양이 발 모양 실내용 양말을 선물한다면, 나도 그에 어울리는 것을 주도록 하자.

유키노시타가 보내는 혼자만의 시간이 따스하고 안락할 수 있도록.

$$\times \quad \times \quad \times$$

쇼핑을 마친 후, 한참을 돌아다녔으니 다리도 쉬어줄 겸 카페에 가기로 했다. 바깥에 있는 스타벅스로 가도 되겠지만, 나돌아다니기에는 추운 시기다. 게다가 주문하는 법을 모르는 관계로 오늘 같은 날에는 별로 가고 싶지 않았다.

그래서 몇 번 가본 적이 있는 익숙한 가게로 향했다.

"여기 괜찮냐?"

"응."

유이가하마의 의향을 확인하고 센시티 안에 있는 카페로 들어갔다. 건물 안쪽 깊숙한 곳에 위치해서인지, 시끄럽지 않고 차분한 분위기가 감돌았다.

"두 명이요."

점원에게 인원수를 알려주자 4인석으로 안내되었다. 창가 자리라 치바 역 주변의 번화가가 한눈에 내려다보였다. 유이가하마에게 안쪽 자리를 양보하고, 그 등 뒤로 펼쳐지는 풍경을 감상했다.

모노레일이 지나가는 모습도 보여서, 왠지 치바가 눈부시게 발전한 것처럼 느껴졌다. 완전 미래도시라니까, 치바.

멀어져가는 모노레일을 눈으로 좇다가, 대각선 맞은편에 앉은 사람과 눈이 마주쳤다.

"어라, 히키가야잖아?"

그 사람 또한 유리창을 등지고 소파에 앉아 있었다.

흰색을 기조로 한 프릴 달린 셔츠. 가슴까지 내려오는 금색 목걸이. 그것은 바깥의 불빛을 모조리 빨아들이기라도 한 것처럼 찬란하게 반짝였지만, 재미있다는 듯 미소 짓는 눈동자는 저물어가는 밤하늘보다도 어두운 검은색이었다. 그렇게 엇갈리는 인상을 봉합하듯, 화사한 붉은색 숄을 여미며 유키노시타 하루노는 내 이름을 불렀다.

그러자 유이가하마도 흘끗 옆자리를 곁눈질하더니, 놀란 표정으로 입을 열었다.

"하루노 언니……하구."

유이가하마의 시선이 그 맞은편으로 옮겨갔다. 그곳에는 밝지도 어둡지도 않은 회색 티에 검은색 재킷을 걸친 남자가 있었다. 금색에 가까운 연한 갈색 머리카락 밑에서 놀란 눈으로나마 빙그레 웃어 보인 남자는 다름 아닌 하야마 하야토였다.

"하야토잖아?"

"……안녕."

소맷자락 사이로 은은한 광택이 감도는 은색 손목시계를

얼핏 내비치며, 하야마가 가볍게 손을 들어 짤막하게 인사를 건넸다.

나도 살짝 고개를 끄덕여 화답했다. 그것 말고 다른 대화는 오가지 않았고, 그저 잔잔하게 틀어놓은 재즈만이 들려왔다. 그 선율에 의자 끄는 소리가 섞였다.

"그러고 보니 가하마랑 만나는 것도 오랜만인 거 같은데?"

그렇게 말하며 하루노가 자연스럽게 우리 쪽 테이블로 옮겨 앉았다. 그러자 하야마도 후우 한숨을 쉬더니 계산서를 챙겨 들고 내 옆자리로 와서 앉았다.

"에잇, 요놈들. 데이트나 하고 말이야. 여전히 알콩달콩하네. 근데 유키노는 같이 안 왔어?"

하루노가 팔꿈치로 유이가하마를 쿡쿡 찌르더니 커피숍 입구 쪽을 돌아보았다.

"아, 그게요. 오늘은 유키농 선물 사러 온 거라서요······."

"아하. 하긴 그 애, 곧 생일이지. ······그래, 그렇구나."

하루노는 흠흠 고개를 끄덕이며 유이가하마의 설명을 들었지만, 이내 휴대폰을 꺼내 들더니 누군가에게 전화를 걸기 시작했다.

그 모습을 지켜보던 하야마가 조심스레 입을 열었다.

"······안 받지 않을까?"

"아니, 아마 오늘은 받을걸?"

확신에 찬 미소를 지으며 하루노가 말했다.

실내가 워낙 조용해서인지, 신호음이 희미하게 새어나왔다.

두 번, 세 번……. 여러 차례 신호가 간 끝에, 마침내 전화가 연결되며 모기만 한 목소리가 들려왔다.

『여보세요.』

"아, 유키노? 언니야~. 지금 잠깐 나올 수 있어?"

『끊을게.』

빠르다! 재깍 되돌아온 대답에 옆에서 듣고 있던 유이가하마와 하야토도 쓴웃음을 지었다. 그러나 하루노는 그런 반응에도 이골이 났는지, 눈 하나 까닥하지 않고 장난스러운 말투로 응수했다.

"어라아? 정말 끊으려고오~?"

『……용건을 말해.』

하루노가 음흉하게 웃었다.

"그게 말이지, 실은 나 지금 히키가야랑 같이 있거든!"

『또 얼토당토않은 거짓말을……. 어지간히…….』

"자, 히키가야."

말이 끝나기가 무섭게 하루노가 내 손에 휴대폰을 들려주었다.

"엇, 잠깐만요…….."

손에 쥔 휴대폰과 하루노를 번갈아 보았지만, 하루노는 손을 등 뒤로 감추고서 시치미를 뚝 뗐다. 받을 생각은 털끝만큼도 없는 눈치였다. 그러는 사이에도 전화기 너머에서는 유키노시타가 하루노를 찾는 소리가 들려왔다. 하는 수 없지. 일단 받아볼까…….

"어…… 여보세요."

뭐라고 해야 좋을지 몰라 일단 그렇게 말했다. 그러자 전화기 너머에서 숨을 죽이는 기척이 느껴졌다.

짧은 침묵이 흐른 후, 한숨 소리가 들려왔다.

『휴우, 기가 막혀서……. 왜 네가 거기 있는 거니?』

도리어 내가 묻고 싶을 정도다. 그냥 쇼핑하던 중이었는데……. 내가 왜 여기 있는 거지?! 내가 왜 여기 있는 거냐고?! 드왓하하하! 요괴 탓이야, 그런 거야.[#13] 난 잘못 없어. 전부 요괴 잘못이라고.

"그게, 어쩌다 외출했는데 그만 덜컥 붙잡혀버려서…….

그 요괴를 흘긋 째려보며 사정을 설명하려 했으나, 내 말을 가로막듯 또다시 한숨 소리가 들려왔다.

『됐어. 지금 갈 테니 언니를 바꿔주렴.』

"……네, 죄송합니다."

얼떨결에 사과하고 말았다.

물수건으로 화면을 닦은 후 주인에게 휴대폰을 돌려주자, 하루노는 장소 등에 관해 유키노시타와 두세 마디 짧은 대화를 나눈 뒤 전화를 끊었다.

"유키노, 온대."

하루노가 만족스러운 기색으로 미소 지으며 말하자, 유이가하마가 조심스럽게 입을 열었다.

#13 드왓하하하! 요괴 탓이야, 그런 거야 요괴 워치 ED 「요괴 체조 첫 번째」의 가사.

"근데요, 유키농은 왜 부르신 거예요? 싫어하는 눈치던데……."

"응? 아, 이따 식구들끼리 식사하러 갈 예정이라 유키노도 불렀는데 거절당했거든. 하지만 너희들이 여기 있다고 하면 올 수밖에 없을 거 아냐?"

"인질 취급입니까……."

"어허, 남들이 들으면 오해할라. 하지만 자기 대신 붙잡힌 친구를 위해 서둘러 달려오다니, 뭔가 훈훈한 이야기잖아?"

"그렇게 치면 간사하고 포악한 왕은 대체 누구일까요……."

"와우, 문학청년~."

하루노가 유쾌한 기색으로 나를 놀리듯 말했다.

유이가하마가 웅? 하고 고개를 갸웃했다. 그 반응에 하야마가 빙그레 웃으며 말했다.

"『달려라 메로스』야."

"아, 아하, 그, 그거구나, 그거. 응, 알아. 들어본 적 있어. 그거 엄청 빠르지!"

정말 아는 거 맞냐……. 메로스는 달려써…… 메로스랑 세리눈은…… 영원히 절친이얌……!!#14 이라는 이야기라고.

의심스러워하는데, 위기 상황을 모면하려는 듯 유이가하마가 얼른 화제를 돌렸다.

"그보다 가족들끼리 외식이라니 좋네요. 다 함께 모여서,

#14 메로스는 달려써…… 메로스랑 세리눈은…… 영원히 절친이얌……!! 일본 인터넷에서 유행했던 드립으로, 「달려라 메로스를 소녀 소설 풍으로 각색하면,이라는 주제의 패러디.

우움……?"

유이가하마의 눈길이 하야마에게로 쏠렸다. 그 시선의 의미를 이해했는지, 하야마가 대화의 바통을 넘겨받았다.

"옛날부터 부모님들끼리 친분이 있어서……. 새해 인사 겸 함께 식사라도 하자는 이야기가 나왔거든. 난 그냥 그 자리에 동석하게 된 것뿐이야."

"아하……."

유이가하마가 납득한 기색으로 고개를 끄덕이자, 하루노가 찻잔 가장자리를 손끝으로 쓸며 나직하게 한숨을 쉬었다.

"설날은 친척들 때문에 어수선하고 4일부터는 업무 시작이라서 그 전날부터 정신없으니까, 지인들과 만나는 건 오늘이거든."

들자하니 유키노시타 집안에서는 연례행사인 모양이다. 그나저나 이따가 같이 식사할 예정이라면 유키노시타의 부모님도 여기 있는 걸까. ……왠지 좀 궁금해지는데.

기지개 켜는 시늉을 하며 슬그머니 주위를 둘러보았다. 하지만 너무 속 보이는 연기였는지, 대각선 맞은편에 앉은 하루노가 쿡쿡 웃었다.

"부모님은 다른 데 인사 가셨어. 우리는 여기서 기다리는 중이고."

"아하, 그래서……."

그 말을 듣고 납득했다. 부모들끼리 뭔가 할 일이 있을 때는 아이들만 덩그러니 남겨지는 경우가 많다. 우리 집만 해도 엄마가 동네 생협 조합원이었던 시절에는 엄마들끼리 친하게 지내다 보니 자연스럽게 그 집 아이들과 어울리게 된 적이 있다. 그런데 말이지요, 어머님. 부모들끼리 친하다고 자식들도 친해질 거란 보장은 없거든요…… 그야말로 죽도록 거북한 시간의 연속이었더랬지.

이야기를 듣고 있던 유이가하마가 굉장하다는 듯 후아~ 하고 탄성을 흘렸다.

"인사 다니려면 힘들 거 같아요."

"매년 겪는 일이다 보니 이젠 적응이 됐어. 물론 가끔은 귀찮을 때도 있지만. ……의외로 사라지지 않고 남아 있단 말이지, 그런 풍습, 아니 관습이라는 게."

그렇게 대꾸하는 목소리에서는 뭐라 표현하기 힘든 체념의 빛이 묻어났다.

유키노시타도, 그리고 새해 참배에 불참한 하야마도 그런 사교 활동을 요구받고 있는 거겠지.

이른바 상류층, 부유층 사람들한테는 이런저런 제약이 따르기 마련이다. 서민 입장에서는 아무래도 현실감이 떨어지는 이야기지만, 사실이 그런 것을 어쩌겠는가. 하긴 따지고 보면 친척들끼리 돈독한 관계를 유지하는 집안도 적지 않다. 내가 모를 뿐이지, 독특한 공동체 생활을 영위하는 가정은 의외로 많을지도 모른다.

우리 같은 서민도 살다 보면 이것저것 걸리적거리는 일들이 많지 않은가. 거기에 사회적인 지위가 추가되면 그만큼 제약도 늘어나겠지.

하루노가 방금 내쉰 한숨을 날려버리듯 테이블을 툭 치더니, 자세를 바로 했다.

"그보다 선물은 뭘 샀어?"

그렇게 물으며 소파에 나란히 앉은 유이가하마에게 찰싹 달라붙었다. 그 갑작스런 접근에 당혹스러워하며 유이가하마가 쇼핑백을 보여주었다.

"아, 그게…… 저는 실내용 양말을 줄까 하는데요……."

"흐음, 하긴 겨울에는 마룻바닥에서 냉기가 올라오니까."

"맞아요! 유키농네 집 거실이 마루길래, 지난번에 갔을 때 좀 추우려나 싶었거든요."

"나도 몸이 찬 편이라서 공감이 가는걸."

지극히 여성스러운 화제로 이야기꽃을 피우는 사이, 시커먼 남정네인 나와 하야마는 별다른 대화도 없이 묵묵히 두 사람의 수다에 귀를 기울였다.

하지만 하야마에게는 그런 상황이 지루하게 느껴졌는지, 나직하게 중얼거렸다.

"생일 선물이라……."

그리고 흘끗 나를 곁눈질했다.

"뭐 샀어?"

"어, 뭐 그냥 좀."

"그래?"

더 이상 캐묻지도 않고, 미련 없이 시선을 돌려버린다.

하야마는 그 후에도 하루노와 유이가하마의 대화에 귀를 기울이다가 이따금 맞장구를 치곤 했다. 찻잔을 들고 있는 하야마의 손목에서 초침이 느릿하게 돌아갔다.

나는 잠자코 그 움직임을 눈으로 좇았다.

흐트러짐 없이 계속해서 같은 리듬을 새기며, 바늘은 그저 정해진 대로 움직인다. 한 바퀴 돌고 두 바퀴 돌아 제자리로 돌아와서는 평소와 다름없는 얼굴을 보여준다. 그럼에도 결코 똑같지는 않다. 초침은 변하지 않지만, 주위가 가리키는 시각은 끊임없이 변화해간다.

포장된 선물꾸러미를 물끄러미 바라보던 하루노가 불쑥 입을 열었다.

"나도 오랜만에 뭔가 선물해볼까나~?"

그리고 흘끗 시선을 돌렸다.

"어때? 하야토."

"……그러게."

가볍게 어깨를 으쓱해 보인 하야마가 창밖으로 시선을 돌렸다. 그 눈에 담긴 것은 거리의 불빛만은 아닐 테지.

나도 유리창에 비치는 하야마를 곁눈질하다가, 문득 옛날에 뭘 선물했을까 하는 시답잖은 생각에 빠져들었다.

×　×　×

거북한 시간이 흘러갔다.

하루노가 유키노시타한테 전화한 지도 30분가량이 지났다. 그 아파트에서 오는 거라면 조금 더 시간이 걸리겠지. 그렇다고 사람을 불러내 놓고 나 몰라라 돌아가 버릴 수도 없는 노릇이다.

홀짝홀짝 마시던 커피도 진즉 바닥을 드러냈고, 모락모락 김을 피워 올리던 찻주전자도 싸늘하게 식어버렸다.

나뿐만 아니라 유이가하마도 초조한 기색으로 자꾸만 주위를 흘끔거렸다. 그러다가 뭔가를 발견하고는 아, 하고 탄성을 질렀다. 고개를 돌리자 잰걸음으로 이쪽을 향해 다가오는 유키노시타의 모습이 눈에 들어왔다.

"유키농, 여기야 여기."

유이가하마가 그렇게 말하며 손을 흔들자, 그 모습을 본 유키노시타가 우리들이 앉아 있는 테이블로 다가왔다.

"유이가하마……. 너도 있었구나."

놀란 기색으로 유키노시타가 말했다. 하긴 전화할 때는 말 안 했으니까.

"응. 그게…… 뭐라구 해야 되나, 힛키랑 쇼핑하다가 갑자기 붙들리는 바람에……."

"쇼핑……? 그, 그랬구나……."

선물을 받을 당사자에게 이야기하기가 껄끄러웠던 탓인지, 유이가하마가 미묘하게 말꼬리를 흐렸다. 그 대답에 유키노시타가 미심쩍은 눈빛으로 나와 유이가하마를 번갈아 보았다.

"아무튼 일단 앉아."

그렇게 말한 유이가하마가 엉거주춤 몸을 일으키더니, 소파에 한 사람이 앉을 만한 공간을 터주며 그쪽으로 유도했다. 그 결과, 자연스럽게 하루노와는 얼굴을 마주할 일 없는 위치에 앉게 되었다. 유키노시타가 유이가하마를 향해 고개를 숙였다.

"언니가 불편을 끼쳤구나. 미안해."

"에이, 아냐."

유이가하마가 밝은 표정으로 손을 내저으며 대답하자, 유키노시타가 조금 안심한 기색으로 가슴을 쓸어내렸다. 그리고는 나를 향해 돌아앉더니, 눈치를 살피듯 눈만 살짝 들어 나를 보았다.

"그리고, 히키가야도……."

"됐어. 어차피 딱히 할 일도 없었고."

실제로 쇼핑을 한 후에 뭔가 구체적인 계획이 있었던 것도 아니다. 단둘이 시간을 보내지 않아도 됐던 만큼, 오히려 마음은 편했는지도 모른다. 그렇다고 그게 좋았냐 하면 천만의 말씀이지만.

이 사태의 원흉이 도발적인 미소를 지으며 짓궂은 목소리로 유키노시타에게 말을 걸었다.

"유키노, 왜 이렇게 늦었어? 기다렸잖아~."

"뜬금없이 불러내 놓고 파렴치하게 잘도 그딴 소리를……."

매섭게 노려보는 유키노시타와 그 시선을 태연하게 받아넘기는 하루노. 그 둘 사이에 끼인 유이가하마가 난처한 얼굴로 웃었다. 대난투! 유키노시타 시스터즈는 삼가다오…….

"너무 그러지 마. 유키노도 최대한 서둘러 온 모양이고…….."

살벌한 분위기를 누그러뜨리는, 귀에 익은 서글서글한 음성. 그 속에 생소한 호칭이 섞이는 바람에 무심코 그쪽을 돌아보고 말았다. 그러자 그 음성의 주인공, 하야마 하야토는 아차 싶었는지 얼굴을 찡그렸지만, 이내 얼버무리듯 미소를 머금었다.

"……."

유키노시타가 놀란 듯 말없이 쳐다보자, 하야마가 어깨를 으쓱했다.

"유키노시타는 뭘 마실래?"

"……홍차로 할게."

그 대답을 들은 하야마가 신속하게 주문을 넣었다. 홍차가 나오자, 하루노가 후우 나직한 숨결을 토해냈다.

"다 함께 차 마시는 것도 오랜만이네."

"그러게."

"……."

하야마는 맞장구를 쳤지만, 유키노시타는 찻잔을 들고 지그시 눈을 감은 채 아무 말도 하지 않았다. 침묵이 흐르자, 대화의 이음매를 찾듯 유이가하마가 입을 열었다.

"어, 우움……. 하야토랑두 옛날부터 아는 사이라구 하셨죠?"

"그래그래. 하야토는 외아들이잖아? 그래서 하야토네 부모님이 우리를 무척 예뻐하셨거든. 그렇지, 유키노?"

"나는 딱히 그런 것 같지도 않은데."

"오해야. 두 사람 다 우리 부모님뿐만 아니라 모두에게 예쁨 받았는걸."

하루노가 말을 걸어도, 하야마가 미소 띤 얼굴로 이야기해도 유키노시타의 태도는 여전히 냉랭하기만 했다. 하지만 하루노는 그런 반응에도 개의치 않고 아련한 눈빛을 했다.

"옛날 생각나네…… 어릴 때는 부모님들이 볼일 보러 가시면 항상 내가 너희 둘을 돌봤었는데."

그 말에 유키노시타의 눈썹이 꿈틀했다.

"부하처럼 멋대로 끌고 다녔다는 걸 잘못 말한 거겠지. 끔찍한 경험이었어."

찻잔을 달칵 컵받침에 내려놓으며, 하루노를 향해 조용한 음성과 싸늘한 시선을 보낸다. 그 말에 하야마가 반응했다.

"아, 그래. 동물 공원 갔을 때라든가…… 거기 놀이공원에서 정말 죽는 줄 알았지……."

"린카이 공원에서도 그랬어. 내버려두고 가지를 않나, 관람차를 흔들어 대지를 않나……."

과거의 아픈 기억이 떠오르는지, 하야마와 유키노시타의 표정은 어두웠다. 오직 하루노만이 즐거운 표정으로 힘주어 고개를 끄덕였다.

"아, 맞아맞아. 기억나네. 그럴 때는 대개 유키노가 울음을 터뜨리곤 했지."

"뭐……? 기억을 날조하지 마."

"에이, 날조는 무슨. 맞지? 하야토."

"아하하……. 글쎄, 어땠더라?"

하루노가 화제를 제공하면 하야마가 웃으면서 맞장구를 치고, 유키노시타가 말없이 고개를 끄덕인다.

지난날을 추억하듯 이야기하는 세 사람을 보며 새삼 실감했다.

저들 사이에는 함께 쌓아올린 시간이 분명히 존재하며, 외부인이 그 추억에 개입하는 것은 불가능하다는 사실을.

세 사람의 대화에는 유이가하마도 좀처럼 끼어들지 못했다. 하물며 나는 말할 필요도 없다.

과거에 그들이 어떠한 관계였는지는 모른다. 설령 알게 된다 한들 어찌해볼 도리도 없다.

할 수 있는 일이라고는 이따금 씁쓸한 커피를 홀짝이는 것과 끊임없이 이어지는 세 사람의 추억담을 흘려들으며 맞장구를 치는 것, 그리고 상상해보는 것뿐이다.

언젠가 이런 질문을 받은 적이 있다.

내가 그들과 같은 초등학교에 다녔더라면 어떻게 됐을까.

그때 나는 뭐라고 대답했던가.

회상과 사색에 잠겨 있으려니, 한숨 소리와 함께 찻잔을 내려놓는 소리가 들려왔다. 그쪽을 돌아보니, 하루노가 감흥 없는 눈으로 하야마와 유키노시타를 바라보고 있었다.

"그때는 둘 다 귀여웠는데 말이야……. 지금은…… 뭔가 시시해."

촉촉하고 고운 입술에서 그 아름다움만큼이나 차가운 말이 흘러나왔다. 얼음 같은 미소에 꿰뚫려, 그 자리에 있는 모두가 할 말을 잃었다.

테이블 위에 올려놓은 유키노시타의 주먹에 힘이 들어갔고, 하야마는 이를 악물며 시선을 피했다. 유이가하마는 어쩔 줄 몰라 하며 내 얼굴을 흘끔거렸다.

테이블이 찬물을 끼얹은 듯한 정적에 휩싸이자, 하루노가 키득 웃었다.

"뭐 그래도 지금은 히키가야가 있으니까. 대신 히키가야를 예뻐해 주면 그만이려나?"

"아뇨, 죄송하지만 전 운동부 식으로 예뻐해 주시는 건 좀……."

"바로 그런 점이 사람을 더 자극한다니까? 아유, 우리 하치만. 착하기도 하지~."

그러면서 손을 뻗어 내 머리를 쓰다듬으려 했다. 몸을 뒤로 젖혀 슬쩍 그 손을 피했다.

"에고, 도망쳐버렸네."

너스레를 떨며 배시시 웃는 하루노는 꼭 성격 좋은 누님처럼 보였다. 연상의 미녀가 나를 향해 웃어주는 일이 자주 있는 것도 아니니 기분 나쁘지는 않았다. 설령 그 미소가 거짓일지라도 상관없다는 생각마저 들 정도였다. 잇시키 이로하로 대표되듯, 자신을 매력적으로 포장하고자 하는 양면성은 누구나 가지고 있으니 그런 거라면 조금도 무서울 게 없다.

다만 유키노시타 하루노는 그 이면에 도사린 정체불명의 무언가를 거리낌 없이 드러낸다는 점이 무서운 거다.

하지만 지금의 하루노는 그 화제를 계속 이어나갈 생각이 없는지, 미소 띤 얼굴로 전혀 다른 이야기를 꺼냈다.

"운동부 이야기가 나와서 말인데, 곧 학교에서 마라톤 대회 하지 않아?"

"아, 맞아요. 이번 달 말에 한대요."

유이가하마의 대답에 하루노가 약간 뜻밖이라는 표정을 지었다.

"어라, 올해는 2월이 아닌가 보네?"

"고문 선생님한테 듣기론 올해는 날짜가 꼬여서 조금 앞당기기로 했다던데."

마치 아무 일도 없었다는 양, 하야마가 부드러운 미소를 지으며 차분한 목소리로 설명했다.

그리고 유키노시타 양은 음울하기 짝이 없는 표정이시군요, 네네. 하긴 저 녀석, 저질 체력이니까……. 마라톤 계열은 완전 쥐약이겠지.

어쨌거나 다시 분위기가 밝아졌다.

그건 다행이지만, 네 사람이 모여앉아 화기애애하게 이야기를 나누는 모습은 자연히 주위의 이목을 끌었다. 결코 요란한 느낌은 아니지만, 어딘가 화사한 분위기가 감돈다고나 할까. 이 사람들, 역시 눈에 띈단 말이야…….

아까부터 입구 쪽에서 흘끔흘끔 이쪽을 쳐다보는 시선이 느껴졌다.

물론 수다를 떠느라 조금 시끄러워진 탓도 있지만, 하나같이 수려한 용모의 소유자들이다. 길거리에서 마주치면 저절로 시선을 빼앗길 만한 인물들인 셈이다.

그 덕분에 내 존재감은 더욱더 희미해져만 갔다. 나는 그림자……. 하지만 그림자는 빛이 강할수록 짙어져서 밝은 빛을 더욱 두드러지게 만들죠…….

어차피 달리 할 일도 없고 해서, 나 혼자 배경 역할(黑子, 쿠로코)에 철저(徹底)하기로 했다. 그나저나 배경 역할에 철저하다는 말의 쿠로야나기 테츠코(黑柳徹子)[#15]스러움은 가히 경이로운 수준.

대화에 참여하지 않고 그저 커피 잔을 입으로 가져가기만 하는 기계 노릇을 하다 보니, 그 커피도 금방 거덜 나고 말았다. 기왕 온 거 한 잔 더 마실까 하고 점원을 찾는데, 이쪽으로 다가오는 기모노 차림의 여인이 시야에 들어왔다.

윤기 나는 검은 머리카락을 곱게 틀어 올렸고, 전체적으로 차분한 분위기를 풍겼다. 나이는 우리 부모님보다 조금 아래이려나. 균형 잡힌 몸매의 소유자로, 걸음걸이는 무척 조신하고 조용조용했다. 다만 그 무심한 표정에서는 기묘한 기시감이 느껴졌다.

#15 쿠로야나기 테츠코 일본 여배우. 「창가의 토토」의 저자이자 「테츠코의 방」이라는 토크쇼로 유명함.

닮았다고, 직감적으로 느꼈다.

그 귀부인은 서슴없이 우리 테이블로 곧장 다가와서 말을 걸었다.

"하루노."

손님들의 이야기소리와 잔잔하게 흐르는 음악 속에서도 또렷하게 들리는, 듣는 이의 의식을 잡아끄는 듯한 목소리. 그 음성은 누군가를 떠올리게 했다.

부르는 소리에 하루노가 그쪽을 돌아보았다.

"아, 이야기는 끝났어?"

"그래. 이제부터 식사하러 갈 거라서 부르러 왔단다. 하야토, 기다리게 해서 미안하구나."

"괜찮으니까 신경 쓰지 마세요. 일행들 덕분에 즐거운 시간을 보냈으니까요."

하야마가 서글서글하게 화답하며 우리를 바라보자, 그 귀부인도 덩달아 시선을 돌렸다.

유키노시타가 있으리라고는 상상도 못 했던 거겠지. 탄성을 지르듯 어머나, 하고 나직하게 중얼거리더니 이내 부드럽게 미소 지었다.

"유키노, 와줬구나. 다행이야……."

"엄마……."

유키노시타가 중얼거렸다. 맥없이, 혹은 생기 없이.

듣고 보니 확실히 생김새뿐만 아니라 풍기는 분위기마저도 유키노시타와 흡사했다. 나이를 먹으면 완전히 닮은꼴이 되겠지. 그럼에도 첫눈에 알아보지 못한 까닭은 위압적일 정도의 박력이 느껴졌기 때문이다. 섣불리 말을 걸기가 망설여지는, 위엄이라고 불릴 만한 뭔가를 지닌 사람이었다. 덕분에 내 등도 저절로 반듯하게 펴졌다.

유키노시타는 숨을 죽인 채 팔꿈치로 손을 가져가 자기 몸을 감싸 안고는, 위축된 기색으로 시선을 피했다.

그런 딸의 모습을 보면서 무슨 생각을 한 걸까. 유키노시타의 엄마는 온화한 미소를 지어 보였다.

그 후로 말문을 닫아버린 유키노시타 옆에서, 유이가하마가 감탄한 기색으로 중얼거렸다.

"우와, 굉장한 미인……."

유이가하마가 놀라워하는 사이, 유키노시타의 엄마가 우리를 향해 살짝 고개를 숙여 보이고 하루노를 돌아보며 물었다.

"하루노, 친구들이니?"

"응. 하치만하고 가하마야."

아까 전에 쳤던 심술궂은 장난의 일환인지 아니면 자세히 설명하기가 귀찮았는지, 하루노가 지극히 무성의하게 소개했다.

"아, 전 유키농 친구인 유이가하마 유이라구 해요."

부랴부랴 고개를 숙이는 유이가하마를 따라 나도 묵례를 했다. 그나저나 여자애 부모님한테 자기소개라니, 왠지 긴장되는걸……. 괜스레 껄끄러워서 통성명을 망설이는데, 유키노시타의 엄마는 유이가하마의 소개말이 조금 마음에 걸렸던 모양이다.

"유키농……?"

유키노시타의 엄마가 턱을 매만지며 눈을 가느다랗게 뜨더니, 유키노시타와 유이가하마를 번갈아 보았다.

"어머, 유키노 친구였구나. 어른스러운 인상이어서 착각했네. 미안해요."

"어른스러운 인상…… 에헤헷."

유이가하마는 칭찬으로 받아들인 모양이지만, 나는 그 대답에서 희미한 위화감을 느꼈다.

굳이 따지면 유이가하마의 얼굴은 동안에 가깝다. 적어도 그 행동거지나 몸짓에서 차분한 느낌은 나지 않는다.

하지만 그런 건 사소한 실수에 불과한지, 유키노시타의 엄마는 뺨에 손을 얹으며 유이가하마에게 말을 걸었다.

"그래, 그랬구나……. 유키노시타의 동급생이라고는 하야토밖에 몰랐으니까……. 앞으로도 우리 유키노와 친하게 지내주렴."

"네!"

유이가하마의 씩씩한 대답에 유키노시타의 엄마가 가볍게 고개를 숙여 답례했다. 그 덕분에 통성명할 타이밍을 놓쳐버렸지만, 어차피 내게는 별로 관심이 없어 보이는 데다 더는 만날 일도 없을 테니까 상관없겠지. 인사를 마친 유키노시타의 엄마가 하루노와 하야마를 돌아보았다.

"그럼 슬슬 나가보자꾸나."

"네에~."

하루노가 몸을 일으켰고, 하야마도 계산서를 챙겨서 그 뒤를 따랐다. 그러나 내 앞에 앉아 있는 유키노시타는 움직일 기미가 없었다.

그러자 유키노시타의 엄마가 온화한 목소리로 물었다.

"유키노, 너도 올 거지?"

그것은 질문이었지만 질문이 아니었다. 그 짧은 문장 안에 수많은 의미가 담겨 있는 것처럼 느껴졌다.

"나는……."

말문을 흐리자, 유키노시타의 엄마가 애원하듯 말을 이었다.

"네 생일 축하 자리이기도 하잖니."

애정이 묻어나는 따스한 눈빛. 부드럽게 타이르는 듯한 음성. 그럼에도 그 속에서는 거부를 용납하지 않는 강제력이 느껴졌다.

"……."

유키노시타는 입술을 꼭 깨문 채 고개를 수그리더니 흘끗 이쪽을 곁눈질했다. 아니, 나더러 어쩌라고…….

그것을 본 하루노가 일침을 가했다.

"유키노, 그러면 못써."

차가운 눈동자에 유쾌한 기색이 어른거렸다. 호전적인 미소를 지으며 따끔하게 질책하자, 유키노시타의 어깨가 움찔 떨렸다.

한동안 침묵이 흘렀다.

하루노는 유키노시타를 빤히 쳐다봤고, 하야마는 걱정스러운 표정으로 그들을 바라보았다. 유이가하마는 어쩔 줄 몰라 하며 어깨를 움츠렸다. 나는 창밖으로 시선을 돌리고 티 나 지 않게 한숨을 쉬었다.

그러는 동안 대화는 한마디도 오가지 않았고, 무진장 거북 한 시간이 흘러갔다.

그렇게 느낀 사람은 나만이 아니었다.

유이가하마도. 그리고 유키노시타도.

어쩌면 이곳에 있는 모두가 비슷한 심정이었는지도 모른다.

유키노시타의 엄마가 난감한 기색으로 고개를 비스듬히 기 울이고 관자놀이에 손을 얹었다. 그러다가 나를 흘끗 곁눈질 했다.

"그래, 기왕이면 친구들도 함께…… 어떠니?"

유키노시타의 엄마는 그렇게 말하며 나와 유이가하마를 향 해 생긋 웃었다.

"죄송하지만 너무 늦지 않게 가봐야 해서요……."

짤막하게 대답하고 몸을 일으켰다. 식구들끼리 모이는 자리 에 피 한 방울 안 섞인 우리가 끼어들기는 아무래도 껄끄럽다.

뭣보다 이렇게 노골적인 신호를 감지하지 못할 만큼 눈치가 없는 인간은 아니다.

"그러니? 혹시 시간이 되면 같이 식사할까 했는데……."

당연한 일이지만 저쪽도 붙잡을 마음은 없는지 그렇게 말 했다.

"……그럼 저희는 이만."

"머, 먼저 가볼게요."

유이가하마가 꾸벅 고개를 숙였고, 나도 가볍게 묵례를 하고 자리에서 일어섰다. 하야마는 잘 가라며 가볍게 인사를 건넸고, 하루노는 웃는 얼굴로 살랑살랑 손을 흔들었다.

그리고 유키노시타는 우리를 따라 일어서더니 흘끗 엄마 쪽을 보았다. 그러자 유키노시타의 엄마가 살짝 턱을 당겨 고개를 끄덕여 보였다.

우리를 배웅하듯 가게 앞까지 따라 나온 유키노시타가 고개를 떨구었다.

"……신경 쓰게 해서 미안해."

면목없다는 표정으로 유키노시타가 사과하자, 유이가하마가 휘휘 손사래를 쳤다.

"에이, 아냐! 유키농 엄마두 뵈었구, 뭔가 횡재한 기분인걸!"

"그래? 그렇다면 다행이지만……."

그렇게 대답하며 고개를 들었지만, 유키노시타의 얼굴은 여전히 어두웠다. 그 모습을 보자 유이가하마의 표정도 조금 흐려졌다. 하지만 이윽고 뭔가 생각났는지, 옆구리에 끼고 있던 쇼핑백을 부스럭부스럭 뒤지기 시작했다.

"아참, 이거. 좀 이르지만 내일이 생일이니까."

유이가하마가 선물이 담긴 쇼핑백을 유키노시타에게 건네주었다. 유이가하마가 줬다면 나도 같이 주는 편이 낫겠지.

"생일 축하한다."

"고, 고마워……."

당황한 기색으로 쇼핑백을 빤히 쳐다보며 뻣뻣이 굳어 있던 유키노시타가 마침내 얼떨떨한 목소리로 대꾸했다. 그리고 그 쇼핑백을 가슴에 꼭 끌어안고 환하게 미소 지었다.

그런 유키노시타를 보고 유이가하마도 입가에 미소를 머금었다.

"나중에 학교에서 정식으루 파티하자!"

"잘 있어라."

"그래. ……잘 가렴."

어정쩡하게 편 손을 어색하게 흔드는 유키노시타에게 작별을 고하고, 엘리베이터로 향했다.

아래로 내려가는 버튼을 눌렀지만, 우리가 있는 층까지 올라오는 데는 약간 시간이 걸렸다. 엘리베이터가 도착하기를 기다리는데, 유이가하마가 감개무량한 표정으로 한숨을 쉬었다.

"저분이 유키농 엄마구나. 역시 닮았네."

"……그러게."

확실히 유키노시타는 엄마를 닮았다. 적어도 외모와 분위기 같은 표면적인 인상만큼은 쏙 빼닮았다 해도 과언이 아니다. 하지만 보다 감각적인 부분에서, 그 사람은 하루노를 닮았다. 예전에 하루노가 엄마에 관해서 했던 말의 의미를 조금은 알게 된 느낌이 들었다.

"……그치만, 좀……."

유이가하마가 말할까 말까 망설이듯 쭈뼛거리며 입을 열

자, 땡~ 하는 소리와 함께 엘리베이터 문이 열렸다.

나란히 올라타서 1층 버튼을 누르자, 유이가하마가 다시 입을 열었다. 아마도 아까 하려던 것과는 다른 이야기를.

"근데 하야토하구 유키농, 진짜 소꿉친구였구나. 옛날부터 알던 사이란 이야긴 들었지만."

"그야 진짜겠지. 딱히 거짓말할 이유도 없잖아."

"그렇긴 한데, 어쩐지 그런 느낌이 안 든달까? 옛날부터 알던 사이면 뭔가 좀 더 이야기두 하구 그래두 될 텐데.

"사람마다 다른 거 아니겠냐. 같은 학교라고 아무하고나 다 이야기하는 건 아니잖아."

"우움, 하긴 그런가?"

과거는 당사자들만의 불가침 영역이다. 아름답고 따스한 추억만이 아니라, 추악하고 가슴 시린 기억도 혼재되어 있을 테지.

과거가 존재하기에 틈이 벌어지면 그만큼 골도 깊어진다. 함께 쌓아 올리는 것과 각자 쌓아 올리는 것은 별개의 행위다. 쌓아 올린 높이는 같다 할지라도 그 둘은 별개의 봉우리이며, 다른 정상으로 이어진다. 그 차이는 많은 것들을 바꿔놓는다. 입장과 환경, 심지어는 서로의 호칭마저도.

엘리베이터는 중간에 서는 일 없이 계속해서 움직였다.

침묵 속에서 웅웅거리는 구동음만이 들려온다. 희미한 진동에 발밑이 불안정하게 흔들린다.

그렇게 아래로, 아래로. 소리도 없이, 끝을 모르고 가라앉아간다.

1층에 도착해서 멈춰 섰을 때, 열려 있는 문 너머의 풍경을 보는 것이 조금 무서웠다.

3

어느새
잇시키 이로하는
눌러앉았다.

　연말연시 특유의 어수선함도 사흘쯤 지나자 깨끗이 자취를
감추었다.

　시체처럼 뒹굴대던 부모님은 업무가 시작되자 순식간에 평
소의 활기를 되찾았고, 코마치는 마침내 본격적인 입시 체제
에 돌입했다.

　덕분에 우리 집에서는 나와 카마쿠라만 하릴없이 노닥거리
며 여유로운 하루하루를 보냈다.

　하지만 평화로운 시간의 흐름이 곧 마음의 평화를 의미하지
는 않는다. 손 놓고 놀다 보면 불안해지기 마련이다. 바쁠 때
는 눈앞에 닥친 일들을 처리하는 데 급급해서 다른 데 신경
쓸 틈이 없다. 하지만 한가할 때는 자연스럽게 이정표 없는 미
래를 머릿속에 그려보게 된다. 그리고 괜히 우울해지는 거다.
휴우, 학교 가기 싫고 일하기 싫어서 미치겠네…….

　게다가 시간제한이 있는 겨울방학에는 더욱 그런 생각에 사
로잡히기 쉽다.

아무 일도 없는, 아무것도 할 필요가 없는 시간은 머지않아 닥쳐올 종말을 예감하게 한다. 행복한 시간은 결코 오래 지속되지 않는다는 사실을, 우리는 경험적으로 알고 있는 거다.

언젠가는 끝이 날 것이 뻔히 보이기에, 그저 헛되이 시간을 낭비하는 행위는 정신에 막대한 부담을 준다. 부모님 등골을 빼먹고 살다가 어느 날 문득 두 분 모두 연로하셨음을 깨달은 니트족이 이런 심경이려나……? 고타츠 안에서 고양이 배를 토닥거리며 그런 생각을 했다.

하지만 그 부담을 극복해야만 비로소 진정한 강자, 진정한 백수로 거듭나는 법이다. 궁지에 몰리면 그제야 「슬슬 전력을 다해볼까?」라고 하는 것이 바로 백수와 라이트노벨 작가다. 이상의 사실을 통해 백수=라이트노벨 작가임을 알 수 있다. Q.E.D. 증명 종료.

그런 시답잖은 생각을 거듭하는 사이, 정신을 차리자 어느새 THE END OF BANGHAK이 도래하고 말았다.

오늘부터 다시 학교생활이 시작된다.

그럼에도 불구하고 흐트러진 생활 리듬 탓에 정신 사나운 아침을 맞이하고 말았다.

세수하는 김에 마구 뻗친 부스스한 머리카락을 거칠게 쓸어 넘기며 거울을 들여다보았다. 아침의 냉기와 세숫물의 차가움 덕분에 잠기운이 싹 달아났다.

좋았어……. 오늘 하루도 힘내자굿!

× × ×

개학 첫날의 교실은 시끌벅적했다.

오랜만이라는 둥 새해 복 많이 받으라는 둥, 반갑게 인사를
나누는 동급생들도 어딘가 들뜬 기색이었다. 방학 동안에 쌓
인 이야기도 많았을 테지. 여기저기서 떠들썩하게 소란을 피
워댔고 평소보다 활기찬 느낌이었다. 간만에 재회한 데다 새
해와 신학기 특유의 분위기까지 더해져 흥이 오른 건지도 모
른다.

하지만 단지 그 이유 때문만은 아니다.

조례 시간에 나누어준 설문지 한 장도 영향을 미쳤을 테지.

담임의 이야기를 한 귀로 듣고 한 귀로 흘리며, 그 종이를
물끄러미 바라보았다. 그 위에는「진로 희망 조사서」라고 쓰여
있었다. 전에도 몇 번 의향을 조사한 적이 있었지만, 이게 마
지막인 모양이었다. 그 결과에 따라 3학년 진급 시의 최종적
인 문이과 계열 선택이 이루어진다.

그 사실이 고등학교 2학년으로 지내는 이 시간이 끝나간다
는 것을 상기시켰다.

해가 바뀌었고, 이 교실에서 생활할 날도 얼마 남지 않았
다. 나이를 먹어감에 따라 조금씩 시간의 흐름이 빨라지는 느
낌을 받곤 한다. 그런 사람은 비단 나뿐만이 아닐 테지.

1월도 벌써 일주일이 지났고, 이번 학년도도 막바지로 접어
들었다. 이 학급에서 보낼 날은 석 달도 채 남지 않았다.

주된 학교 행사가 전부 끝나버린 탓인지, 1월 이후의 수업은 마치 보너스 게임 같은 인상을 풍겼다. 뚜렷한 목표도 없거니와 대동단결할 이벤트도 없다. 그만큼 친한 주위 사람들에게 집중하게 되고, 그 결과 지금처럼 소란스러운 분위기로 흘러가는 거겠지.

게다가 3학년 때는 입시 준비에 전념하라는 취지로 1월 이후에는 등교하지 않는다. 따라서 이번 겨울은 사실상 고교 생활의 마지막 겨울인 셈이다.

아무 일도 없는, 아무것도 할 필요가 없는 시간은 머지않아 닥쳐올 종말을 예감하게 한다. 행복한 시간은 결코 오래 지속되지 않는다는 사실을, 우리는 경험적으로 알고 있는 거다.

×　　×　　×

그 시끌벅적한 분위기는 방과 후에도 이어졌다.

아직 수다를 다 못 떨었는지, 교실 안에는 여전히 많은 학생들이 남아 있었다. 그중에서도 가장 눈에 띄는 것은 바로 하야마 하야토와 미우라 유미코를 주축으로 하는 익숙한 집단이었다.

토베와 오오오카, 야마토는 평소와 다름없이 얼빠진 소리를 늘어놓았고, 하야마는 창가에 앉아서 턱을 괴고 바깥을 내다보았다. 그러다가 때때로 생각났다는 듯 친구들의 이야기에 적당히 장단을 맞춰주며 미소를 지었다.

한편 그 옆에 있는 미우라 그룹은 하야마 일행과는 다른 이야기를 하는 중인 듯했다.

미우라는 오늘도 나른한 자세로 금발을 빙글빙글 꼬며 등받이 깊숙이 몸을 묻은 채, 반대쪽 손에 든 진로 희망 조사서를 노려보는 중이었다.

"유이는 어떡할 거야~?"

조사서를 팔랑팔랑 흔들며 대각선 맞은편에 앉은 유이가하마에게 물었다.

"난…… 아마두 문과 쪽이려나?"

"흐음~ 에비나는?"

"나도 문과. 유미코는 어쩔 건데?"

"나는…… 아직 고민 중."

미우라 앞에 앉은 에비나 양이 안경을 쓱 추켜올리며 묻자, 애매하게 대답한 미우라가 흘끗 시선을 돌렸다.

그 앞에는 하야마 일행이 있었다.

그들을 바라보며 뭔가 생각하듯 뜸을 들이던 미우라가 불쑥 입을 열었다.

"……토베, 넌?"

뜬금없이 지목당한 토베가 미우라를 돌아보더니, 영문을 모르겠다는 듯 고개를 갸우뚱했다. 하지만 이내 미우라가 들고 있는 설문지를 보고 감을 잡은 눈치였다.

"아하, 진로 말야? 글쎄, 아직 결정은 못 했는데 나 암기는 완전 쥐약이라서리. 어쩜 이과로 할지도."

"뭐어?"

"우와, 의외야."

토베의 대답에 미우라는 갈잖다는 듯 고개를 비스듬히 꼬았고, 유이가하마는 놀란 표정을 지었다. 분명 의외이기는 하다. 토베는 뭐로 보나 이과 쪽에 소질이 있을 타입은 아니니까. 그렇게 생각한 사람은 나만이 아니었는지, 옆에서 듣고 있던 오오오카와 야마토가 토베의 정신 상태 확인에 들어갔다.

"야, 이과라니 제정신이냐?"

"진정해."

저마다 한마디씩 거드는 통에 토베도 울컥한 모양이었다. 입이 댓발은 나와서 반론했다.

"그럼 나더러 워쩌라고~. 영단어 외우는 거, 죽었다 깨나도 무리라고~."

야야, 영어는 문과든 이과든 필수거든……?

별생각 없이 한 소리처럼 들리자 안심했는지, 오오오카와 야마토가 토베의 어깨에 팔을 턱 두르더니 그 귓가에 대고 속삭였다.

"우리하고 같이 문과로 가자니까, 응?"

"이과는 나중에 대학에서 학점 따기 힘들다고."

"그래그래, 야마토 말이 맞다니까. 문과는 입시도 널널하고, 신나게 놀 수 있다고! 놀 수 있는 건 학생 때뿐이니까, 앞날을 생각해야지!"

들자하니 오오오카와 야마토는 대학에 가서 학문을 탐구

하려는 게 아니라, 사회인이 되기 전의 모라토리엄 기간으로서 진학을 선택한 눈치였다. 그나저나 앞날을 생각한다는 게 그런 뜻이었냐, 저 녀석.

자고로 저딴 논리를 펴는 놈들은 나중에 사회에 나가면 「학교 다닐 때 좀 더 공부해둘 걸 그랬다고 후회한다니까?」라고 거들먹거리며 선배 노릇을 하려 드는 게 보통이다.

후하하! 그런 놈들은 뼈 빠지게 구직 활동을 하며 피똥이나 싸보라지! 졸업이 임박해서야 면접용 에피소드를 마련한답시고 부랴부랴 후지산을 오르거나 인도로 자아 성찰을 떠나는 꼬락서니가 되길 빈다. 반면에 나는 애초에 일할 마음이 없으므로 그들보다 영혼의 등급이 낮을 가능성이 있다.

하지만 그런 어설픈 설득도 토베가 상대인 이상, 효과는 발군이다!

"아하, 그건 그러네~. 그거 완전 대박이잖아?"

토베는 그야말로 홀라당 넘어갔다. 토베는 눈앞의 미래가 깜깜해졌다!

그러나 천하의 토베도 진로 문제에 대해서는 신중해지는지, 다른 사람들에게도 물어보았다.

"늬들은 워쩔겨?"

"나랑 히나는 아마두 문과루 할 거 같아. 그리구 유미코는 고민 중."

유이가하마의 말에 토베가 거칠게 뒷머리를 쓸어 올리며 슬쩍 에비나 양의 반응을 살폈다.

"진짜냐~. 나도 걍 문과로 해야 되나?"

"하지만 이과 쪽이 취업할 때 유리하다고들 하니까, 이과도 괜찮을 거 같은데. 원소 기호로 곱셈도 할 수 있고."

처음에는 진지하게 조언하는 기색이던 에비나 양이 마지막으로 한마디 덧붙이더니 평소처럼 부후후 웃었다.

"……아, 어어, 하긴. 그, 글킨 하지. 응, 맞어맞어."

야야, 맞기는 뭐가 맞냐. 그러나 토베는 조금 식겁한 기색이면서도 힘주어 고개를 끄덕였다. 에비나 양의 방어벽은 여전히 건재한 모양이다.

달라진 것은 주변의 대응이었다. 예전 같으면 에비나 양의 머리를 때리며 그 폭주에 제동을 걸었을 존재가 오늘은 웬일로 잠잠했다. 그 사실에 의아함을 느꼈는지, 에비나 양의 시선이 미우라를 향했다.

미우라는 토베의 이야기에는 관심이 없는지, 그저 멍하니 하야마를 바라보고 있었다.

"……하야토는?"

그때까지 대화에 참여하지 않고 옆에서 지켜보기만 하던 하야마에게 물었다. 그러자 하야마는 가볍게 어깨를 으쓱해 보이며 쓴웃음을 지었다.

"난…… 일단 결정은 했는데."

"흐응……."

심드렁하게 대꾸하면서도, 미우라는 하야마한테서 눈길을 떼지 않았다. 태도와는 달리 뭔가 궁금한 게 남은 표정이었다. 그러나 하야마는 그 이야기는 이제 끝이라는 듯 미소 지었다. 그 반응에 더 이상 캐묻기가 곤란해졌는지, 미우라도 입을 다물었다. 그러자 대화가 끊긴 두 사람 사이로 토베가 끼어들었다.

"하야토, 뭐로 할 건지 가르쳐주라~. 어느 쪽이 좋을지 당최 감이 안 잡히걸랑."

"그걸 알아서 뭐 하게. 네 인생이니까 진지하게 생각하지 않으면 나중에 후회할걸?"

하야마가 내세운 논리는 정론이었다.

자기 일은 자기가 결정해야 하는 법이라며 위선을 떨 마음은 없다. 다만 누군가에게 맞춰서 결론을 내릴 경우, 문제가 생겼을 때 반드시 그 사람을 탓하게 된다. 자기 인생을 망쳐버린 범인을 찾는데 혈안이 된다. 남의 결정에 따르기로 마음먹은 사람은 다름 아닌 자신이건만, 그 사람을 원망하게 된다. 타협과 기만으로 점철된 불성실한 태도다.

하야마의 지적에 토베는 에엥이니 우어니 웨이니 하며 불만을 표시했지만, 그래도 막판에는 납득한 눈치였다.

"별수 없구만. 알았다고, 생각해본다고~."

투덜대며 그렇게 대꾸하자, 다른 멤버들도 동의하듯 고개를 끄덕였다. 그것으로 이 화제는 일단락된 듯했다.

공통의 화젯거리가 떨어지자, 그 후에는 한동안 침묵이 흘렀다.

어색해진 분위기를 타파해볼 심산이었는지, 오오오카가 뭔가 생각났다는 투로 맞다, 하고 하야마에게 물었다.

"그나저나 하야토, 유키노시타하고 사귄다는 거 진짜야?"

"뭐?"

미우라를 비롯해 그 자리에 있던 모두가 얼빠진 표정으로 입을 떡 벌렸다. 어쩌면 내 입도 벌어져 있었는지 모른다. 오오오카 저놈, 갑자기 뭔 소리를 하는 거냐. 그럴 리가 없다……고 생각은 한다만……. 정말 없나? 없겠지……?

예상치 못한 곳에서 날아든 일격에 모두의 시간이 멈추었다. 그러나 시간은 움직이기 시작한다.

"뭐어어어어어어?!"

덜커덩 의자를 밀어젖히며 미우라가 벌떡 일어섰다.

도란도란 수다를 떨던 다른 애들도 무슨 일인가 싶어 그쪽을 돌아보았다. 교실 안이 찬물을 끼얹은 듯한 정적에 휩싸였다.

모두의 시선이 집중되는 상황에서, 하야마가 오오오카를 매섭게 쏘아보았다.

"누가 그런 무책임한 소리를 했지?"

그 입에서 흘러나온 음성은 날카로웠다.

평소와는 판이하게 다른 분위기를 뿜어내는 하야마의 반응에 당황했는지, 오오오카는 그만 말문이 막혀버린 눈치였다. 하지만 하야마의 시선은 침묵조차도 용납하지 않았다.

예전에도 하야마의 저런 표정을 본 적이 있었다. 기억하기론 지난 늦가을, 오리모토 일행과 함께 있었던 때였다.

누그러질 줄 모르는 눈빛에 압도당했는지, 오오오카가 횡설수설하며 대답했다.

"그게, 누가 한 말이라기보다는 그냥 뜬소문인데⋯⋯. 겨울 방학 때 치바역 근처에서 같이 있는 걸 봤다나 뭐라나⋯⋯."

진땀을 빼가며 설명하자, 하야마가 나직하게 한숨을 쉬더니 눈에서 힘을 빼고 입꼬리를 끌어올렸다.

"아, 난 또 무슨 소리인가 했더니. 안됐지만 그런 훈훈한 이야기는 아니야. 그냥 집안일로 잠깐 만난 것뿐. 뭣보다 그런 일이 있을 리가 없잖아. 안 그래? 토베."

하야마는 여느 때와 다름없는 미소를 지으며 오오오카의 어깨를 툭 치더니, 밝은 목소리로 토베에게 확인을 구했다.

"어⋯⋯ 어, 고롬고롬! 물론이지!"

"그렇지?"

하야마의 자조적인 미소가 자신들을 향하자, 오오오카와 야마토도 동의했다.

"그, 그러게~! 사실 나도 개소리라고 생각은 했는데 말이야."

"그럼 이야기하지를 말든가."

하야마가 오오오카의 머리를 장난스레 쿡 찔렀다. 그런 투닥거림은 어디로 보나 남자들끼리 까불대며 노는 것처럼 보였다. 머리를 찔린 오오오카가 너스레를 떨자, 교실 분위기도 차츰 누그러져 갔다.

하야마가 가방을 집어 들고 몸을 일으켰다.

"이제 슬슬 부실로 갈까? 난 먼저 교무실에 들러서 조사서 제출하고 갈게."

"옛써~."

"그럼 우리도 가볼까?"

저마다 한마디씩 하며, 토베에 이어 오오오카와 야마토도 자리에서 일어났다. 그리고 내일 보자며 미우라 일행에게 가볍게 손을 흔들어주고는 발길을 돌렸다.

미우라는 멀어져가는 하야마 일행의 뒷모습을 잠자코 눈으로 좇았다. 입술을 살짝 깨물고 손가락에는 긴 머리카락을 휘감은 채, 미동조차 하지 않았다.

그 어깨에 유이가하마가 살포시 손을 얹었다.

"걱정할 거 없어. 실은 나두 그날 같이 있었거든."

"정말로?"

미우라가 불안한 기색으로 묻자, 유이가하마가 생긋 웃으며 말했다.

"응. 그날 쇼핑하다가 유키농네 언니랑 마주쳤는데, 유키농네 집하구 하야토네 집이 아는 사이라서, 일종의 새해 인사 같은 거랄까? 그 자리에 유키농두 불려온 것뿐이니까."

설명이 너무 서툴러……. 꼭 어린애의 이야기를 듣는 기분이잖아……. 그때 에비나 양이 흠흠 고개를 끄덕이며 그 허술한 설명을 정리했다.

"아하, 그러니까 집안일로 만났는데 그 장면을 목격당하는 바람에 구설수에 올랐다는 이야기구나?"

"응, 아마두."

"하야토나 유키노시타나 눈에 띄는 편이니까, 인상에 깊이 남았을지도 모르겠네."

그런 대화가 들려오기 시작할 즈음, 자리에서 일어나 교실을 나섰다.

× × ×

방과 후의 소란스러움은 복도에까지 퍼져 있었다.

방학이 막 끝난 참이라 그런지, 학교 안의 분위기는 아직 어딘가 어수선했다. 평소 같으면 인적을 찾아보기 힘든 특별관으로 이어지는 복도에도 제법 통행인이 있었다.

"맞다, 하야마 이야기 들었어?"

"아, 그거 말이지? 진짜 뭔가 있는 거 같던데."

스쳐 지나간 여자애들이 갓 입수한 따끈따끈한 가십을 풀어놓았다.

짐작건대 교실에서 에비나 양이 이야기한 것처럼 단편적인 정보들을 짜깁기한 결과물에다, 멋대로 추측하고 안줏거리로 삼는 풍조까지 맞물려 널리 확산된 거겠지.

딱히 나와 관련된 화제도 아니건만, 그 이야기가 들려올 때마다 고개를 움츠리고 싶어지는 불쾌감이 스멀스멀 등골을 타고 올라왔다.

이 불쾌감의 정체는 무신경하게 낭설을 퍼뜨리고 다니는,

이름조차 모르는 군중들에 대한 혐오감일 테지.

이런 뜬소문의 골치 아픈 점은 그 속에 악의가 개입되어 있다는 보장이 없다는 점이다.

단순히 재미있으니까, 모두들 관심이 있으니까, 주목받는 두 사람이 대상이니까. 그러니까 그 어떤 말을 해도 상관없다고 인식되어, 아무도 그 상황에 의문을 제기하지 않고 입방아를 찧어댄다. 진위를 확인해보지도 않고, 잘못된 정보를 무책임하게 퍼뜨리고 다닌다. 그 결과 누군가가 피해를 보더라도「소문이니까」라는 말 한마디로 자신에게 면죄부를 부여한다. 평소에는 자신의 존재를 어필하려고 기를 쓰면서, 불리할 때만 자기는 평범한 일반 시민에 불과하다고 오리발을 내민다.

그런 태도가 지독하게 역겨웠다. 이럴 바에야 차라리 내 험담을 듣는 게 마음 편하다.

그런 생각을 하며 걸음을 옮기는데, 뒤쪽에서 허둥지둥 따라오는 발소리가 들렸다. 저렇게 호들갑스럽게 쫓아올 만한 사람이라곤 유이가하마 정도뿐이다. 약간 걸음을 늦추자, 유이가하마가 금방 나를 따라잡았다.

나란히 선 유이가하마가 가방으로 내 허리를 퍽 쳤다.

"왜 말두 없이 먼저 가구 그래?"

"아니 그게, 뭔가 할 말이 남은 거 같길래……."

게다가 애초에 같이 가기로 한 기억도 없다만……. 그러고 보니 작년 12월에는 약속을 해서 함께 부실까지 간 적도 있었다. 아무래도 유이가하마의 머릿속에서는 여전히 그때의 흐름이 이어지는 중인 모양이다.

"있지, 혹시 아까 우리가 한 말 들었어? 유키농하구 하야토 이야기."

"뭐 그야 그렇게 소란을 피워댔으니까……."

안 그래도 시선을 끄는 그룹인 데다가, 미우라가 빽 소리를 지르기까지 했으니……. 교실에 남아 있던 애들은 다 보지 않았을까.

"어차피 소문은 소문일 뿐이잖아. 터무니없는 소리야."

"나두 아닐 거라구는 생각하는데……."

대답하던 유이가하마가 중간에 말문을 흐렸지만, 이내 다시 고개를 들었다.

"그치만 유키농두 하야토두, 언젠가는 진짜루 그런 이야기가 나오게 되려나 싶어서."

상상해보았지만, 좀처럼 그 광경이 머릿속에 그려지지 않았다. 유키노시타는 물론이거니와, 하야마가 누군가 특정한 사람과 연인 관계가 되는 구도 역시.

그런 속내가 무심결에 입 밖으로 흘러나왔다.

"솔직히 상상이 안 가는데……. 유키노시타가 누군가와 사귄다는 게."

"……어째서?"

"어째서냐니……."

그렇게 의아한 표정으로 쳐다봐도 난감할 따름이다. 그 이유야 뻔한 거 아니겠냐.

"그 녀석은 일단 사교성부터가 좀⋯⋯."

내 대답에 유이가하마도 인상을 쓰며 우움~ 하고 신음했다.

"아아, 응. 우움, 뭐랄까. 그건, 으응, 하긴⋯⋯."

"공감하지?"

"우움⋯⋯. 앗! 아냐아냐, 내가 궁금했던 건 그런 게 아니
구! 그치만 부정을 못 하겠어⋯⋯."

유이가하마는 계속해서 끙끙거리며 고개를 비스듬히 꼬았
지만, 복도는 이미 끄트머리. 부실 앞에 다다르고 말았다. 문
을 열기 전에 가볍게 헛기침을 한 후, 목소리를 낮추고 당부
했다.

"근데 그 이야기, 부실에서는 하지 마라."

"웅? 왜?"

"⋯⋯그 녀석, 화낼 게 뻔하니까."

"⋯⋯하긴."

누가 뭐래도 벌써 1년 가까이 알고 지낸 사이다. 유키노시타
가 어떤 말에 화를 낼지는 대충 상상이 갔다. 무책임한 루머의
주인공이 되었다는 사실을 알면 노발대발할 게 틀림없다.

안으로 들어가기 전에 유이가하마와 얼굴을 마주보고 고개
를 끄덕인 후, 오랜만에 찾아온 부실 문을 열었다.

×　　×　　×

부실 안에 감도는 훈훈한 온기에 나직한 숨결을 토해내고, 평소처럼 지정석에 앉았다.

눈앞에 있는 책상 위에는 유이가하마가 부랴부랴 준비해온 자그마한 케이크가 4등분되어 얌전히 놓여 있었다.

"생일 축하해!"

"축하한다."

"축하드려요~."

제각기 축하의 말을 건네자, 유키노시타가 쑥스러운지 멋쩍은 기색으로 몸을 꼬았다.

"고, 고마워……. 저기, 마, 마실 것을 준비하는 편이 낫겠지?"

말이 끝나자마자 벌떡 자리에서 일어난 유키노시타가 서둘러 홍차를 타기 시작했다. 달그락달그락 그릇 부딪치는 소리에 섞여 호오~ 하고 감탄하는 소리가 들려왔다.

"유키노시타 선배님, 생일이 1월 3일이셨군요~. 참고로 저는 4월 16일이에요, 선배님."

"누가 물어봤냐……."

뭣보다 애초에 어째서 이 녀석이 여기 있는 거냐고요…….

애교스럽게 고개를 갸웃하자 황갈색 머리카락이 찰랑거렸다. 살짝 멋을 낸 교복 밑에 받쳐 입은 카디건 소매가 빠끔히 드러났고, 조그마한 손에 꼭 움켜쥔 포크는 탐욕스럽게 입술에 가져다 댄 채였다.

잇시키 이로하는 마치 당연하다는 것처럼 봉사부 부실을 점거하고 있었다.

4등분한 케이크를 득템한 것도 모자라 종이컵을 받아들고 홍차까지 얻어 마시는 중이었다. 거참 적응력 한번 끝내주는구만. 생존왕 베어 그릴스냐. 무인도에서도 살아남을 것 같은데, 저 녀석……

홍차를 한 모금 마신 잇시키가 재킷 밖으로 삐져나온 카디건 소매로 종이컵을 쓸듯이 감싸 쥐며 말했다.

"그나저나 참배할 때 저도 좀 부르지 그러셨어요~."

"왜 널 불러야 되는데……"

사실 이유를 따지기 이전에 부를 방법이 없다만. 텔레파시라도 보내리? 통화료가 절약되니 남는 장사라는 거냐. 아니면 그거냐. 참배를 빌미로 내게 연락처를 묻게 해서 정신적으로 우위에 서려는 작전인 거냐. 유감이구나! 그따위 수작에는 안 넘어간다고! 괜히 깊은 의미를 부여했다간 제 무덤 파는 꼴이 된다는 거, 하치만도 아는걸!

혼자서 별의별 상상을 다 했지만, 잇시키한테 그런 심오한 의도는 없었는지 엉뚱한 방향을 보며 후우 한숨을 쉬었다.

"그야 다 같이 참배하러 가셨을 거 아니에요~. 그럼 당연히 하야마 선배님도……"

"아니, 그 녀석은 안 왔다만……"

"하긴 그렇겠죠~. 그럼 역시 됐어요."

그렇게 대꾸한 잇시키가 홱 고개를 돌려 대화의 싹을 잘라 버렸다. 이로하가 벤다! 이렇게 단칼에 베어버릴 줄이야……

이토록 무참하게 난도질하는 건 평론가와 칼잡이 발도재 정도밖에는 짚이는 데가 없다.

그야 잇시키의 심정도 이해는 간다. 실제로 그날 미우라 일행은 신사에 왔었으니, 하야마도 함께 있었을지 모른다고 생각할 만하다. 이해가 안 되는 건 왜 부실에 잇시키가 있느냐.

"그나저나 왜 너까지 여기 있는 건데?"

"왜긴요, 그야 이 시기에 학생회는 한가하니까 그렇죠."

"그래도 이것저것 있을 거 아냐. 자세히는 모른다만. 정 심심하면 축구부에나 가보던가. 너 아직 매니저잖아?"

타박을 주자 잇시키가 내 어깨를 가볍게 토닥였다.

"에이, 너무 그러실 거 없잖아요~. 아, 맞다. 저 사실은 크리스마스에 맡겨둔 비품 찾으러 온 거예요."

"방금 생각해낸 티가 풀풀 나거든……?"

이유가 아주 얄팍한 게 바람이 술술 통하겠는데.

"휴우……."

유키노시타가 한숨을 쉬었고, 유이가하마는 그 옆에서 쓴 웃음을 지었다. 하여튼 이로하스도 못 말린다니까……. 다들 어처구니가 없다 못해 비구니가 될 지경이었지만, 잇시키는 천연덕스럽기 그지없었다. 어찌나 천연덕스러운지 러버덕처럼 빵빵하게 바람을 넣어 연못 위에 띄워놓고 싶을 정도였다.

한참을 빤히 쳐다보자 천하의 잇시키도 민망해졌는지, 별로 뜨겁지도 않아 보이는 홍차를 후후 불며 딴청을 피우기 시작했다.

"아참, 그러고 보니……."

불쑥 입을 연 잇시키가 유키노시타를 돌아보았다. 시선을 감지한 유키노시타가 고개를 갸웃하며 의문을 표하자, 잇시키가 생긋 웃으며 폭탄발언을 했다.

"유키노시타 선배님, 하야마 선배랑 사귀세요?"

"뭐?"

비스듬히 기울어진 유키노시타의 목이 또다시 꺾이며, 각도가 거의 직각이 되었다.

맙소사, 잇시키 저 녀석 왜 거침없이 지뢰밭으로 걸어 들어가는 거냐……. 허트 로커라도 찍을 셈이냐고……. 게다가 예고도 없이 핵직구로 물어보질 않나. 도끼 투구법에서 뿜어져 나오는 노 사인(no sign)의 강속구로 유명한 거물 투수를 방불케 하잖아.

하지만 다른 사람도 아닌 잇시키 아닌가. 저것도 분명 일부러 물어본 게 틀림없다. 여기 온 이유도 그 소문의 진위를 확인하기 위해서겠지.

"잇시키……."

이름을 부르는 유키노시타의 음성은 차가웠다. 엷은 오로라의 베일을 두른 듯한 미소 속에 깃든 것은 북극의 빙하 조각처럼 시리도록 투명한 눈동자.

그 눈을 똑바로 마주보고 말았는지, 잇시키의 어깨와 목소리가 와들와들 떨렸다.

"네, 네에……."

기어들어가는 목소리로 대답한 잇시키가 슬그머니 몸을 뒤로 빼서 내 뒤에 숨었다. 떼끼, 사람을 방패로 삼으면 못써요.

내 어깨너머에서 빼꼼 얼굴을 내민 잇시키를 향해 유키노시타가 비수처럼 날카로운 눈빛으로.

"……그럴 리가 없잖아."

딱 잘라 부정하는 말에 잇시키가 힘주어 고개를 끄덕였다.

"그, 그렇죠~! 그게, 저도 말도 안 되는 소리라고 생각했다고요! 그래도 그런 소문이 돌면 신경이 쓰이는 법이잖아요~?"

"소문?"

그 단어에 반응한 유키노시타의 시선이 나와 유이가하마를 향했다.

"어, 뭐 그런 소리를 하는 녀석들이 간혹 보이긴 하더라만……."

"지난번에 같이 만난 날 있었잖아? 그걸 누가 보구 오해했나 봐."

유이가하마의 설명에 유키노시타가 지긋지긋하다는 표정으로 땅이 꺼지라 한숨을 쉬었다.

"그래. 이른바 저속한 억측이라는 거구나……."

하기야 고등학생들한테 남의 연애사정만큼 즐거운 화젯거리도 없을 테지. 하물며 하야마와 유키노시타처럼 눈에 띄는 유명인이 주인공이면 두말할 필요도 없다.

잇시키는 하야마를 좋아하니 그 소문의 진위를 확인하려 드는 것도 이상하지 않다. 그렇게 생각하며 뒤돌아보니, 잇시키는 고개를 비스듬히 꼬고 뭔가 골똘히 생각하는 중이었다.

"근데 이거요, 상당히 위험한 거 아닌가요?"

"그래. 당사자 입장에서는 지독한 민폐야."

"아, 아뇨, 그런 뜻이 아니고요……"

잇시키가 조심스럽게 부정하자, 유키노시타가 고개를 갸웃했다.

"무슨 소리니?"

질문을 받은 잇시키가 집게손가락을 척 치켜세웠다.

"그게요, 하야마 선배는 여태까지 이렇게 구체적인 소문이 난 적이 없었거든요. 신기하게도 말이죠."

"아, 하긴……"

유이가하마도 짚이는 데가 있는지, 천장을 올려다보며 맞장구를 쳤다.

옳거니. 그러고 보니 정말 하야마 하야토의 연애 사정에 관해서는 들어본 적이 없다. 하긴 딴사람의 연애 사정도 들어본 적이 없지만. 그런 정보를 알려줄 사람이 있어야 말이지……. 말마따나 아까 유키노시타가 이야기한 것처럼 억측이나 해보는 게 고작이다. 아니면 코쿠리 씨한테 나와 달라고 하거나.[16]

"그래서 여자들은 대부분 그 소문에 촉각을 곤두세우는 기색이거든요~."

#16 코쿠리 씨한테 나와 달라고 하거나 만화 「나와라! 코쿠리 씨」의 제목 패러디. 참고로 코쿠리 씨는 원래 한국의 분신사바와 비슷한 놀이임.

잇시키가 팔짱을 끼더니 으음~ 하고 신음했다.

그동안 염문과는 거리가 멀었던 하야마 하야토가 특정인과 사귄다. 천하의 하야마 아닌가. 그런 일이 생긴다고 해도 이상할 건 없다. 하야마에게 호감을 가진 여자들한테도 늘 그런 잠재적인 불안감은 있었을 테지. 그런 불안감이 이번 사건으로 단숨에 표면화된 셈이다. 그 사실이 하야마를 둘러싼 인간관계에 어떤 영향을 미칠 것인가.

"……소문이라. 참 기구하구나."

유키노시타가 나직하게 중얼거렸다. 혼잣말에 가까운 말투였다. 시선이 꽂힌 찻잔의 수면이 희미하게 일렁였다.

"자, 자자! 그냥 내버려둠 머지않아 잠잠해질 거야! 까마귀두 한철이란 속담두 있잖아!"

"메뚜기겠지……."

까마귀라니 뭐냐고. 까마귀 고기라도 먹었냐.

"암튼! 신경 쓰지 말자구."

유이가하마가 유키노시타를 배려하듯 말했다.

어차피 지금 할 수 있는 일이라고는 그냥 침묵으로 일관하는 것뿐이다. 흥미본위로 있는 말 없는 말 퍼뜨리기에 바쁜 녀석들에게 항변해봤자 부질없는 짓이다. 바닥에 납작 엎드려서 조개처럼 입을 꾹 다물고 있는 수밖에 없다. 악의 어린 오해와 흥밋거리로만 여기는 풍조 앞에서는 침묵이 최선의 대응이다.

붉으락푸르락하며 반박하면 찰거머리처럼 말꼬리를 잡고 늘어진다. 단순히 즐기는 게 그들의 목적인 이상, 어떤 반응이든 공격의 빌미를 줄 수 있다. 게다가 뭇매질당하는 사람을 두둔하면 다음에는 그 사람이 불똥을 뒤집어쓰게 된다. 이런 식의 때리고 막기 게임에서는 이쪽이 무슨 짓을 하든 패배는 결정된 거나 다름없다. 침묵으로 일관하는 것조차도 비판의 대상이 되곤 하지만, 그래도 그편이 대미지를 최소화할 수 있다.

그 점은 유키노시타도 익히 아는 바인지, 가만히 고개를 끄덕였다.

"……그래."

"그럼 이제 새로운 마음으루……. 업무를 시작해봅시다!"

유이가하마가 일부러 밝은 목소리로 외치자, 유키노시타도 화답하듯 미소를 지어 보이고는 노트북을 꺼냈다.

업무 시작이라……. 왠지 기운 빠지는 말이로구만.

×　×　×

아무리 싫어도 일은 해야만 한다. 심지어 하기 싫으니까 일인 거다. 그 싫은 일, 즉 우리의 새해 첫 일감은 메일 확인이었다.

장기간 방치해뒀던 「치바 현 횡단 고민 상담 메일」을 확인하고자, 부실 구석에서 먼지를 뒤집어쓰고 있던 컴퓨터를 끄집어냈다.

히라츠카 선생님이 어디선가 빌려온 컴퓨터는 약간 오래된 모델이어서, 부팅하는 데 시간이 좀 걸렸다.

켜지기를 기다리는 사이, 유키노시타가 부스럭부스럭 가방을 뒤지기 시작했다. 그러다가 쓱 안경집을 꺼내더니, 말없이 안경을 썼다.

렌즈 뒤에서 이쪽을 바라보는 눈과 딱 마주치는 바람에, 반사적으로 하품하는 시늉을 하며 시선을 돌렸다. 그러자 시야 끄트머리에서 유키노시타가 고개를 수그리는 게 보였다.

"아, 유키농! 그거 역시 잘 어울려!"

"그, 그러니?"

유이가하마의 칭찬에 유키노시타가 안경테를 만지작거리며 흘끗 이쪽을 곁눈질했다.

"……뭐, 그러네."

내가 사준 물건을 코앞에서 사용하는 걸 보고 있자니 낯간지러운 나머지, 애매한 반응밖에 나오지 않았다.

"……고마워."

관심 없다는 듯 딴 곳을 보며 조그맣게 대답하는 목소리에 묵묵히 고개를 끄덕여 보이고, 찻종지를 들어 홍차를 꼴깍꼴깍 마셨다.

그 모습을 잇시키가 신기하다는 듯 바라보았다.

"유키노시타 선배님, 안경 쓰셨던가요?"

"……블루라이트 차단용이야."

유키노시타는 화면에 시선을 고정한 채, 우물우물 기어들어가는 목소리로 대답했다. 그러나 잇시키는 크게 관심은 없었는지, 종이컵을 가만히 쓰다듬으며 건성으로 대꾸했다.

"네에~."

거참 심드렁하게도 대답하는구만, 저 녀석⋯⋯.

하지만 그런 무관심함이 지금은 오히려 고마웠다.

만약 그 이야기가 계속됐으면 쑥스러움에 몸부림쳤을 테니까. 실제로 지금도 다리를 떨면서 눈을 마구 굴리는 중이거든!

어쩐지 마음이 편치 않아서 의자 위치를 조정하는데, 대각선 맞은편의 유이가하마가 불쑥 입을 열었다.

"나두 저런 안경 써볼까⋯⋯?"

"넌 컴퓨터 잘 안 보잖아."

내 지적에 유이가하마가 발끈했다.

"그야 그렇지만! 아냐, 봐! 본다구! 컴퓨터 엄청 본단 말이야! 유키농, 나한테두 보여줘."

끼익 의자를 끌어 유키노시타 옆에 바짝 붙어 앉은 유이가하마가 화면을 들여다보았다.

"앗, 메일이 왔는데?"

"그러게. 미우라가 보낸 거려나⋯⋯?"

유키노시타가 그렇게 말하며 노트북을 내 쪽으로 빙글 돌렸다.

〈yumiko☆ 님의 상담〉

『문과 이과, 다들 어떤 식으로 선택했어?』

아하, 이건 확실히 미우라가 보낸 메일 같군. 전에도 이런 닉네임으로 메일을 보내온 적이 있었고.

화면을 내 쪽으로 돌려놓은 탓인지, 잇시키도 케이크 접시를 들고 쫄랑쫄랑 내 뒤로 다가와 화면을 들여다보았다.

"흐음, 소위 진로 상담이라는 건가요. 객관적으로 어느 쪽이 나은가요?"

입가에 포크를 대고 케이크를 오물거리던 잇시키가 눈만 빼꼼 들어 나를 올려다보며 물었다.

그 질문은 대학 진학을 생각하는 고등학생이라면 누구나 한 번쯤은 고민하는 문제겠지. 그 점에서는 잇시키도 예외가 아닌 모양이다.

"글쎄다, 단순히 수험 공부로만 따진다면야 문과가 압도적으로 편하겠지. 그것도 지망교가 사립이냐 국공립이냐에 따라 상당히 차이가 난다만. 국공립은 주요 과목을 전부 소화해야 되지만, 사립 인문계면 국영사 세 과목만 파면 충분하거든."

평소의 지론을 읊어주자, 잇시키가 스슥 뒷걸음질쳐 내게서 떨어졌다.

"……헉. 선배님, 혹시 평범하게 공부 잘하세요?"

"야야, 혹시라니……. 엉? 헉……? 너 방금 헉이라고 했냐? 너 대체 날 뭐로 본 건데……?"

그러자 잇시키가 활짝 웃으며 사뭇 기특한 소리라도 하는 양 대답했다.

"에이, 그건 말씀 못 드리죠~. 아시겠지만요, 제가 원래 남의 험담은 잘 못하잖아요~?"

모르거든? 게다가 그 정도면 그냥 대놓고 험담이거든……? 얘가 도대체 뭐 하자는 거람……? 그렇게 생각하며 째려보자, 잇시키도 감탄한 표정으로 나를 바라보았다.

"선배님이 미묘하게 지능적인 느낌인 건 알았지만요, 공부도 그럭저럭 하는 편이셨군요~."

으음, 우리 이로하, 혹시 그거니~? 오기로라도 내가 똑똑하다고 인정하기는 싫다는 거니~? 단어 선택이 어쩐지 보수적인걸~?

"응! 맞아. 힛키는 말야, 문과만 보면 성적이 좋거든."

바로 그거라는 듯 힘차게 손뼉을 친 유이가하마가 에헴 가슴을 폈다.

왜 네가 우쭐해 하는 건데……. 그리고 문과만이라는 말은 좀 빼주면 어디 덧나냐. 그러자 옆에 있던 유키노시타가 어깨에 내려앉은 머리카락을 쓸어 넘기더니, 오만한 미소를 지으며 덧붙였다.

"분명 나쁘지는 않은 성적이지. 그래 봐야 1등은 못 되지만."

왜 네가 우쭐해 하는 건데……. 아니지, 이 반응은 납득이 가는걸. 왜냐하면 나보다 성적이 좋으니까…….

우리의 대화를 듣고 있던 잇시키가 흠흠 고개를 끄덕이며 물었다.

"그럼 선배님은 문과시겠네요~?"

"뭐 그렇지."

내 대답에 잇시키가 또다시 네에~ 하고 심드렁하게 대답했다. 그럴 거면 물어보질 말든가. 그리고는 지금부터가 본론이라는 듯 헛기침을 했다.

"……그럼 하야마 선배도 이미 결정하신 건가요?"

"우움~ 하야토는 이미 결정한 모양이던데?"

유이가하마가 기억을 더듬으며 말하자, 잇시키가 몸을 불쑥 내밀었다.

"앗, 정말인가요 하야마 선배는 어느 쪽인가요? 참고삼아 알아두고 싶달까, 후학을 위해서라도 꼭 알고 싶을 정도에요."

"우움, 뭐라구 썼는지까진 나두 잘 모르겠는데……. 하야토, 벌써 설문지두 갖다 내 버린 모양이구……."

"휴우, 그래요~?"

눈에 띄게 의기소침해져 어깨를 축 늘어뜨리는 잇시키가 보기 안쓰러웠는지, 유이가하마가 조심스럽게 덧붙였다.

"아, 그치만 참고루 삼을 거면 토벳치 건 알려줄 수 있어!"

"아뇨, 토베 선배는 됐어요."

"즉답이잖아?!"

도대체 뭐에다 참고하겠다는 거냐……. 어이없어하는데, 유키노시타가 미심쩍은 표정으로 화면을 들여다보더니 흐음, 하고 나직한 숨결을 토해냈다.

"왜?"

"응? 아, 그냥. 그 미우라도 고민한다는 게 조금 의외여서."

"너 말이 너무 심한 거 아니냐……. 아무리 걔 성질머리가 고약한데다 여왕님 기질이 충만하다 해도 그야 고민 정도는 하겠지."

"너야말로 말이 심한 거 아니니……? 그런 이야기를 하려던 게 아니야."

유키노시타가 관자놀이에 손을 얹으며 못 말리겠다는 듯 한숨을 쉬더니 말을 이었다.

"미우라처럼 결단력 있어 보이는 타입도 고민한다는 게 의외였을 뿐이야. 심지어 그 토베마저도 진로를 정한 것 같은 데……."

마지막 문장은 굳이 덧붙일 필요가 있었던 겁니까……. 어쩐지 토베한테 자꾸 괜한 불똥이 튀는 느낌이 든다만……. 쓴웃음을 짓자, 맞은편에 앉은 유이가하마도 마찬가지로 쓴웃음을 머금으며 입을 열었다.

"아하하……. 그야 유미코두 고민 정도는 한다구. 왜냐면 진로잖아."

"진로 문제로 고민하고 자시고 할 게 있냐?"

꿈이 있으면 그걸 이루기 위한 길을 선택하면 그만이고, 특별한 꿈이 없으면 일단 진학하고 본다. 그게 요새 고등학생들의 보편적인 사고방식 아닐까.

계열 선택에 영향을 미치는 요소는 시험 과목과 지망 대학

뿐이다. 개중에는 대학 입학 후의 학점과 자격증 취득의 난이도, 취업 성공률까지 따지는 사람도 있을 테지만, 기본적으로는 「하기 싫은 일」을 배제해나가다 보면 결론은 자연스럽게 도출되는 법이다.

자고로 인간이란 하고 싶은 일은 좀처럼 못 찾아도, 하기 싫은 일은 금방 떠올리는 족속이니까.

그렇게 설명하자, 유이가하마의 표정이 미묘해졌다.

"우웅, 그런 이야기가 아니구……. 그니까 다들 뿔뿔이 흩어지게 되잖아? 그런 걸 생각함 아무래두 망설이게 돼."

"그야 그렇지만……. 원래 다 그런 거잖냐."

언젠가는 결국 끝이 찾아오는 법이다. 더구나 고교 생활은 햇수가 정해져 있다. 그 후에는 서로 다른 길을 걷게 된다는 사실도 잘 안다.

그래서 그런 어정쩡한 대답밖에 해줄 수 없었다. 그러자 기분 탓인지 유이가하마의 어깨가 살짝 처졌다.

"응. 그렇긴 한데……. 뭐랄까, 하는 일두 목표하는 곳두 다 제각각이구……. 게다가 문과랑 이과루 나뉨 같은 반이 될 수두 없구……."

"그렇게 따지면 나는 아예 과가 다르니까 계속 다른 반이잖니……."

유키노시타가 홱 고개를 돌리더니 작은 목소리로 말했다. 알아차리기는 힘들지만 아무래도 토라진 눈치였다. 유키노시타가 소속된 국제교양과는 우리 일반과와는 달리 한 학급뿐이라 3년 내내 같은 반이다.

"미, 미안, 유키농! 그런 뜻으루 한 말이 아니구⋯⋯. 뭐, 뭐라구 해야 될지 잘 모르겠지만, 암튼 유키농은 다른 반이어두 전혀 상관없어!"

유이가하마가 유키노시타를 와락 끌어안았다. 아무렴, 우정이란 아름다운 것이지. 가하마랑 유키농은 영원히 절친이얌!

그 사이 미심쩍은 기색으로 우리의 반응을 살피던 잇시키가 번쩍 고개를 들었다.

"아하, 그래서였구나."

"뭐가?"

물어보자, 잇시키가 의기양양하게 웃으며 노트북을 가리켰다.

"저거 보낸 사람, 미우라 선배랬죠~? 요컨대 미우라 선배가 알고 싶은 건 하야마 선배의 진로 아니겠어요~? 진로에 맞춰 내년 반 배정이 이루어질 테니까요."

호오, 저 짧은 메일에 그런 복잡한 의도가 숨겨져 있단 말인가. 하여튼 여자어 해석은 너무 고난도라니까. 만약 필수과목이었더라면 낙제생이 속출했을 거라고. 그런 면에서 남자어 해석은 거의 예외 없이 「여자한테 인기 끌고 싶다」이므로 더없이 이해하기 쉽다.

잇시키 이로하 여자어 해설 위원 덕분에 사정은 대충 이해했지만, 그래도 아직 석연치 않은 구석이 있었다.

"근데 미우라가 이렇게 번거로운 짓을 하겠냐? 잇시키라면 또 모를까."

"정말이지 선배님은 저를 뭐로 보시는 거예요……?"

잇시키가 못마땅한 기색으로 나를 흘겨보았다. 야야, 그새 까먹었냐. 너 아까 하야마 진로를 알아내려고 날 이용했잖아…….

하지만 같은 여자로서 뭔가 느끼는 바가 있는지, 유이가하마가 우웅~ 하고 생각에 잠겼다. 아, 참고로 유키노시타 양은 얌전히 유이가하마의 품에 안겨 있었습니다.

"하긴……. 교실에서두 신경 쓰는 기색이었구, 정말 그런 걸지두……. 유미코, 상당히 소녀 감성이니까……."

"그렇다니까요! 보세요, 저도 소녀 감성이잖아요~?"

잇시키도 힘주어 고개를 끄덕이며 내게 동의를 구해왔다. 으음…… 미우라나 잇시키나 뭔가 소녀라는 느낌은 아니다만……. 특히 미우라는 소녀라기보다는 두목에 가까운 느낌. 그것도 요코하마의,[#17] 이름 탓인가?

하지만 확실히 아까 교실에서 미우라는 친구들 앞에서 진로 이야기를 꺼냈다. 유이가하마와 에비나 양은 둘째 치고, 미우라가 토베의 진로에 관심이 있을 리 만무하다. 나도 관심 없고.

그렇다면 아까 잇시키가 내 이야기를 핑계로 하야마의 진로를 캐내려고 했을 때처럼, 관심 있는 대상에게 질문을 하기

#17 요코하마 요코하마 베이스타스 소속 야구선수 미우라 다이스케의 별명인 「(요코)하마의 두목」을 말함.

위한 수순을 밟았다고 봐야겠지. 물론 하야마는 지극히 하야마다운 이유로 답변을 거부했지만……

그래서 이 메일을 통해 동향을 파악하려 했다는 뜻인가.

잇시키 말대로 미우라가 내년에도 하야마와 같은 반이 되길 원한다면, 당연히 같은 계열을 선택해야만 한다.

3학년 반 편성은 매년 문과가 일곱 학급, 이과가 세 학급으로 구성되는 경우가 대부분이다. 동일 계열을 선택하더라도 같은 반에 배정되려면 운이 따라줘야 하지만, 아예 다른 계열을 선택해버리면 그 가능성 자체가 원천 봉쇄된다.

게다가 문과와 이과는 서로 다른 층을 쓴다. 보통 문과는 2층, 이과는 1층에 있는 교실이 할당된다.

거리가 멀어지면 필연적으로 만날 기회도 줄어든다. 그러니 사랑에 빠진 소녀에게는 사활이 걸린 문제일 테지.

"하지만 그런 거라면 본인이 직접 물어봐도 되지 않을까?"

유키노시타가 힘겹게 유이가하마를 떠밀어내며 말했다. 제아무리 겨울이라지만 계속 안겨 있자니 갑갑했던 모양이다. 팔을 뻗으며 바둥거리는 몸짓이 꼭 안겨 있는 데 싫증난 고양이 같았다.

"그게, 교실에 다 함께 있을 때 화제에 오르긴 했는데, 하야토가 스스로 생각해야 된다구 안 가르쳐줬거든……"

"다 함께 있을 때라서 그런 거 아닐까요~? 단둘이 있을 때 과감하게 물어보면 되잖아요. 일종의 어필도 될 테고요."

"글쎄다. 그렇게 간단한 문제가 아니라고 본다만."

손가락을 까닥까닥 흔들며 설명해주는 잇시키에게는 미안하지만, 틀림없이 그렇게 간단한 문제는 아닌 거다.

친한 사이일지라도 물어볼 수 없는 일들은 많다.

미래, 현재, 그리고 과거. 어디에 지뢰가 묻혀 있을지는 아무도 모른다.

억지로 캐물었다가 자신이 원하지 않는 대답이 돌아온다면. 그렇게 생각하기만 해도 말문이 턱 막혀버리는 순간이 분명 존재한다.

생각에 잠긴 사이, 유키노시타가 입을 열었다.

"이 상담, 어떻게 할까?"

"일단 받아들이는 걸로 해도 되지 않겠냐?"

남의 인간관계에 개입하는 건 썩 내키지 않지만, 이 정도면 소소한 도움이라 할 수 있겠지. 게다가 하야마와 미우라의 관계가 정상화되면 쓸데없는 소문도 사그라질 테고.

"알았어! 내가 내일 다시 물어볼게."

"그래. 그편이 좋을지도 모르겠구나. 미안하지만 부탁해도 되겠니?"

"응!"

유이가하마는 씩씩하게 대답했지만, 이내 시무룩한 표정으로 덧붙였다.

"안 가르쳐줄지두 모르지만……."

하기야 오늘 교실에서 미우라와 토베의 요청을 거부한 이상, 하야마의 머릿속에서 그들과 같은 카테고리로 분류될 유이가하마한테 말해줄 가능성은 낮다. 그렇다면 잇시키도 동일한 이유로 탈락일 테고.

교실에서의 말투로 미루어보아 하야마가 염려하는 건 자신의 영향으로 친구들의 선택지가 좁아지는 거겠지.

그렇다면 다른 카테고리에 속하는 사람, 그러면서도 하야마의 영향력에서 자유로운 사람이 물어보는 수밖에 없다. 그리고 그 조건을 충족시키는 사람은 많지 않다.

흘끗 유키노시타 쪽을 곁눈질했다.

그러자 유키노시타가 어리둥절한 기색으로 고개를 갸웃했다.

……하긴 그런 소문이 나도는 마당에 유키노시타를 하야마에게 접근시키는 건 어리석은 짓이겠지. 대답해주느냐 마느냐를 떠나서 뭔가 전혀 별개의 문제가 생길 거 같다.

결국 나밖에 없나……. 뭣보다 내가 물어본다고 대답해줄지는 심히 의문이지만.

"어쩔 수 없지. 내가 물어볼까……."

그 말에 유이가하마와 유키노시타가 놀란 표정으로 나를 쳐다보았다.

"웅? 힛키가?"

"괜찮겠니? 대화 가능해?"

"걱정하는 포인트가 잘못된 거 아니냐……. 그야 나도 자신은 없다만."

그래도 양쪽 다 같은 일본어 네이티브 스피커니까 대화 정도는 가능하겠지. 물론 말이 통한다고 마음이 통하는 것도 아니고, 어설프게 같은 언어를 사용하기에 전하기 힘든 것도 있는 법이지만. 뭐야 이거, 네이티브가 아니라 네거티브 아냐?

"그래도 가능성이 제로는 아니니까."

"무슨 뜻이니?"

"친한 사람한테는 말해주지 않는다면 그 반대의 경우를 시도해보는 수밖에. 전혀 상관없는 인간이니까 할 수 있는 이야기도 있을 거 아냐?"

"……이해했어. 고해성사나 참회 같은 거로구나."

"고해……?"

생소한 단어였는지, 유이가하마가 입을 헤 벌리고 따라 했다. 유이가하마한테는 이따가 따로 설명해주기로 하고…… 유키노시타가 든 예시는 조금 거창하지만, 그렇다고 아주 틀린 말은 아니다.

그런 참회에 가까운 행위는 일상에서도 흔히 찾아볼 수 있다. 바 카운터나 술집에서 옆자리 손님을 말동무 삼아 푸념을 늘어놓는 아저씨들도 있고, SNS나 인터넷 게시판에서 얼굴도 이름도 모르는 불특정다수를 상대로 자기 개인사를 풀어놓는 사람들도 있다. 별다른 친분이 없기에 털어놓을 수 있는 이야기도 있는 거겠지. 물론 나 같으면 모르는 인간들한테 뭔가 이야기한다는 것부터가 무리인 데다 절대 사양이지만.

"어쨌거나 물어는 보마. 어차피 밑져야 본전이니까."

사축들이 말하는 소위 「맹한 척하며 물어보기」라는 기술이다. 풍문으로 주워들은 정보에 따르면 그 기술은 신입 사축의 필수 테크닉이며, 그 테크닉을 구사할 수 있느냐 없느냐가 그 후의 업무 처리에 지대한 영향을 미친다고 한다. 출처는 요즘 신입 사원들을 까대기에 바쁜 우리 파파. 그나저나 그런 상사를 모신다고 생각하면 일할 의욕이 싹 사라진다니까. 그런데도 또 이렇게 쓸데없는 사축 능력을 습득하고야 말다니…….

하지만 달리 뭔가 방법이 있는 것도 아니다. 그러니 일단 내가 가서 물어보는 수밖에.

방침이 결정되고 상황이 일단락되자, 잇시키가 나직하게 한숨을 쉬며 몸을 일으켰다.

"그럼 전 이만 돌아가 볼게요~. 홍차 잘 마셨어요. 유이 선배님, 뭔가 알게 되면 말씀해주세요~."

말을 마치고 꾸벅 고개를 숙여 보인 잇시키가 부실을 나서려 했다. 그 뒷모습을 향해 말을 걸었다.

"야, 짐 가져가야지."

"아, 맞다."

그 자리에서 빙글 돌아선 잇시키가 얼버무리듯 에헷 웃어 보였다. 그리고 부실 한쪽 구석에 놓아둔 종이 상자를 들어 올렸다.

"얍, 끙, 웃차……."

상자를 안아 든 잇시키의 발걸음은 휘청휘청 위태롭기 그

지없었다. 정신을 차려보니 어느새 손을 뻗어 잇시키의 손에서 상자를 빼앗아 든 후였다. 코마치의 교육으로 몸에 밴 이 오빠 스킬은 자동으로 발동된다. 이 기능은 해제가 안 된단 말이지…….

"고, 고맙습니다~! 그럼 학생회실까지만 좀 부탁드려도 될까요~?"

"알았다……."

하는 수 없지. 유키노시타와 유이가하마한테 양해를 구하려고 문 앞에서 뒤돌아보자, 둘 다 꼼짝도 않고 종이 상자를 뚫어지게 바라보고 있었다.

"……."

"……."

엇, 뭐야. 왜 무반응인데?

"……그럼 난 이거 좀 가져다주고 오마."

내 말에 움찔 반응한 유키노시타가 말없이 달그락달그락 그릇을 치우기 시작했다. 그러니까 어째서 묵묵부답인 거냐고…….

그렇게 대강 정리를 마친 유키노시타가 유이가하마와 얼굴을 마주하고 물었다.

"……우리도 오늘은 이쯤에서 마무리하도록 할까?"

"그, 그래! 그럼 다 함께 나르자!"

대답하기가 무섭게 유이가하마도 끼익 의자를 밀어젖히며 일어서더니, 가방을 휙 낚아채서 서둘러 부실을 나섰다. 유키노시타도 가방을 메고 조용히 걸음을 옮겼다. 그 모습을 조금 당황한 기색으로 지켜보던 잇시키가 입을 열었다.

"저기…… 세 분이나 도와주실 필요는 없는데요……."

"……문 잠글 테니까 나가주겠니?"

"네, 네에."

유키노시타의 차가운 미소에 떠밀려, 잇시키가 허둥지둥 부실을 빠져나갔다.

인적 없는 복도는 기온보다도 훨씬 춥게 느껴졌다.

바깥은 이미 깜깜했고, 오직 특별관 복도만이 어둠 속에서 어슴푸레하게 빛났다.

앞서가는 세 사람을 바라보며 상자를 고쳐 들었다.

그 안에는 크리스마스 행사 때 썼던 장식품들이 뒤죽박죽으로 정신없이 뒤섞여 있었다.

상자 안은 어수선했지만, 두 팔에는 확실한 무게감이 전해져왔다.

**그럼에도
미우라 유미코는
알고 싶어 한다.**

　방과 후의 교정은 살을 엘 듯 추웠다. 그 메일을 받은 지도 며칠이 흘렀고, 계절은 또다시 한겨울을 향해 성큼 나아갔다.

　낮에는 아주 화창하고 따뜻했지만, 해가 지자 기온이 뚝 떨어졌다.

　설상가상으로 바람까지 불기 시작했다.

　소부고는 바다와 인접한 탓에 커다란 건물에 가로막히는 일도 없이 세찬 겨울 바닷바람이 거침없이 휘몰아친다. 게다가 치바는 전국에서도 가장 평탄한 지역이다. 개방적인 지역인 셈이다. 덤으로 가족적이고 젊은이들이 활약하는 곳이기도 하다. 뭐야 이거, 꼭 악덕 기업의 구인 광고 같잖아. 치바가 도쿄의 베드타운으로서 사축의 보금자리 노릇을 하게 된 것도 납득이 가니 신기할 따름.

　그래도 17년이나 치바 시민으로 살다 보면, 이 칼바람에도 어느 정도 적응이 되는 법이다. 덕분에 세상의 매몰찬 냉대에도 이골이 났다.

한결 거센 바람이 불어 닥쳤다. 코트 앞섶을 여미며, 저 멀리 있는 축구부 쪽으로 시선을 돌렸다.

주차장 맨 구석, 특별관 건물에 가려 그늘진 곳에서 축구부 연습이 끝나기를 기다렸다.

저번에 부실에서 이야기한 것처럼 하야마의 진로를 알아내기 위해서다. 요 며칠 동안 계속 그 타이밍을 엿보았지만 좀처럼 하야마와 단둘이 있을 기회가 생기지 않았고, 하는 수 없이 귀갓길에 잠복하기로 마음먹었다.

방금 전까지 머물렀던 부실이 따스했던 만큼, 추위가 더욱 사무쳤다.

부실 창문으로 축구부의 동향을 살피다가 뒷정리에 들어갈 때쯤 나왔지만, 아무래도 조금 성급했나 보다. 축구부원들은 스트레칭을 하며 몸을 풀기 시작했다.

끝나기를 기다리는 사이, 가볍게 발을 구르며 추위를 달래는데 누군가 내 소맷자락을 잡아끌었다.

고개를 돌리자, 캔 커피를 감싸 쥔 몽실몽실한 고양이 손 같은 것이 보였다.

"자, 받으렴."

그 말에 고개를 들자, 고양이 손 장갑을 낀 유키노시타가 MAX 커피를 내밀었다. 그 장갑, 정말 끼고 다니시는군요…….

"어, 땡큐."

고맙게 받아들자, 아이 따뜻해~. MAX 캔 커피를 손난로 삼아 손에 쥐고 주물럭거렸다.

뒤에서는 유이가하마가 손을 비볐고, 유키노시타도 고양이 손으로 뺨을 감쌌다. 두 사람 다 상황을 지켜보겠다며 따라왔지만, 하야마는 여전히 나타날 기미가 없었다.

엷은 먹물을 풀어 넣은 것처럼 어둑어둑한 하늘을 올려다보며 입을 열었다.

"……너희는 이제 가라."

"그치만 힛키한테 다 떠넘기는 것두 좀……."

유이가하마가 우움~ 하고 말꼬리를 흐리며 동의를 구하듯 유키노시타를 흘끗 곁눈질했다. 그러자 유키노시타도 고개를 끄덕였다. 하지만 나는 고개를 저었다.

"아냐, 나 혼자인 편이 물어보기 쉬울 테니까. 아마도. 하야마도 너희들한테는 이야기하기가 껄끄럽지 않겠냐? 잘은 모르지만."

유키노시타가 이런 시간에 이런 곳에서 하야마와 접촉하게끔 하는 건 별로 현명한 처사가 못 되겠지. 입 싼 녀석들이 있는 말 없는 말 퍼뜨리고 다닐 가능성도 배제할 수 없으니까. 그러다 보니 뭔가 애매한 말투가 되고 말았다.

그러자 턱을 매만지며 잠시 생각하던 유키노시타가 고개를 들었다.

"그래……. 하기는 그것도 그렇겠구나."

"우움, 내가 물어볼 수 있음 제일 좋았을 텐데."

"그러면 떠맡기는 것 같아서 미안하지만……."

"됐어. 일이니까 별수 없지."

면목없는 얼굴로 나를 바라보는 두 사람에게 시원스러운 말투로 대꾸했다. 그러자 유키노시타도 미소를 지었다.

"어울리지 않는 대사구나."

전적으로 동감이다. 무심코 자조적인 미소를 지으며 고개를 끄덕이자, 유이가하마도 미련을 떨쳐버렸는지 웃차 가방을 고쳐 멨다.

"그럼 내일 봐."

"오냐. 잘 가라."

정문을 향해 걸어가는 두 사람에게 가볍게 손을 흔들어준 후, 다시 축구부 쪽으로 시선을 돌렸다. 축구부원들은 마침내 운동장에서 물러나 부실로 들어가기 시작했다. 아, 이런. 맞다, 부실에서 옷 갈아입고 나오는구나. 그럼 설마 샤워도 하는 건가? 운동부에 들어가 본 적이 없어서 그쪽은 잘 모른단 말이지…….

하는 수 없지, 나도 부실 쪽으로 이동해야겠다. MAX 커피를 홀짝이며 부실 바로 옆에 있는 신설 교사 벽에 몸을 기댔다.

×　×　×

해가 완전히 떨어지자, 추위도 한층 심해진 것처럼 느껴졌다. 그래도 축구부원들의 동향을 예의 주시하며 부실에서 나오기만을 초조하게 기다렸다.

그나저나 춥다……. 아무리 일이라지만 어째서 내가 하야마를 기다려야 하는 거냐고. 굳이 실제로 물어볼 필요 없이 하야마의 수호령 인터뷰로 끝내면 되는 거 아냐?

의욕은 꺾인 지 오래였다. 몸은 얼음장 같고, 다리에는 감각이 없고……. 하염없이 기다려도 아무도 나타나지 않는 데다 줄곧 혼자다 보니 무슨 고유결계라도 발생했나 싶었다고…….

그래도 기다린 보람이 있었는지, 마침내 축구부원들이 우르르 몰려나왔다.

하지만 그 속에서도 하야마의 모습은 찾아볼 수 없었다. 어디로 가버린 거냐, 그 녀석…….

벽에서 몸을 떼고 사방을 두리번거리는데, 축구부원들 중 한 명이 나를 불렀다. 멀리서도 한눈에 알아볼 수 있는 갈색 머리와 촐랑대는 말투. 토베였다.

"얼라리오~? 히키타니잖어. 뭐해?"

살갑게 손을 흔들어 보이기에, 가볍게 손을 들어 화답했다.

"하야마는?"

"하야토? ……아, 그게, 걔가 지금 좀 바빠서리."

대답하면서도 토베의 눈은 정신없이 허공을 배회했다. 그 시선을 따라가 봤지만, 하야마는 눈에 띄지 않았다.

"없냐?"

"아니, 없다고 할까, 있긴 있는데 있었다고나 할까?"

토베의 대답은 어눌했다. 그래서 있다는 거냐 없다는 거냐. 거참 성가시구만…….

"없다면 할 수 없지……. 그럼 난 이만 가보마."

오랫동안 기다렸는데 이런 허무한 결말이라니 솔직히 좀 불만이지만, 얻을 게 없다면 얼른 철수하는 편이 낫다. 손절매[18]는 게임의 기본이다. 인생이라는 게임에도 그 원칙은 어김없이 적용된다. 하여튼 내 인생은 손절매의 연속이라니까.

토베에게 작별을 고하고 주차장으로 향했다.

"……앗!"

뒤에서 토베의 부르짖음이 들려온 것 같았지만, 무시하고 그대로 걸음을 옮겼다.

그러다 건물 뒤편에서 하야마의 모습을 발견했다. 뭐야, 있었잖아. 아무래도 정문이 아니라 쪽문을 통해서 나가려고 했던 모양이다.

뭐라고 운을 떼야 하나 고민하며 몇 걸음 다가가다가, 그 자리에 우뚝 멈춰 서고 말았다.

오렌지색 가로등 불빛이 어슴푸레하게 드리워진 공간에서, 하야마가 아닌 다른 사람을 발견했기 때문이다.

반사적으로 얼른 건물 뒤에 몸을 숨겼다. 벽에 등을 딱 붙이고 서 있으려니, 냉기가 등골을 타고 올라왔다.

주위가 어두컴컴한 탓에 하야마와 함께 있는 사람이 누구인지는 알 수 없었다. 그래도 실루엣으로 보아 여자임은 분명했다. 그리고 바람을 타고 띄엄띄엄 들려오는 "갑자기 불러내

#18 손절매 주식 등에서 시간이 갈수록 손실이 커질 것으로 예상되는 경우, 손해를 보더라도 팔아치우고 판을 접는 것.

서 미안해." 등등의 말투로 미루어볼 때, 같은 학년 여학생이라는 사실은 대충 짐작이 갔다.

남색 피코트에 빨간 머플러. 목덜미에 두른 그 머플러를 꼭 움켜쥔 채, 여자애가 눈만 살짝 들어 하야마의 얼굴을 올려다보았다. 긴장했는지, 먼발치에서도 그 가녀린 어깨가 희미하게 떨리는 게 보였다.

―아하, 그런 거였나.

그래서 토베가 우물쭈물 말문을 흐렸던 거다.

여자애가 조용히 숨을 고르더니, 결심을 굳힌 기색으로 코트 자락을 꼭 움켜쥐었다.

"저기…… 친구한테 들었는데. 하야마, 지금 사귀는 사람이 있다는 게 진짜야?"

"아니, 없어."

"그럼 나랑……."

"미안. 지금은 그럴 마음이 없어서."

목소리는 작았지만, 그 정도는 가까스로 알아들을 수 있었다.

하지만 그것을 끝으로 대화도 끊겼다.

틀림없이 둘 다 말문이 막혀버린 거겠지.

그렇지만 말하지 않아도 알 수 있었다.

팽팽하게 조여드는 독특한 긴장감과 상쾌함과는 동떨어진 절망감. 어둠속에서 흘러나오는, 차디찬 겨울 공기와도 잘 어울리는 그 분위기는 얼마 전에도 피부로 느꼈던 감각과 닮은

꼴이었다.

작년 크리스마스 시즌, 디스티니 랜드에서 잇시키 이로하와 하야마 하야토가 연출한 장면과 지독하게 흡사했다.

이윽고 작별 인사로 추정되는 짤막한 대화가 오간 후, 힘없이 손을 흔들어 보인 여자애가 발걸음을 돌려 총총히 사라져 갔다.

멀어져가는 여자애의 뒷모습을 바라보던 하야마의 어깨가 살짝 처졌다. 그리고는 장탄식을 하며 고개를 들었다. 그러다 우연히 그 시야에 내가 들어온 모양이었다.

하야마는 웃었다. 무안해하지도 쑥스러워하지도, 당연하지만 기뻐하지도 않고. 그저 체념한 것처럼.

"묘한 장면을 들켜버렸네."

"어, 아니, 그 뭐냐. ……미안하다."

먼저 말을 걸어오는 바람에 페이스가 흐트러지고 말았다. 덕분에 제대로 반응하지 못했다. 물론 말을 걸어오지 않았더라도 뭐라고 운을 떼야 할지 갈피를 잡지 못했을 테지만. 차인 사람 상대로는 어설픈 위로의 말이나마 건넬 수 있지만, 차버린 사람 상대로는 뭐라고 해야 좋을지 감이 잡히지 않았다.

하지만 그런 내 속내를 꿰뚫어봤는지, 하야마가 피식 웃는 느낌이 났다.

"그럴 필요 없어. 안 그래도 오늘은 부원들까지 신경 쓰게 만들어버렸으니까."

그 말투로 봐서는 요 며칠간 비슷한 일이 여러 번 있었던 모양이다.

"고생이 많네."

솔직히 그 정도밖에는 할 말이 없었다. 하야마 하야토의 연애 사정에 특별히 관심이 있는 것도 아니거니와, 저렇게 두루두루 갖춘 녀석 상대로는 질투조차 나지 않는다. 별일 아닌 척 너스레를 떨며 놀려주는 것도 일종의 친절일지 모르지만, 공교롭게도 그럴만한 관계는 못 되었다.

내 말에 하야마의 표정이 순간적으로 확 일그러졌다. 숨이 막히는 것처럼, 어딘가 고통을 억누르는 것처럼.

하지만 곧바로 가볍게 고개를 젓더니, 평소와 다름없는 미소를 지으며 주차장으로 가자고 턱짓을 했다. 나도 그 뒤를 따라 걸음을 옮겼다.

"나보다는 유키노시타가 더 고생이겠지."

"엉? 유키노시타가? 어째서?"

뜬금없이 튀어나온 이름에 반사적으로 되묻자, 하야마는 이쪽을 돌아보지도 않고 단호하게 대꾸했다.

"어디에나 있으니까. 남의 사생활을 캐면서 시시덕대는 인간들이. 호기심에서 비롯된 행동인지도 모르지만, 그것 때문에 피해를 보는 사람도 있는데 말이지."

대답하는 목소리는 평소보다 훨씬 까칠했다. 항상 온화한 미소를 머금고 다니는 하야마의 이미지와는 어울리지 않았다.

다만 하야마가 한 말이 예의 그 루머를 겨냥한 것임은 명백했다.

아까 하야마한테 고백한 여자애도 그 루머를 떡밥 삼아 친구들한테 부추김을 당한 게 틀림없었다. 요 며칠간의 고백 러시도 십중팔구 비슷한 과정을 거쳐서 나온 거겠지.

하야마가 걸음을 옮기며 흘끗 나를 곁눈질했다. 면목없다는 듯 살짝 처진 눈썹이 가로등 불빛 아래 드러났다.

"유키노시타에게도 불편을 끼쳤을지 몰라. 미안하지만 대신 사과해줄래?"

"네가 직접 말하라고."

"그러고 싶지만, 지금 만나기는 좀……. 그것만으로도 무책임한 소문에 살이 붙으니까. 이럴 때는 그냥 내버려두는 게 상책이거든."

하야마의 말투는 꼭 경험자의 지론처럼 들렸다. 과거의 경험을 통해 터득한 진리를 그대로 읊는 것처럼 느껴졌다.

그리고 그 진리는 하야마 혼자만 터득한 게 아닐 테지. 십중팔구 그녀도.

그런 생각이 뇌리를 스쳐 간 탓에 무심코 걸음을 멈출 뻔했다. 그래도 가까스로 다리를 놀려 한 발짝 나아갔다.

"뭔가 익숙한 느낌인데……? 이런 일이 자주 있었나 보지?"

"……그보다 뭔가 용건이 있었던 거 아니었어?"

물어보자, 하야마는 가볍게 어깨를 으쓱하더니 전혀 상관없는 이야기를 꺼냈다. 그 반응만 보아도 하야마가 그 화제를 꺼린다는 것쯤은 충분히 짐작이 갔다.

그렇다면 그것이 더 이상 나아가서는 안 되는 라인인 셈이다. 제시된 경계선을 따라, 나도 순순히 화제를 돌렸다.

"아니 뭐 별건 아니다만, 그냥 좀 궁금한 게 있어서……. 그 뭐냐, 네 진로라든가."

내 대답에 하야마가 그거였어? 하고 나직하게 중얼거리며 쓴웃음을 지었다.

"누가 물어봐 달라고 부탁했나 보지?"

"뭐 그냥…… 참고삼아."

아무리 그래도 미우라의 부탁이란 말은 못한다. 궁색한 변명에 앞장서서 걸어가던 하야마가 가만히 한숨을 쉬었다.

"……이번에도 일 때문이야?"

되돌아온 음성은 차가웠고, 어딘가 경멸하는 기색이 묻어났다. 앞서 가는 하야마의 표정은 알 수 없었다. 다만 불끈 움켜쥔 주먹만이 시야에 들어왔다.

"여전하구나, 너는."

쏘아붙이듯 내뱉은 말은 맞바람 속에서도 또렷하게 들렸다. 바람이 불어올 때마다 주차장의 함석지붕이 덜컹덜컹 흔들렸고, 방치되어 잔뜩 녹슨 자전거가 삐걱거렸다.

그 소리가 귀에 거슬렸다. 그래서 대꾸하는 내 목소리도 날카로워지고 말았다.

"전에도 말했을 텐데. 그런 동아리니까. 봉사활동이라고."

"그래? 그럼 나도 하나만 부탁해도 될까?"

매섭게 맞받아친 하야마가 걸음을 멈추고 나를 돌아보았다.

"그런 성가신 짓, 그만둘 수 없어?"

그 얼굴에 웃음기는 없었다. 불끈 움켜쥐었던 주먹은 느슨하게 풀어진 채였고, 목소리에는 힘도 억양도 없었다. 그런데도 그 목소리는 바람에 묻히지 않고, 어둠에 잠긴 학교 뒤편에 조용히 울려 퍼졌다.

대답하는 말도 이어지는 말도 없이, 찰나의 정적이 싹텄다.

하지만 그것도 잠시뿐.

이내 미소를 되찾은 하야마가 마치 농담이라도 되는 양, 장난스러운 말투로 내게 물었다.

"……이렇게 상반되는 부탁을 하면, 그때는 어떡할 건데?"

"어떡하다니……. 그건 그때 가서 생각해봐야지."

"……그래?"

그 말을 끝으로 우리는 묵묵히 주차장 앞까지 왔다. 그때 불현듯 하야마가 걸음을 멈추더니 쪽문을 가리켰다.

"난 전철이라서."

"어, 그래."

작별 인사를 대신해서 한 말이었지만, 하야마는 그곳에서 움직이지 않았다.

하야마는 가만히 하늘을 올려다보고 있었다.

뭔가 보이나 싶어 나도 덩달아 고개를 들었다.

하지만 눈에 들어오는 것은 불 꺼진 학교 건물과 유리창에 반사된 가로등 불빛뿐. 그곳에는 달도 별도 없었고, 오로지 인공적인 불빛의 거울상만이 비춰질 따름이었다.

이윽고 하야마가 생각났다는 투로 입을 열었다.

"아까 그 질문, 대답은 상상에 맡길게. 누가 부탁했는지는 몰라도…… 스스로 잘 생각해서 선택하지 않으면 틀림없이 후회할 테니까."

그리고 하야마는 걸음을 옮겼다.

어둠이 짙게 드리운, 가로등 불빛조차도 닿지 않는 곳으로. 그 길이 쪽문으로 이어진다는 사실을 알면서도, 불현듯 하야마가 어디로 향하는지 모르겠다는 생각이 들었다.

이곳에는 없는 누군가를 향해서 했을 터인 말.

하지만 이상하게도 그것은, 그 누군가를 향한 말이 아닌 것처럼 느껴졌다.

×　×　×

하야마 하야토라는 인물의 동향과 그에 관련된 사항에 약간의 주의를 기울이며 학교생활을 하다 보니, 어떤 사실을 깨달았다.

단적으로 말해서 잇시키 이로하의 우려는 적중했다.

지난번에 부실에서 잇시키가 지적한 대로, 분명 그 소문은 하야마를 둘러싼 환경에 미묘한 변화를 가져왔다.

복도에서도 교실에서도 하야마와 유키노시타의 연애설이 알음알음 퍼져나갔다.

과연 전교에서도 손꼽히는 인지도를 자랑하는 하야마와 유키노시타. 남녀를 가리지 않고 관심이 집중되었다.

쉬는 시간에 교실에 멍하니 앉아 있어도, 주변에서 하야마를 힐끔힐끔 쳐다보는 게 느껴졌다.

실제로 지금도 내 대각선 뒷자리에서 여자애들이 종알종알 떠드는 소리가 들려왔다.

"그 이야기 말이야, 어디까지가 진짜일까?"

"그치? 궁금해 죽겠어~! 역시 사귀는 사이려나? 어떻게 생각해?"

"에이, E반 애가 물어보니까 아니라고 했다던데?"

"그야 굳이 사실대로 말해서 확인사살을 하진 않겠지. 역시 자상하다니까~!"

"그건 자상한 게 아니잖아! 하여튼 너도 웃겨."

직접적으로 콕 집어 말하지는 않았지만, 십중팔구 하야마와 유키노시타의 염문 이야기겠지.

밑도 끝도 없다 못해 위아래도 없는 낭설. 다만 곤란하게도 그 중심에는 매혹적인 먹잇감이 존재한다. 그래서 흥미를 끌고, 가십거리로 전락하고 마는 거다.

무릇 열일곱 살 여고생이란 수다 사랑 수다쟁이 멜론[19]인데다, 화제의 주인공이 자기들과도 친숙한 학교의 유명인이면 화젯거리로 삼기도 편할 테지.

이름 모를 여자애들이 수군대는 소리는 계속해서 이어졌다.

"그치만 뭔가 의외야. 유키노시타, 안 그래 보이는데 얼빠

#19 수다 사랑 수다쟁이 멜론 개그맨 효도 다이키의 DVD 타이틀 「수다 사랑」과 성우 이노우에 키쿠코가 진행하는 라디오 프로그램 「매혹의 수다쟁이 멜론」에서 따온 것.

기질이 상당한가 봐."

"아, 알 거 같아. 별로 접점도 없어 보이는데 사귀다니, 딱 봐도 얼굴을 밝힌단 느낌이지?"

"어? 근데 그럼 하야마도 얼빠란 소리잖아."

"얼빠 맞지 않아?"

그렇게 쑥덕거리며 키득키득 웃는 소리는 작았다. 같은 교실에 있는 하야마 그룹에게 들릴까 봐 자기들 나름대로 조심하는 거겠지.

그 대화가 몹시 귀에 거슬렸다.

짜증이 나서 견딜 수가 없었다.

막 잠들려는 찰나 귓가에서 앵앵대는 모깃소리나 잠 못 이루는 밤에 들려오는 시계 초침 소리처럼 불쾌한 잡음. 듣다가 저도 모르게 혀를 차고 말았다.

이 상황과는 전혀 무관한 나조차도 짜증이 날 정도다. 그러니 루머에 시달리는 당사자들은 오죽하겠는가.

잘 알지도 못하는 녀석들이 갖가지 억측과 추측, 희망사항, 시샘을 버무려 소설을 써대고, 자기들 입맛에 맞추어 자극적인 방향으로 이야기를 부풀려 나간다.

그런 족속들에게는 사실 특별한 악의가 없는 경우가 대부분이다. 그 인간들이 입을 놀리는 이유는 오직 하나, 그편이 더 재미있기 때문이다. 정색하고 부정하거나 항의해봤자 「그냥 장난인데 뭘 그래?」라는 식으로 딱 잡아뗀다.

이번 사태가 가시화되면서, 아니, 그들에 대해 알게 되면서 비로소 깨달았다.

유키노시타 유키노, 그리고 하야마 하야토는 줄곧 이런 환경 속에서 살아온 거다. 빼어난 외모와 능력으로 많은 이들의 기대와 주목의 대상이 되고, 또 그만큼의 실망과 질투도 한몸에 받아가며.

사춘기의 감시 사회에서 학교는 감옥 그 자체다. 인기인은 항상 대중의 시선에 노출되고, 그 밖의 대다수는 시킨 적도 없는데 선의와 흥미본위에서 감시를 시작한다. 그리고 때로는 징벌마저 가한다. 밤낮없이 스탠포드 감옥 실험이 이루어지는 거나 마찬가지다. 부탁받은 것도 아니건만, 그들은 기묘한 사명감에 사로잡혀 점차 공격적으로 변해간다.

이름 없는 간수들의 치졸한 잡담은 내 뒤에서 끝을 모르고 계속되었다.

그러다 문득 그 음성 속에 딱딱 무기질적인 소리가 뒤섞이기 시작했다. 그러자 여자애들의 이야기소리가 뚝 그쳤다.

소리가 들려오는 방향을 바라보았다.

그러자 다리를 꼬고 손톱을 세워 신경질적으로 책상을 두들기는 미우라가 시야에 들어왔다. 얼굴은 그대로 유이가하마 일행을 향한 채, 곁눈질을 해서 이쪽을 째려보았다.

미우라의 화려하고 단정한 이목구비는 정면에서 보아도 위축되기 마련인데, 곁눈질을 하자 험악한 눈초리까지 더해져 박력이 대폭 증가했다. 정확히는 무섭다, 평소의 세 배는 무섭다. 나를 위협하는 것도 아닌데 반사적으로 시선을 피하고 말았다.

그렇게 옮겨간 시선 끝에서, 미우라 앞에 앉은 하야마가 그 모습을 보며 쓴웃음을 짓는 게 보였다.

아마도 하야마나 미우라가 여자애들이 하는 말을 알아들은 건 아닐 테지.

그러나 분위기는 모든 것을 대변한다.

말소리가 들리지 않고 대화 내용이 귀에 들어오지 않아도, 그 공간이 자신에게 호의적인지 배타적인지 정도는 피부로 느껴지는 법이다. 예컨대 방금 미우라가 눈빛만으로 여자애들을 향한 적의를 드러낸 것처럼.

교실에 있기가 약간 껄끄러워졌는지, 자리에서 일어난 여자애들이 후다닥 내 옆을 지나쳐 복도로 향했다. 왜, 화장실에서 회의라도 하려고?

"아까 엄청 살벌하지 않았어? 혹시 들렸나?"

"몰라. ……근데 미우라는 어떻게 생각하는 걸까?"

"글쎄?"

스쳐 지나갈 때 귓속으로 흘러들어온 대화를 못 들은 척하며 책상에 엎드렸다. 그렇게라도 하지 않으면 미우라가 있는 쪽을 빤히 쳐다봐버릴 것 같았다.

수면에 이는 파문은 언젠가 잦아든다.

그렇지만 나비의 날갯짓 같은 사례도 있지 않은가.

덜컹덜컹 창문을 흔드는 바람 소리에 귀를 기울이며, 쉬는 시간을 조용히 속으로 삭여냈다.

방과 후에도 바람은 잦아들 줄 몰랐다.

수도권에 펼쳐진 칸토 평야에는 메마른 바람이 분다. 서쪽 바다에서 흘러드는 습한 공기가 오우 산맥을 위시한 산줄기에 가로막혀, 무거운 구름을 뒤에 남겨두고 바람만이 산봉우리를 넘어 불어오는 거다.

차고 건조한 바람이 부실 밖 복도 쪽 창문을 두들겼다.

그러나 부실 안은 따스하고 훈훈한 공기로 가득했다. 그 주된 원인은 눈앞에서 훈김을 피워 올리는 홍차겠지.

찻종지를 입으로 가져가 한숨 돌린 후에 입을 열었다.

"그게요, 하야마 씨에게는 보기 좋게 거절당하고 말았습니다……."

내가 물어봐 주마! 라고 근거 없는 자신감으로 큰소리를 떵떵 쳐버린 탓에, 말투에서 조금 겸연쩍어하는 기색이 묻어나고 말았다. 그렇게 어제의 경과를 보고하자, 유이가하마가 쓴웃음을 머금었다.

"응, 그럴 줄 알았어. 하야토, 왠지 좀 저기압인 거 같았구……. 힛키 잘못은 아니니까 신경 쓰지 마."

위로받고 말았다……. 엎친 데 덮친 격으로 유키노시타마저 한숨을 내쉬며 살짝 쓴웃음을 지었다.

"처음부터 기대한 적도 없었으니 마음 쓰지 마렴."

위로가 맞는지 헷갈리는 미묘한 발언이었으나, 목소리 톤으로 미루어볼 때 약간의 배려는 담겨 있는 것 같았다.

하지만 뒤이어 들려온 목소리에는 한심해하는 기색이 역력했다.

"하긴 선배님이 퍽이나 잘하셨을까요~."

선배「니미」「퍽」이나? 너 지금 두 번이나 욕한 거냐?

"그보다 넌 왜 또 여기 있는데?"

종이컵을 양손으로 감싸 쥔 잇시키에게 시선을 주었다. 그러자 종이컵을 책상에 내려놓은 잇시키가 옷깃을 가다듬더니 치맛자락을 툭툭 털고 앞머리를 매만져 매무새를 정돈했다.

"오늘은 정식으로 상담할 게 있어서 왔어요."

진지한 표정으로 잇시키가 그렇게 선언했다. 하지만 가다듬었을 터인 옷깃 사이로 쇄골이 얼핏 보이는 데다 치맛자락이 팔락이는 모양새도 심상치 않았고, 앞머리가 단정해진 덕분에 빼꼼 올려다보는 시선의 위력마저 강화되어 진지함이 퇴색되었다.

순간적으로 정신을 빼앗길 뻔했지만, 마음을 굳게 다잡고 약간의 아쉬움을 남긴 채 잇시키에게서 시선을 뗐다. 그런 뻔한 수작에는 안 넘어간다…….

"학생회 일이라면 더 이상 못 도와줘."

"……그래요?"

잇시키가 낙심한 기색으로 중얼거렸다. 뒤이어 칫, 하고 나직하게 혀를 차는 소리가 들린 것 같은 느낌이 들었지만 내

착각이겠지? 이로하스?

그런 우리를 지켜보던 유키노시타가 불현듯 헛기침을 했다.

"설마 정말 도움을 받을 생각으로 찾아온 건 아니겠지……?"

생긋 웃어 보이긴 했지만, 그 목소리에는 위압감이 감돌았다. 부드러운 말투인데도 등골이 오싹해졌다. 그러자 잇시키가 후다닥 자세를 바로 했다.

"무, 물론이죠! 그냥 농담이었어요! 일은 알아서 잘하고 있다고요!"

"그럼 무슨 일로 온 거니?"

잇시키의 반응에 유키노시타가 어이없다는 투로 한숨을 쉬며 묻자, 유이가하마가 중재하듯 둘 사이에 끼어들었다.

"이로하, 하야토 진로가 궁금해서 물어보러 온 거 맞지?"

"역시 유이 선배님은 눈치가 빠르시다니까요! 맞아요! 하지만 꼭 그것만은 아니고요~."

유키노시타가 눈으로 뒷말을 재촉했다. 그러자 잇시키가 턱에 손을 얹고 생각을 가다듬으며 설명에 들어갔다.

"사실은요, 요새 하야마 선배를 찔러보는 애들이 확 늘어난 모양이더라고요."

"찔러본다구?"

"톡 까놓고 말해서 고백한다든가 뭐 그런 거죠. 거기까지는 못 가더라도 확인만 해서 어필한다든가요."

유이가하마의 의문에 잇시키가 천연덕스럽게 대답했다.

그 말에 어제 집에 가다가 목격한 장면이 떠올랐다. 물론 유키노시타와 유이가하마에게는 그 이야기를 하지 않았으므로, 둘 다 다른 문제에 더 관심이 가는 눈치였다.

"확인이라니, 무슨 뜻이니?"

"그런다구 어필이 돼?"

두 사람이 미심쩍은 표정으로 쳐다보자, 잇시키가 목을 가다듬듯 헛기침을 하더니 자세를 바로 했다. 그리고 의자째로 나를 향해 돌아앉았다.

그리고 가늘지만 열기를 머금은 숨결을 토해내며, 진지한 눈빛으로 나를 지그시 응시했다.

"선배님⋯⋯. 지금 사귀는 분⋯⋯ 있으신가요?"

가늘게 떨리는 목소리. 띄엄띄엄 흘러나오는 음성. 붉게 물든 뺨. 카디건 소맷자락 사이로 드러난 놀랄 만큼 하얗고 가느다란 손목. 그 손이 긴장한 기색으로 리본을 꼭 움켜쥐었고, 블라우스에 잡힌 주름이 애절한 분위기를 자아냈다.

물기 어린 눈망울이 아련하게 흔들렸다.

허를 찔린 탓에 심장 박동이 빨라지는 것을 느꼈다. 뛰는 가슴을 진정시키고자 천천히 숨을 골랐다.

"아니, 없는데⋯⋯."

내 입에서 흘러나온 목소리는 낮게 쉬어 있었다.

부실에 싸한 정적이 감돌았다.

나는 물론이거니와 유키노시타와 유이가하마도 말이 없었다. 그 침묵 속에서 잇시키가 씨익 여우 같은 미소를 지었다.

"아시겠죠? 이런 느낌이라고요, 이런 느낌!"

"괘, 괜히 의미심장하게 말하니까 그렇지! 그치? 힛키."

……저기, 그게 말이죠. 그 어필, 아주 안 와 닿는 건 아니로군요, 네네. 정확히는 아주 확 와 닿았습니다. 잇시키 이로하, 제법인걸.

"힛키?"

부르는 소리에 유이가하마와 유키노시타 쪽을 돌아보자, 싸늘한 눈빛이 나를 맞이했다.

"……왜 말이 없니?"

유키노시타가 생긋 미소 지었다. 하지 마, 네가 그렇게 웃으면 무섭다고.

"아, 아무튼 그 뭐냐, 하야마가 처한 상황은 알겠어. 그래, 알겠다고."

소문의 진위를 확인하고, 기회를 보아 여차하면 고백까지 밀어붙인다. 그것까지는 무리이더라도 한 발짝 다가가는 계기로 삼는다…… 뭐 그런 느낌인가.

여태까지 공략 불능으로 인식되어온 캐릭터가 추가 디스크에서 시나리오 첨가, 루트 생성이 된 것과 비슷하려나. 아니면 팬 디스크로 므흣한 시나리오가 추가된 거냐옹?

어쨌든 이것도 그 소문의 영향 중 하나라고 봐야겠지.

"그래서 넌 뭘 상담하고 싶은 건데?"

내 질문에 잇시키가 에헴 가슴을 폈다.

"그야 물론 라이벌을 제치는 방법이죠~."

"아, 그러냐……."

상황이 이 지경에 이르렀는데도 포기할 줄을 모르다니, 거참 뚝심 있는 녀석일세. 감탄 반 기막힘 반 무심함 반으로 심드렁하게 대꾸했다. 야야, 그거 다 합치면 1.5잖아.

그런 내 반응을 동조의 뜻으로 해석했는지, 물어본 적도 없는데 잇시키가 주절주절 설명을 늘어놓기 시작했다.

"이 상황은 생각하기에 따라서는 찬스니까요. 대개는 다들 고백하고 그걸로 땡이잖아요~? 더구나 하야마 선배는 들이대는 데 신물이 났을 테니, 거기서 저라는 어떤 의미에서는 부담 없는 후배 포지션의 복병, 앗 말이 헛나왔네요 복스러운 안식처가 등장하는 거죠!"

중간에 말 바꾼 거, 아무리 봐도 무리수 같다만······. 복스러운 안식처라니 무슨 소리인지도 모르겠고, 그렇다고 잇시키가 딱히 복스러운 타입도 아니란 말이지······. 잇시키의 매력은 아직 앳된 느낌이 남아 있는 여리여리한 인상에서 비롯되는 거라서······. 엇, 지금 그런 걸 따질 때가 아닌가. 하야마와 잇시키가 어찌 되든 내 알 바 아니다 보니, 도중에 의식이 딴 길로 새버렸다.

다른 두 사람은 집중해서 들었나 싶어 그쪽으로 시선을 향하자, 둘 다 진지하기 그지없는 표정으로 경청 중이었다.

"부담 없는 후배 포지션······."

"복병······."

앵무새처럼 뇌까리더니, 유이가하마와 유키노시타 둘 다 진지한 눈빛으로 잇시키를 지그시 응시했다. 어찌나 진지한지

한순간 실내 온도가 급강하한 느낌이 들었습니다. ……심상치 않네!

그러나 잇시키는 그 시선을 깨닫지 못했다. 창밖을 내다보는 중이었기 때문이다. 유리창을 통해 내려다보이는 운동장에서는 축구부 연습이 한창일 터였다.

"그래서 기분전환도 할 겸, 잠깐 놀러 갔다 오면 어떨까 해서요……."

저물어가는 햇살에 비친 잇시키의 옆얼굴에서는 약간의 근심과 착잡함이 엿보였다.

말투 자체는 가벼운 느낌이었지만, 아마 잇시키 나름대로 하야마를 염려하는 거겠지.

뭐야, 의외로 생각이 깊잖아. 그런 모습을 보이면 어지간한 남자는 마음이 흔들릴 거라고 본다만……

"나쁘지 않은 아이디어 같은데."

저도 모르게 미소를 띠며 그렇게 말하자, 잇시키의 얼굴이 확 밝아졌다.

"그렇죠?! 그래서 말인데요, 어디가 좋을지 알려주셨으면 해요!"

"야, 그런 방면으로는 네가 우리보다 훨씬 빠삭할 거 아냐?"

번지수를 잘못 찾았다고. 유이가하마야 친구들한테 입수한 정보가 있을 테니 그렇다 쳐도, 나나 유키노시타가 어딜 봐서 아웃도어 파 같단 말이냐. 핀잔을 주자, 잇시키가 뾰로

통하게 뺨을 부풀렸다.

"제가 아는 곳은 벌써 전부 시험해봤단 말이에요! 그러니까 발상의 전환이 필요하다 싶어서 찾아온 거예요."

"아, 그러냐……."

진짜 행동력 한번 끝내주는구만. 역시 베어 그릴스 맞는 거 아냐?

감탄하는 사이, 내 대각선 맞은편에 앉은 유이가하마가 집 게손가락을 턱에 대더니 고개를 갸웃했다.

"그니까 머리를 비우구 부담 없이 놀 만한…… 그런 곳을 알구 싶단 소리야?"

"네, 알기 쉽게 말하면 대충 그런 느낌이랄까요~?"

유이가하마의 물음에 잇시키가 고개를 끄덕여가며 대답하 자, 유키노시타의 입에서 나직한 한숨이 새어나왔다.

"……그래, 같이 생각해보자."

빙그레 미소 지으며 말하는 그 모습에서는 평소보다 좀 더 언니다운 느낌이 났다. 잇시키도 이럴 때의 유키노시타에게는 친근감이 드는지, 활짝 웃으며 말했다.

"고맙습니다! ……자, 그럼 선배님께선 어떻게 생각하세요~?"

"글쎄다, 내가 뭘 알아야 말이지……."

전혀 짚이는 데가 없었다. 무난하게 디스티니 랜드나 뭐 그 런 데로 가면 되지 않겠느냐는 생각도 들었으나, 거기서 차인 사람한테 차마 그런 소리는 못 하겠고…….

다만 뭐랄까, 하야마의 취향은 잘 모르지만, 어디서 뭘 하든지 그럭저럭 즐거워하는 모습을 보여주지 않을까. 정말로 즐거워할지는 모르겠다만.

그렇게 생각하는데, 유이가하마가 의자를 끌어 내 앞으로 바싹 당겨 앉았다.

"히, 힛키는 어디가 좋을 거 같아? 그게, 혹시 참고가 될지두 모르니까……."

"나하고 하야마는 달라도 너무 달라서 참고가 안 될걸."

그러자 유키노시타가 쿡쿡 웃었다.

"맞아. 그야말로 극과 극이지."

"그렇지?"

"그래. 완전히."

유키노시타는 미묘하게 비웃는 투로 동의했지만, 딱히 열받지는 않았다.

극과 극이라는 건 사실이니까. 나도 어디 가서 빠지지 않는 스펙의 소유자라고 자부하지만, 하야마한테는 한참 못 미친다. ……그리고 뭣보다 이렇게 자기 스펙에 자부심을 느껴버리는 소인배 기질이 하야마와 딴판인 이유 아닐까.

도대체 뭐야, 뭐냐고, 이 소인배스러운 찌질함은……. 하지만 여자들은 자질구레한 소품을 좋아하니까, 찌질한 소인배도 의외로 사랑받지 않을까요?! 포지티브!

그런 시답잖은 생각에 빠져 있는데, 유키노시타가 나직하게 헛기침을 했다. 그리고 엉뚱한 곳을 보며 빠른 속도로 덧붙였다.

"……하지만 극과 극이니만큼 참고가 되지 않을까? 대척점에 있는 의견을 역으로 뒤집으면 정답에 근접할 테니까. 반대의 반대는 찬성이잖니?"

"명제의 역이 반드시 참이라는 보장은 없는 거 아니었냐……?"

그 논리는 좀 이상하잖아. 반대의 반대는 찬성이라니, 네가 무슨 반쪽이 아빠냐…….[20] 그렇게 반론하려는데, 대답을 기다리며 내 얼굴을 뚫어져라 응시하는 유키노시타와 유이가하마가 보였다.

저기요, 그렇게 빤히 쳐다보시면 이것저것 생각나서 곤란하니 자제해주시면 안 되겠습니까.

"……어, 그게, 생각해보마."

슬그머니 시선을 피하며 어물어물 그렇게 대답하자, 어디선가 휴우니 에휴니 어이없다는 듯 불만 어린 한숨 소리가 들려오는 느낌이 들었다.

"네, 잘 생각해보셔야 해요~. 아셨죠?"

잇시키가 생긋 웃으며 말했다.

문제는 그래 봤자 난감할 따름이라서 말이지……. 내 앞가림만으로도 벅차서 잇시키 일까지 신경 쓸 여력이 없다고나 할까, 도리어 저야말로 조언을 구하고픈 심경입니다만……. 에라, 모르겠다. 다음에 조만간 언젠가 생각해보지 뭐.

그나저나 하야마를 대하는 잇시키의 태도가 미묘하게 달라

#20 반쪽이 아빠 만화 「얼렁뚱땅 반쪽이네」의 주인공 반쪽이 아빠의 입버릇이 「반대의 반대는 찬성」임.

진 것도 그 소문의 영향일 테지. 적어도 하야마 주변에서는 명확한 변화가 일어나고 있는 셈이다.

그렇다면 또 한 명의 화제의 인물은 어떨까.

"……그러고 보니 유키노시타, 너는 어떠냐? 그 소문 때문에 달라진 점은 없어?"

"나? 글쎄, 우리 반은 원래 접근하는 사람이 많지 않으니까……."

실제로 유키노시타가 소속된 국제 교양과 J반은 교실이 복도 맨 끝에 있는 데다가, 여학생이 전체의 90퍼센트를 차지한다. 그러다 보니 J반 특유의 독특한 분위기가 형성되어, 다른 반 애들이 적극적으로 다가가는 일은 드물다. 따라서 그런 의미에서는 하야마보다 다소 나은 상황일지도 모른다.

하지만 그렇다고 아예 영향이 없는 건 아닌 눈치였다.

유키노시타가 힘없이 한숨을 쉬었다.

"물론 뒤에서 수군대는 사람들이 있기는 하지만, 그런 건 예전에도 가끔씩 있었던 일이라 확신이 안 서고……."

"이해해요. 눈에 띄면 뒷말이 나오기 마련이니까요~."

저기, 잇시키. 너하고는 경우가 좀 다르다고 본다만…….

잇시키의 말에 미소 띤 얼굴로 가볍게 고개를 끄덕여 보인 유키노시타가 나직한 목소리로 덧붙였다.

"……그래도 옛날만큼 심하지는 않아."

그 옛날이라는 말이 어쩐지 마음에 걸렸다.

나로서는 알 도리가 없는 과거. 또는 그녀가 말하려고 하지 않는 과거. 그리고 그와 얽혀 있는 과거.

하지만 정말 물어봐도 되는 걸까. 최소한 다른 사람이 있는 여기서 물어볼 문제는 아니라는 생각도 들었다. 본인이 밝히려 하지 않았던 일을 캐물을 권리가 과연 내게 있을까.

망설임 속에서 입을 연 순간.

별안간 똑똑 부실 문을 두드리는 소리가 들려왔다. 모두가 반사적으로 문 쪽을 돌아보았고, 그 덕분에 질문할 타이밍을 놓치고 말았다.

우리가 뭔가 반응을 보이기도 전에, 문이 드르륵 거침없이 열렸다.

"……지금 시간 돼~?"

언짢은 듯한 음성이 날아들었다. 매서운 눈빛으로 실내를 한 바퀴 둘러보자, 느슨하게 말린 금발이 신경질적으로 흔들렸다. 부실 입구에 떡 버티고 서 있는 사람은 다름 아닌 미우라 유미코였다.

"유미코, 웬일이야?"

"……좀 할 말이 있어서 왔는데."

"글쿠나. 암튼 일단 안으루 들어와."

유이가하마의 제안에 고개를 끄덕인 미우라가 부실 안으로 들어왔다. 그리고 수상하다는 듯 잇시키를 흘끗 곁눈질했다.

"아, 그럼 전 학생회 일도 있으니 이만 실례할게요."

심상찮은 분위기를 감지했는지, 잇시키가 그렇게 말하며 황급히 부실을 나섰다.

"그럼 또 뵈어요~."

조심스러운 인사말을 끝으로 살며시 문이 닫혔다. 그것을 확인한 유이가하마가 미우라에게 의자에 앉을 것을 권했다. 그 결과 자연스럽게 나, 유이가하마, 유키노시타가 나란히 앉게 되었고, 미우라는 그런 우리와 마주보는 위치에 앉았다.

"메일 보낸 것 땜에 온 거야?"

"그게 아니라…… 그것도 있지만."

유이가하마의 말에 미우라가 뭔가 껄끄러운 기색으로 말문을 흐리며 고개를 돌렸다. 하지만 이내 크게 심호흡을 하더니, 이번에는 뭣 때문인지 유키노시타를 바라보았다.

"……됐고, 너 하야토랑 뭔가 있어?"

음성과 시선 모두 날카로웠다.

그 소문에 대해 묻는 게 틀림없었다. 하야마와 유키노시타를 둘러싼 무책임한 루머는 이미 교실을 떠나 전교생의 입에 오르내리는 상태였다.

동아리 활동을 재개한 첫날, 잇시키가 불쑥 쳐들어온 시점에서 깨달았어야 했다. 그 밖에도 유키노시타한테 직접 확인하러 올 사람이 존재할 가능성을.

하야마와 가장 가까운 곳에 있을 터인 미우라가 아무렇지 않을 리 없으니.

이글이글 타오르는 미우라의 시선을, 유키노시타는 태연하게 받아넘겼다.

"있을 리 없잖니. 단순히 옛날부터 알던 사이일 뿐."

별일 아니라는 투로 대답했지만, 미우라의 날 선 눈빛은 수그러들 줄 몰랐다.

"진짜야?"

유키노시타가 지긋지긋하다는 표정으로 한숨을 쉬었다.

"내가 거짓말을 해서 얻는 게 뭐가 있는데? ……이런 거, 옛날부터 민폐였어."

"뭐어? 너 말본새가 그게 뭐야? 이게 진짜 사람 열 받게 하네. 나아, 네 그런 점 진짜 딱 질색이거든?"

"유미코!"

나무라듯 언성을 높인 사람은 유이가하마였다. 깜짝 놀랐는지 어깨를 움찔한 미우라가 쭈뼛거리며 천천히 고개를 돌렸다.

미우라의 시선을 받은 유이가하마가 살짝 울컥한 기색으로 입술을 삐죽 내밀고, 지난번에 교실에서 했던 이야기를 되풀이했다.

"그 일이라면 전에두 설명했잖아. 진짜 우연히 만난 거구, 그 후에는 아무 일두 없었다구."

"……그게 다라면 하야토, 저렇게 신경 안 써. 여태껏진 저런 적 없었단 말야."

미우라는 평소의 드센 모습과는 대조적으로, 어딘가 삐진 듯한 목소리로 말했다. 그리고는 고개를 수그리고 입술을 살짝 깨물었다.

이 학교에서 하야마 하야토와 가장 가까운 위치에 있는 사람은 아마 미우라일 거다. 그들이 얼마나 오랫동안 친분을 쌓아왔는지는 모르지만, 최소한 2학년이 된 다음부터는 쭉 친하게 지내왔을 터였다.

그렇기에 하야마의 변화가 더 확연하게 느껴졌던 거겠지. 나 같은 놈보다야 훨씬 정확하게 파악하고 있을 게 틀림없다.

하지만 그런 미우라조차도 알 수 없는 부분이 있다.

지금 이 자리에서 그것을 아는 사람은 오로지 유키노시타 유키노뿐이다.

유키노시타는 어깨에 내려앉은 머리카락을 쓸어 넘기며 냉담한 말투로 대답했다.

"딱히 나 때문에 그러는 건 아니야. 하야마가 신경 쓰는 건 다른 일일 테니까."

"그건…… 그건, 그냥 네 생각일 뿐이잖아. 하야토가 어떻게 생각할진 모르는 거잖아."

힘없이 어깨를 떨군 채 자기 머리카락을 만지작거리던 미우라가 흘끔 유키노시타의 눈치를 살폈다.

"……뭔가 있는 거 아냐? 꼭 지금이 아니라도…… 옛날에, 라든가."

미우라의 입에서 띄엄띄엄 흘러나온 말.

그것은 내가 가능성 자체는 인정하면서도, 그럴 리 없다고 애써 배제해온 시나리오였다.

유키노시타는 거짓말을 하지 않는다. 다만 진실을 밝히지 않는 경우는 있다. 말주변이 없어 우회적인 화법으로 얼버무리기도 한다. 그 정도는 알고 있다.

그렇다면 하야마 하야토는 어떤가. 그 심정도 마음도 속내도 전혀 알지 못한다. 별로 알고 싶지도 않다.

그런 핑계를 대며, 두 사람 사이에 뭔가 있다는 사실을 확신하면서도 생각하기를 피해왔다.

미우라는 지금 그 문제를 건드리려 하는 거다.

그러나 유키노시타의 한숨이 그 시도를 가로막았다.

"……설령 뭔가 있었다 한들, 그걸 전부 낱낱이 털어놓는다고 뭐가 달라져? 너는, 그리고 주위 사람들은 과연 그걸 믿을까?"

추궁하는 듯한 유키노시타의 말투에, 미우라는 그만 말문이 막혀버린 기색이었다. 그래도 어떻게든 반박해보려고 카디건 자락을 꼭 움켜쥐고 입술을 부르르 떨었지만, 끝끝내 대답은 나오지 않았다.

그러자 유키노시타가 가만히 한숨을 쉬었다.

"결국 아무런 의미도 없는 거야."

설명도 변명도 해명도 부질없다. 애초에 대화 자체가 헛된 노력에 불과하다.

우중(愚衆)이라는 말이 시사하듯, 사람은 무리를 이룰수록 점점 더 어리석어진다. 그 속에 내던져지면 제아무리 뛰어난 사람일지라도, 아니, 뛰어난 사람일수록 다수의 폭력에 의해 매장되고 만다. 그 세계에서는 개인의 의지도 자질도 성격도 중요하지 않다. 하물며 감정 따위 고려의 대상조차 못 된다.

그것이 유키노시타 유키노가 겪어온 몰이해인 거다.

보고 싶은 대로만 사물을 보고, 듣고 싶은 것밖에 귀에 담지 않으면서, 진정으로 하고 싶은 말은 하지 못한다. 지금 우리가 살아가는 사회는 그런 곳이다.

그러나 미우라는 달랐다.

"네 그런 점이, 진짜…… 큭!"

그렇게 노골적인 감정, 격정을 토해내며 자리를 박차고 일어섰다.

"안 돼, 유미코!"

기겁한 유이가하마가 제지했지만, 이미 늦었다. 나도 허둥지둥 몸을 일으켰지만, 미우라는 눈앞에 있는 호적수밖에 보이지 않는지, 그대로 성큼성큼 유키노시타에게로 다가갔다.

"전부터 왜 자꾸 성질을 긁냐고!"

그리고 다짜고짜 손을 뻗어 유키노시타의 멱살을 잡으려했다.

하지만 그 손이 유키노시타에게 닿는 일은 없었다.

쓱 일어난 유키노시타가 자신을 향해 뻗어오는 미우라의 손을 거머쥐었다. 그리고 싸늘한 눈빛으로 미우라를 쏘아보았다.

"……읏!"

"공교롭게도 이런 실랑이에는 익숙하거든. ……이렇게 직접적으로 손찌검을 한 사람은 네가 처음이지만."

뜨거운 숨결과 차가운 음성이 뒤얽히며 팽팽한 눈싸움이 오갔다. 미우라는 뭔가를 억누르듯 서서히 숨을 죽였고, 반대로 유키노시타는 더욱 깊은 숨결을 토해냈다.

"아직도 할 말이 남았어? 아니면 하던 걸 마저 할 생각이니?"

조금씩 기세가 꺾여가는 미우라와 대조적으로, 유키노시타는 점차 감정의 파고를 높여갔다. 뒤엉킨 시선과 맞닿은 손에서 열기가 옮겨가는 것 같았다.

도발적이고 냉혹한 미소를 짓는 유키노시타. 아, 저런 표정을 지으니 하루노와 판박이인데. 왠지 그런 뜬금없는 생각을 하고 말았다.

하지만 그리 오래 보고 싶은 미소는 아니었다.

"자자, 그만들 하라고. 됐으니까 일단 자리에 앉아."

여전히 미우라의 팔을 붙잡고 있는 유키노시타의 손을 툭 쳤다. 건드려도 될지 순간적으로 망설였으나, 말투가 호전적으로 변해버린 지금의 유키노시타에게는 말로 하는 것보다 나을 테지.

그러자 유키노시타는 한순간 나를 매섭게 쏘아보았지만, 순순히 미우라의 손을 놓아주었다. 그러자 미우라도 팔을 축 늘어뜨리고 한 발짝 물러났다.

그 사이로 끼어들어서 미우라를 건드리지 않도록 조심하며 손짓만으로 물러서게 했다. 그 후에는 유이가하마가 바통을 넘겨받았다.

유이가하마가 여전히 유키노시타에게 원망의 눈길을 보내는 미우라의 어깨를 살며시 토닥여 자기 자리에 앉혔다.

"유미코, 그만 진정해. ……응?"

그런 두 사람을 곁눈질하며, 미우라와 유키노시타 사이에 끼어들기 쉬운 위치로 슬그머니 의자를 옮겼다.

"괜찮냐?"

"그래. 말했잖니, 익숙하다고."

유키노시타는 방금 전까지 미우라의 팔을 붙잡고 있었던 손을 다시 한 번 꽉 쥐어보더니, 나를 향해 씁쓸한 미소를 지었다. 그 얼굴에서 공격적인 감정은 찾아볼 수 없었다.

"유키농……."

"이제 와서 새삼스레 신경 쓸 만한 일도 아니야. ……가까운 사람들이 이해준다면, 나는 그것으로 충분하니까."

유이가하마가 걱정스러운 기색으로 말을 붙이자, 유키노시타가 한결 편안해진 얼굴로 미소 지었다. 그리고 다시 한 번 미우라의 팔을 잡고 있었던 손을 가볍게 쓸고는 의자에 앉았다. 마침내 사태가 진정되자, 유이가하마도 안도의 한숨을 쉬며 제자리로 돌아와 앉았다.

그동안 미우라는 줄곧 말없이 두 사람을 바라보고 있었다. 눈부신 것처럼 눈을 가늘게 뜬 채로.

그리고는 살짝 입술을 삐죽이더니, 속삭이듯 조그마한 목소리로 중얼거렸다.

"……그야 당연한 거잖아. ……그래서거든?"

"응?"

유이가하마가 되묻자, 미우라가 획 시선을 돌렸다.

"가까운 사람이란 거. ……그게 되고 싶으니까 궁금한 거라고."

쑥스러운 기색으로 입가를 실룩거리며 그렇게 덧붙인 미우라가 자기 머리카락을 부스스하게 헝클어뜨렸다. 그리고는 우리한테서 등을 돌리더니, 따분한 기색으로 창밖을 내다보기 시작했다.

—아아, 그런가.

누군가에게 명확하게 설명하려는 의도는 눈곱만큼도 없는 말이었지만, 깨달았다. 깨달아버리고 말았다. 더 정확히는 공감해버렸다고 표현해야겠지만.

몰이해에 시달려온 사람은 유키노시타만이 아니다.

그 과거를 공유하는 하야마 역시 마찬가지다.

어느 한쪽만 일그러진 몰이해에 시달렸을 리 없으니, 다른 한쪽 또한 이해받지 못했던 게 아닐까.

"미우라, 네가 정말로 알고 싶은 건 옛날에 무슨 일이 있었는지가 아니지……?"

내 목소리에서 희미한 놀라움이 묻어난 모양이다.

그 말에 미우라가 나를 째릿 노려보았다. 하지만 그 눈빛에 평소 같은 위압감은 없었고, 그 대신 물기로 희미하게 반짝였다.

아마도 정말로 알고 싶은 건 지나간 과거가 아니고, 심지어 미래의 진로조차도 아닐 테지.

무엇을 생각하는지, 어떻게 생각하는지.

그저 그 마음을 알고 싶은 거다.

이해하고 싶은 거다.

"나, 나안, 저기⋯⋯. 으음, 뭐랄까, 조금만 더 같이 있으면 좋지 않을까 하는 생각이 아주 약간 들었을 뿐이랄까⋯⋯ 그냥, 이대로, 다 함께⋯⋯."

약간 당황한 기색으로 횡설수설 둘러대던 미우라의 음성도 조금씩 힘을 잃어갔다. 이윽고 그 목소리가 잦아들며, 미우라가 천천히 어깨를 늘어뜨렸다.

"하야토, 요즘 들어 거리감이 느껴지고⋯⋯. 왠지 이대로 멀어져 버릴 거 같아서."

바닥 한구석에 시선을 둔 채, 미우라가 들릴락 말락 한 목소리로 덧붙였다.

요즘이라는 말이 언제를 가리키는 건지는 모른다. 하지만 하야마 하야토를 둘러싼 환경은 분명히 조금씩 달라져 왔다.

잇시키의 고백을 비롯해 오리모토 같은 다른 학교 여자애들하고 놀러 다니는 모습. 그리고 유키노시타와 사귄다는 소문까지.

하야마는 여태까지 별다른 구설수에 오른 적이 없었다. 아니, 더 정확하게 표현하자면 그런 상황과는 관련되지 않으려고 노력해왔다. 그런데 그 균형이 무너지기 시작한 거다.

그렇게 거리가 벌어지기 시작했을 즈음, 진로 이야기가 나왔다. 지금 같은 결속력이 계속 유지될 수 없을 것임은 불 보듯 뻔했다.

미우라는 다가오는 이별을, 커져가는 거리감을, 뼈저리게 느꼈던 거다.

"이런 거 이상하다고, 알지만, 그치만……. 이것 말곤, 잘 모르겠고."

자리에서 일어난 유이가하마가 미우라에게로 다가가 그 옆에 쪼그리고 앉더니, 살포시 그 손을 감싸 쥐었다.

"안 이상해. 하나두 안 이상해. 같이 있구 싶다구 생각하는 건 너무나 당연한 일인걸."

군데군데 생략된 미우라의 말에 부드러운 음성으로 대꾸하자, 미우라가 힘겨운 숨결을 토해내며 고개를 숙였다. 희미하게 오열을 삼키는 소리가 새어나왔다.

결코 지금처럼 지낼 수 없음을 알면서도, 더 먼 미래를 꿈꿔본들 이루어질 리 없음을 짐작하면서도, 입 밖에 내면 부서져 버릴 것을 직감하면서도, 그래도 잃고 싶지 않으니까.

그러니 하다못해 가까이 있을 수 있기를. 그 곁에 계속 머물 수 있기만을 바란다. 하야마 하야토를, 그를 둘러싼 환경을, 그가 원했던 삶의 방식을 지키기 위해서.

그 무뚝뚝한 메일 한 통. 오직 그것만이 미우라에게 유일하게 허락된 미약한 저항이었다. 그 짤막한 문장 속에는 간절한 소망과 바람이 담겨 있었다.

그렇기에 나로서는 이해할 수 없는 부분이 있었다.

크게 심호흡을 하고, 천천히 입을 열었다.

"근데 미우라. 하야마가 말해주지 않는다는 건 곧 너한테는 알리고 싶지 않다는 뜻 아니냐? 자칫하면 미움을 살 수도 있다고."

"힛키!"

"히키가야……."

유이가하마는 나무라는 눈초리로, 유키노시타는 당황한 눈빛으로 나를 바라보았다.

굳이 지적하지 않아도 무신경한 질문이라는 것쯤은 알고 있다. 하지만 그래도 묻고 싶었다. 미우라의 각오가 얼마나 굳건한지 시험해보고 싶었던 건 아니다. 그런 데는 관심이 없다.

다만 다가오기를 원하지 않는 상대에게 다가가는 행위가 과연 옳은 것인지, 나로서는 아직 판단이 서지 않았다. 구태여 민감한 부분을 건드리지 않더라도 관계의 구축과 유지는 가능하다는 생각을 떨쳐버릴 수가 없었다.

그래서 물었다.

"그래도 알고 싶어?"

미움받고 경원시당하고 주제넘다고 생각될지라도, 설령 상처 주는 결과가 된다 할지라도, 그 선을 넘어서도 되는 거냐고, 그런 속뜻을 담아.

미우라의 대답에는 망설임이 없었다.

눈물 고인 눈으로 나를 쏘아보며, 주먹을 꽉 움켜쥐었다.

"알고 싶어. ……그래도 알고 싶어. ……그것밖에 없으니까."

그렁그렁한 눈동자로, 떨리는 목소리로, 그럼에도 흔들림 없는 대답을 내놓았다.

틀림없이 미우라의 마음속에는 줄곧 존재했던 거다. 알고 싶다는, 이해하고 싶다는 바람이. 그것이 지금 눈물과 함께 넘쳐흘러, 필사적으로 떨리는 숨결을 삼킨다.

이루어질 리 없다는 사실을 알면서도, 그래도 계속해서 저항하고 갈구한다면.

그렇다면 그것은 어딘가의 누군가와 다를 바 없다.

"알았다. 어떻게든 해보마."

이번에는 내가 주저 없이 대답할 차례였다.

그러자 유이가하마와 유키노시타가 조금 놀란 표정을 지었다.

"어떻게든 하다니……?"

"억지로라도 캐묻거나, 그게 힘들다면 철저하게 조사해봐야겠지."

"가령 물어봐서 대답해준다 하더라도 그게 사실이라는 보장은 없잖니."

"그래. 그러니까…… 나머지는 추측해보는 수밖에."

하지만 아마도 그것만으로는 부족할 테지.

일단 하야마가 정론을 내세워 완강하게 자신의 진로를 밝히지 않으려 하는 까닭을 정확하게 이해할 필요가 있다. 그러려면 몇 가지 절차를 거쳐야 할 테지만, 그 문제는 차차 생각해보기로 하자.

지금은 미우라의 의지가 가장 중요하다.

"어쨌거나 정확성은 떨어지겠지만…… 그래도 괜찮다면 어떻게든 해보마."

거듭 강조하자, 유이가하마가 미우라의 얼굴을 바라보며 부드럽게 물었다.

"유미코, 그래두 괜찮겠어?"

"……응."

어린애 같은 말투로 대답한 미우라가 코를 훌쩍이며 카디건 소매로 눈가를 쓱쓱 문질렀다. 어찌나 세게 닦았는지, 눈 주위가 팬더처럼 되어버렸다.

하지만 눈 화장이 번진 그 얼굴을 보자, 처음으로 미우라 유미코가 귀여운 소녀처럼 느껴졌다.

언젠가 찾아올 그 날까지 토츠카 사이카는 기다린다.

　미우라가 왔다 간 다음 날은 맑고 화창했다.

　체육 수업 때문에 바깥으로 나가 터덜터덜 걸음을 옮기는데, 하늘이 눈부셨다. 이 상태로 보아 밤에는 복사 냉각으로 꽁꽁 얼어붙을 테지.

　어쨌거나 이제부터 오래달리기를 해야 하는 입장에서는 이 구름 한 점 없는 쾌청함이 그저 고맙기만 했다. 밤에야 어차피 집에서 뒹굴거릴 테니 춥든 말든 상관없고…….

　운동장에는 세 학급의 학생들이 한자리에 모여 있었다. 다른 종목과는 달리 오래달리기를 할 때는 남학생과 여학생이 따로 수업을 받지 않는다. 남녀별로 코스는 다르지만, 어쨌거나 그냥 죽어라 뛰는 거다.

　운동장에 줄을 서다가, 여자애들이 옹기종기 모여선 곳에서 미우라를 발견했다.

　미우라는 아침부터 날 시야에 담지 않으려고 애쓰는 기색이 역력했다. 수업 시간에나 쉬는 시간에나 미우라는 내내 턱을 괴고 내가 있는 쪽과는 반대 방향을 보고 있었다. 쉬는 시간 마다 유이가하마와 에비나 양이 미우라 자리로 와서 도란도란 담소를 나누었다.

너무 뚫어져라 쳐다보기도 뭣해서 자세히는 모르지만, 적어도 어제보다는 훨씬 차분한 인상이었다.

어제는 그 후 미우라도 진정시킬 겸, 나는 먼저 귀가했다. 남사인 데다 별다른 친분도 없는 내가 그 자리에 남아 있는 걸 미우라가 탐탁하게 여길 리도 없으니.

그래서 그 후에 세 사람이 무슨 이야기를 주고받았는지는 모른다. 사실 눈물을 뚝뚝 떨구던 미우라를 생각하면 뭔가 제대로 된 이야기를 할 수나 있었을지 의심스러울 지경이다.

그나저나 미우라 양, 의외로 마음이 여리신 거 아닙니까……? 여름방학에도 유키노시타한테 호되게 깨지고 질질 짜지 않으셨던가요…….

하지만 마음이 여린 것치고는 강단 있는 성격이라고 생각한다.

알고 싶다고, 나를 향해 말하던 그 목소리가 아직도 귓가에 생생했다.

시키는 대로 운동장에 정렬하며, 줄 앞쪽으로 시선을 향했다.

그곳에 있는 사람은 바로 하야마 하야토였다.

하야마는 토베 일행과 잡담을 나누느라 내 시선을 눈치채지 못했다.

어쩌면 눈치챘지만 모르는 척하는 걸지도 모른다. 그 밖의 많은 일들과 마찬가지로.

뭣보다 어째서 저 녀석은 아무한테도 자기 진로를 밝히지 않는 걸까. 무작정 가서 캐묻는 것보다는 하야마가 완강하게 말하기를 거부하는 이유를 밝혀낸 다음, 거기서부터 공략해 나가는 편이 빠를지도 모른다.

생각에 잠겨 우두커니 서 있자니, 체육 교사 아츠기가 점호를 마쳤다.

"좋아, 그럼 각자 원하는 사람과 짝지어 준비운동을 해라."

아츠기의 고압적인 지시에, 제각기 파트너를 찾아 준비 운동을 하는 분위기가 되었다.

이 기회를 틈타 누군가 하야마와 친한 사람에게 접근해서 이야기를 들어볼까?

하지만 대체 누구한테 물어보면 되지?

미우라 이상으로 하야마에 대해 속속들이 아는 사람이 과연 이 학교에 있기나 할까? 적어도 거리감 측면에서는 미우라와 토베 그룹이 가장 가깝고, 더구나 미우라는 하야마를 유심히 지켜봐 왔다. 그런 미우라보다 친밀한 사람은 그야말로 극소수겠지.

그렇다면 접근법을 달리해야 한다. 이른바 발상의 전환이다. 하야마와 친분이 있으면서도 유사한 속성을 지닌 인물을 탐구함으로써 하야마의 사고회로를 추적해보면 어떨까. 예컨대 같은 운동부 부장인 토츠카라든가, 같은 F반 학생인 토츠카라든가. 같은 고등학교에 다니는 토츠카라든가, 같은 남자……가 맞는지는 약간 자신이 없지만 아무튼 토츠카라든가, 특별한 이유는 없지만 어쨌든 토츠카라든가.

자아, 그럼 토츠카와 준비운동을 해보실까~? 설레는 마음으로 주위를 둘러보는데, 어디선가 나를 부르는 소리가 들려왔다.

"하지만~!"

반사적으로 고개를 돌렸다. 그리고 눈이 딱 마주치고 말았다.

함박웃음을 띤 채 쿵쿵 지축을 울리며 나를 향해 손을 흔드는 사람은 바로 자이모쿠자였다. 저 녀석, 뭣 땜에 저렇게 신난 거냐…….

"하치만~! 준비운동하자~!"

"뭐냐, 갑자기……. 무슨 야구 하자[21]도 아니고……. 그보다 오늘은 사정상 딴 사람하고……."

점잖게 거절하려고 했으나, 자이모쿠자는 들은 척도 하지 않았다. 그것도 모자라 제멋대로 지껄여대기 시작했다.

"이크, 제아무리 원하는 사람과 짝지으라고 했다지만 딱히 그런 의미에서 네놈을 간택한 건 아니다. ……그, 그 점 명심하도록?"

"얼굴 붉히면서 눈 돌리지 말라고, 밥맛 떨어져……."

---

[21] 야구 하자 일본의 국민 만화 「사자에 씨」에 등장하는 캐릭터 나카지마가 친구 이소노를 불러낼 때 자주 하는 말.

자이모쿠자한테서 시선을 떼고 주위를 둘러보았으나, 하야마도 토베도 오오오카도 야마토도 저마다 콤비를 이루어 준비 운동에 착수한 후였다. 아앗! 토츠카도 이미 짝을 지어버렸잖아! 이걸 핑계로 토츠카의 관절을 부드럽게 풀어주고 싶었는데……

"어쩔 수 없구만……."

포기하고 자이모쿠자와 함께 준비 운동을 시작하기로 했다. 팔다리를 쭉쭉 늘이며 근육을 풀어준다. 일련의 과정이 끝나자, 이번에는 자이모쿠자를 앉혀놓고 그 등을 꾹꾹 눌렀다.

하지만 그저 타성적으로 준비 운동을 해봤자 의미가 없다. 내 특기인 인간 관찰도 병행하는 편이 바람직하겠지.

흘끗 하야마가 있는 쪽을 곁눈질했다. 그러나 하야마 일행하고는 조금 거리가 있는 탓에 잘 보이지 않았다. 다만 뭔가 세련되고 즐거운 이야기라도 나누는 중인지, 그 얼굴에는 서글서글한 미소가 감돌았다.

지금 위치에서는 무슨 말을 하는지 알아듣기가 힘들었다. 아무래도 좀 더 가까이 가야 되겠는데…….

몸을 최대한 앞으로 내밀려고 체중을 실어 자이모쿠자의 몸을 있는 힘껏 짓눌렀다.

"아얏, 아야야야얏! 끄엑!"

비명이 들려오는 바람에 상당히 무리한 자세를 취하게 만들었음을 깨닫고 얼른 몸을 뗐다. 그러자 반동 탓인지 바닥에 벌러덩 나자빠진 자이모쿠자가 꿈틀꿈틀 경련을 일으켰다.

저 앞에 있는 하야마 일행과는 천지차이였다. 흘끔흘끔 곁눈질하며 비교해봤지만, 이쪽에는 세련되고 즐거운 분위기라곤 털끝만큼도 없었다. 저절로 쓴웃음이 새어나왔다. 그것을 본 자이모쿠자가 일침을 가했다.

"어이, 그만둬라, 하치만. 저치들과 견주지 마라."

"엉? 아, 미안."

"비교해봤자 자괴감만 들 뿐이거늘. 상대는 미남에 머리도 좋고 운동도 잘할뿐더러 본관의 이름을 기억해줄 정도로 인격자니까. 하치만이 자신을 비하할 필요 따윈 없느니."

"뭐야, 내 이야기였어?"

전 또 철석같이 본인과 하야마를 비교하지 말아 달라는 이야기인 줄 알았는뎁쇼?

하지만 저만큼 판이하게 다르면 한 번쯤 비교해보고 싶어지는 법이다.

"아참, 근데 너 진로는 어쩔 거냐?"

유키노시타가 그랬던가. 극과 극이기에 참고가 되는 법이라고. 불현듯 그 말이 뇌리를 스쳐 갔기에 시험 삼아 물어보았다.

자이모쿠자는 바닥에 드러누운 채 프흠? 하고 고개를 갸우뚱하더니 대답했다.

"본관 말인가. 본관은 이과다."

"엉?"

"……그 얼굴은 뭐냐. 무슨 불만이라도 있나."

"아니, 난 당연히 문과일 줄 알았거든. 라이트노벨 작가를 지망할 거면 문과 쪽이 여러모로 유리하지 않냐?"

"훗, 뭘 몰라도 한참 모르는군."

자이모쿠자가 입으로 쯧쯧 소리까지 내가며 손가락을 흔들었다. 으윽, 열 받아…… 저 자식 대폭발 좀 안 하나……?

"문과 쪽 지식은 취미 생활 속에서 저절로 익히게 되잖나. 문제는 관심 없는 분야다. 그쪽 지식은 필요에 쫓기지 않는 한 결코 늘지 않는 법이니."

"……하, 하긴. 난생처음으로 네가 착실해 보인다만."

지극히 합리적인 이유였기에 순간적으로 감동하고 말았다.

하지만 찌질하지 않은 자이모쿠자라니, 그딴 건 자이모쿠자가 아니잖아…… 온갖 핑계를 대며 변명을 늘어놓고 막판까지 현실을 외면하다가, 끝내는 이상을 끌어안고 익사하는 게 자이모쿠자의 본분이건만……. 이제부터는 내 안의 자이모쿠자를 소중히 여기며 살아가자. 굿바이, 자이모쿠자.

현실의 자이모쿠자에게 담담히 작별을 고하는데, 자이모쿠자가 몸을 일으키더니 흙먼지를 툭툭 털며 말했다.

"물론 이과 쪽이 적성에 맞지는 않으나……."

"그러면 입시 준비에 애먹을 텐데."

"으음, 허나…… 실은 소생, 수리 과목보다도 여자들이 더 껄끄러워서 말이외다……."

아련한 눈빛이 된 자이모쿠자가 평온한 어조로 말했다. 그 음성에서는 해탈한 기색이 엿보였고, 무아의 경지에 돌입한 느낌마저 났다. 초연하기 그지없는 그 모습에 차마 입을 열지 못하고 있자니, 자이모쿠자가 다시 말을 이었다.

"이과반 쪽이 더 자유롭게 생활할 수 있다오. 여자가 적으면 교실에 있기도 편해질 터이니. 게다가 이과를 선택하는 여자들은 대개 얌전하지 않소?"

"아니, 얌전한지 어떤지는 모르겠다만······. 옳거니······. 그런 사고방식인가······."

나름 신선한 발상이었다. 이과반 구성원은 80퍼센트가 남자다. 그러니 여자들과의 접촉은 크게 줄어들겠지.

그 설명에 납득하는데, 자이모쿠자의 눈빛이 흉포하게 불타올랐다.

"핫, 골이 텅텅 빈 멍청한 사립 인문계녀하고는 성적과 아이큐가 하늘과 땅 차이라 말이 안 통한다네! 빌어먹을 문과 놈들 따위, 평생 시험에서 작가의 의도나 고민하며 살라지!"

말을 마친 자이모쿠자가 침을 퉤 뱉었다. 저토록 심한 편견과 차별의식에 가득 찬 구시대적 권위주의자라니, 이제야 좀 안심이 되는데······. 저 쩔어주는 열폭을 보라고! 암, 역시 자이모쿠자는 저래야 제맛이지!

다만 이공계 여자들은 남초 동호회의 여신화 되기 쉬우니까 주의할 필요가 있다고 하치만은 생각해! 여자 입장에서 수많은 남자들에게 둘러싸여 살다 보면 공주님 의식이 싹튼다 해도 전혀 이상할 게 없으니까. 그것은 마치 왕자님의 키스로 눈뜨는 공주님 세포[#22]처럼, 평범한 여자를 공대 여신으로 탈바꿈시키지…….

자이모쿠자가 이과를 선택한 동기는 참으로 안쓰럽지만, 어쨌거나 처음에 밝힌 이유도 사실이긴 할 테지. 의외지만 저 녀석도 다 자기 나름대로 생각이 있는 거다.

"그래, 뭐 이과는 빡세겠지만 잘해봐라."

"프흠, 안 그래도 그럴 생각이다. 소생, 입시에 실패해서 나그네가 될 마음은 없다오, 닌닌."

"뭔가 이것저것 섞인 느낌[#23]이다만, 그거."

중단되었던 스트레칭을 잽싸게 끝내고, 자이모쿠자와 함께 일어나 출발 지점으로 향했다. 그곳에는 이미 다른 놈들이 포진하고 있었기에, 우리는 대열 후방에 가서 섰다.

자이모쿠자가 엄지를 세워 자기 가슴팍을 가리켰다.

"하지만. ……같이 한바탕 달려보자고!"

"싫거든?"

여자도 아니고, 어째서 같이 달려야 되는 건데.

아즈기가 스톱워치를 들고 삑 호루라기를 불었다. 앞에서부터 차례대로 출발했고, 우리도 그 뒤를 따라 털레털레 뛰기 시작했다.

앞을 보고 옆을 봐도 하나같이 설렁설렁 달리는 눈치였다. 하긴 이런 평범한 체육 수업의 오래달리기에서 전력을 다하는

#22 공주님 세포 희대의 논문 조작 사건을 일으킨 여성 생물학자 오보카타 하루코가 자신이 발견했다고 주장한 만능 세포에 붙인 별명.
#23 이것저것 섞인 느낌 자이모쿠자 대사에서 소생과 나그네는 「바람의 검심」에서, 닌닌은 「꾸러기 닌자 토리」에서 따온 것.

녀석이 있을 리 없다.

지금이 4교시니까 다음은 점심시간이고, 여기서 진을 뺀 다음 밥을 먹었다가는 5교시 내내 퍼잘 게 뻔하다. 피로와 포만감에 난방으로 데워진 교실 공기까지 가세하면 누구나 스르르 졸음이 밀려오기 마련이다. 뭣보다 피곤하지 않을 때도 수업 시간에는 졸기 일쑤고.

의욕이라곤 없이 대열 맨 끄트머리에서 느릿느릿 뛰었음에도 불구하고, 출발한 지 고작 몇 분 만에 자이모쿠자가 뒤처지기 시작했다. 저 녀석, 방금 전까지 "—따라올 수 있겠나?"라고 지껄여댄 주제에……

"그, 그웃……. 중가속 현상#24……. 흐, 흐리멍덩해져……."

"먼저 가마."

그 한마디를 끝으로 자이모쿠자를 버리고 속도를 냈다. 오래달리기에서 같이 달리자는 말을 들었을 때는 중간에 배신을 때려주는 게 매너다. 이렇게 해서 어린아이들은 무턱대고 남을 신용해서는 안 된다는 교훈을 얻는 거겠지……

× × ×

고독하게 띵가띵가 달리다 보니, 어느새 정해진 거리의 절반을 지나쳤다. 호이! 아참, 그건 방가방가였나……

#24 중가속 현상 가면 라이더 드라이브에 나오는 의문의 현상으로 세간에서는 흐리멍덩 현상이라고도 하며, 시간이 멈춘 듯 몸이 뜻대로 움직이지 않게 된다고 함.

수업 시간에 하는 오래달리기는 총 4킬로미터를 뛴다. 학교 바깥을 빙글빙글 도는 코스다. 후이잉……. 이렇게 빙글빙글 돌다간 동화에서처럼 버터가 돼버리겠어…….

그렇게 하잘 것 없는 생각을 하며 달리다 보니, 어느새 중간 그룹을 따라잡았다. 매일같이 자전거로 등하교하는 덕분인지, 그래도 평균 수준의 체력은 있는 모양이다.

하긴 중간이라고 해봤자 어차피 선두 집단과 후딱 끝마치고 긴 휴식시간을 가지려는 녀석들 말고는 하나같이 의욕이 없으므로, 이 그룹도 전체로 따지면 후위에 해당할지 모른다.

그 속에서 토베 일행을 발견했다.

운동부원이 부지런히 달리는데 여기까지밖에 못 왔을 리 없다. 구태여 확인해볼 것도 없이, 저 녀석들도 설렁설렁 뛰고 있는 거다.

적당히 수다를 떨다가 이따금 어깨를 툭 치거나 머리를 쿡 찌르기도 하고, 뜬금없이 전력 질주를 해서 경주를 벌이는 등, 어딘가 훈훈한 광경을 연출하는 중이었다. 만약 내가 갈래머리 반장 캐릭터였더라면 「야, 남자들! 좀 더 열심히 뛰란 말이야!」라고 주의를 줬다가 「시끄러, 이 호박아!」라고 맞받아치는 바람에 울음을 터뜨리고, 종례 시간에 선생님한테 일러바쳤을 정도다. 내가 갈래머리 미소녀 반장이 아니란 사실에 감사하라고.

하지만 까불대며 달리는 사람은 토베와 야마토, 오오오카로 구성된 낯익은 바보 삼형제뿐. 하야마의 모습은 눈에 띄지 않았다.

마침 잘됐다.

저 녀석들에게 물어보고 싶은 게 있었는데.

정신없이 까불거리는 바보 삼형제(三馬鹿, 삼바카) 삼바 카니발을 스토킹하며, 세 사람 뒤에 붙어서 달렸다. 하지만 달리는 중이다 보니 좀처럼 말을 붙일 타이밍을 잡을 수가 없었다. 거짓말! 하지만, 방금 자신을 속였어! 가만히 있어도 그런 타이밍은 못 잡는다고!

신호등 같은 게 있는 것도 아니고, 생각보다 까다로운 걸……. 그렇게 폭탄암[25] 못지않게 호시탐탐 동태를 살피는데, 토베가 갑자기 속도를 늦추었다.

"먼저들 가~."

친구들을 향해 그렇게 말한 토베가 그 자리에 쪼그려 앉았다. 아무래도 운동화 끈이 풀어진 모양이다.

다행이다. 제일 말 걸기 쉬운 녀석이 남아주어서.

"저기."

"우옷!"

등 뒤에서 말을 걸자, 토베가 마치 낙법이라도 쓰듯 한 바퀴 빙글 돌아 이쪽을 바라보았다.

"어이쿠, 깜짝이야. 히키타니였냐고~. 왔으면 말을 하라고~. 겁나 쫄았잖아~."

#25 폭탄암 드래곤 퀘스트에 나오는 몬스터. 얼굴 달린 바위 형태로, 먼저 공격하지 않으면 처다만 볼 뿐 가만히 있음.

야야, 아무리 쫄았다지만 너무 격렬한 반응 아니냐……. 투덜투덜 불평을 늘어놓는 토베를 무시하고, 그냥 궁금한 거나 후딱 물어보기로 했다.

"하야마하고는 같이 안 뛰냐?"

"아, 하야토는 착실하게 뛰는 중이걸랑. 작년 우승자라 사람들의 기대가 장난 아냐~."

"흐음……."

그랬나. 우리 학교 마라톤 대회는 남자부와 여자부로만 나뉘어 실시된다. 그 말은 곧 작년 우승자인 하야마는 상급생을 제치고 1등을 따냈다는 소리다. 그렇다면 올해도 강력한 우승 후보로 손꼽히는 게 당연하겠지. 참고로 나는 몇 등인지를 따져볼 수준도 못 되는, 존재감 제로의 그 외 다수였다.

하긴 아무려면 어떠냐.

턱으로 앞쪽을 가리켜 슬슬 가자는 신호를 보내고 다시 부지런히 다리를 놀렸다. 여기 계속 멀뚱히 서 있는 것도 이상하고, 교사가 감독하러 오지 않는다는 보장도 없다. 재촉을 받은 토베도 내 옆에서 나란히 달리기 시작했다.

한동안 말없이 달리던 토베가 고개를 갸우뚱했다. 어째서 내가 같이 뛰는지 의아한 거겠지. 나도 얼른 본론으로 들어가고 싶던 참이었다.

하지만 토베가 나보다 먼저 입을 열었다. 어딘가 안도한 기색으로 푸하 한숨을 내쉬더니, 나를 보며 헤실 웃었다.

"것보다 그 소문 들었을 때, 완전 조마조마했다니까. 누구한테 이야기할 수도 없고 말야~."

"엉?"

뜬금없이 뭔 소리인가 싶어 가느다란 눈초리로 쳐다보자, 토베가 이마에 맺힌 땀을 훔치며 대꾸했다.

"왜냐면 그게, 하야토가 이니셜 Y라고 했잖아? 그 이야기, 아는 사람 거의 없으니까."

"……."

느닷없이 튀어나온 화제에 순간적으로 반응이 늦어지고 말았다. 하지만 이내 몇 가지 요소들이 연결되면서, 그 이미지가 구체적인 상을 맺었다.

그 여름날 밤.

어둠 속에서 호들갑스럽게 졸라대는 목소리에 못 이겨, 마지못해 입 밖에 낸 이니셜.

치바 마을에서 하야마 일행과 나눈 대화가 떠올랐다. 그때 분명 하야마는 좋아하는 사람의 이니셜이 Y라고 했었다.

아주 짧은 순간, 그저 무의식적으로 다리를 놀리던 내 눈치를 살피듯, 토베가 나를 가만히 응시했다.

"이 상황에서 그런 이야긴 못 하잖아?"

"어, 그야……."

그런 것치고는 방금 대놓고 그 이야기를 꺼낸 거 같은데, 뭐지? 저 녀석 혹시 임금님 전속 이발사라든가 뭐 그런 거냐? 난 뭐든지 소리쳐도 되는 구덩이가 아니다만…….

"물론 아니란 걸 알아도, 들어버린 사람 입장에선 아무래도 쫄 수밖에 없잖어?"

애매한 표현임에도, 토베가 말하고자 하는 바를 정확하게 파악해버리고 말았다.

"……뭐, 그렇지."

토베 말에 동조하는 것 같지만, 실은 동문서답을 하고 있는 게 아닐까 걱정되기 시작했다. 아니, 그딴 거야 어찌 되든 상관없다. 내가 듣고 싶었던 건 이런 이야기가 아니다.

그렇지만 토베는 아직 그 이야기를 더 하고 싶은 눈치였다. 그것을 견제할 요량으로, 우선 가벼운 잽 정도의 화제를 던져 대화의 주도권을 빼앗아오기로 했다.

"진로 조사서는 제출했냐?"

"아니, 아직. 일단 이과로 할 생각이긴 한데, 오오오카도 야마토도 문과라길래."

"흐음……. 하야마가 어느 쪽인지는 모르고?"

다행스럽게도 다른 사람을 예시로 들어준 덕분에, 본론으로 들어가기가 한결 수월해졌다.

내가 아는 한도 내에서, 남자들 중 하야마와 가장 가까운 사람은 토베일 거다. 오오오카나 야마토하고도 나름대로 친할 테지만, 같은 축구부라는 건 상당한 강점일 테니까. 물론 내가 아는 한도 내에서라는 전제가 붙지만. ……어쩌라고, 내가 하야마의 교우 관계를 알 리가 없잖아.

내 물음에 토베가 뒷머리를 거칠게 쓸어 올렸다.

"몰라. 역시나 스스로 잘 생각해보라며 안 가르쳐주더라고."

"그래⋯⋯?"

예상대로라고 해야 하나. 그렇다면 다른 방향으로 접근해서 정보를 수집해야겠지. 이럴 때 토베처럼 말 많은 녀석은 제법 유용하다. RPG의 마을 사람 뺨치게 정보를 뚝뚝 떨궈주기를 기대하며, 다른 질문을 던졌다.

"진로 문제로 하야마한테 상담 같은 건 안 해봤냐?"

"그야 해봤지~. 이과랑 문과의 장점을 각각 말해줬고, 그래서 오히려 더 헷갈린달까?"

의외로 토베도 자기 나름대로 진지하게 고민 중인지, 힘없이 한숨을 쉬었다. 그러자 뛰는 속도가 순간적으로 느려졌다. 그나저나 조언하는 방식도 하야마답다면 하야마답구만⋯⋯. 아주 모범적이랄까, 지극히 무난하달까⋯⋯.

"하긴 둘 다 일장일단이 있으니까. 어느 쪽을 추천한다든가 뭐 그런 말은 없었냐?"

"어. 그것도 내 판단에 지장을 준다나 뭐라나."

"흐음⋯⋯."

철저하군.

실제로 남의 의견에 쉽게 휩쓸리는 타입인 경우, 뛰어난 리더 기질을 지닌 사람의 의견을 진리처럼 받아들이는 경향이 있다. 하야마처럼 주위에 사람을 몰고 다니는 타입은 자신의 발언이 불러일으킬 파장에도 주의를 기울여야 한다. 그 분야가 취미나 기호, 패션 쪽이라면 별문제가 없지만, 진로나 인간관계는 인생에 장기적인 영향을 끼치기 마련이다. 잘 풀리면 다행이지만, 상황이 꼬이기라도 하는 날엔 리더 격인 사람이 도리어 원망을 사기까지 한다. 남의 의견과 견해에 따라 간단히 마음을 바꿔먹는 사람은 또 그만큼 쉽게 남의 탓을 하는 법이니까.

다만 적어도 토베에 한해서라면, 그런 식으로 애꿎은 사람을 탓할 염려는 없어 보였다.

생각에 잠긴 표정으로 설렁설렁 달리던 토베가 한숨을 푹 쉬었다. 하얀 입김이 길게 꼬리를 끌었다.

"……뭐, 그래도 하야토 말이 맞아~."

대사 자체는 가볍고 추상적이었다. 하지만 그 간결함과 혼잣말 같은 말투에서는 진지함이 엿보였다. 하야마가 한 말의 의도를 정확하게 파악한 눈치였다.

"……신뢰하는구나."

무심코 그렇게 말하자, 토베의 눈이 휘둥그레졌다.

"허걱, 뭐야 그게. 그거랑은 상관없잖아? 것보단 그 뭐냐, 어, 하야토, 꽤 의지가 된달까?"

신뢰라는 말이 오글거리는지, 토베가 추위와 민망함으로 얼굴을 붉히며 애써 다른 표현을 찾으려고 했다. 야야, 그런 반응 보이지 마! 말한 내가 제일 쪽팔린다고!

쑥스러움을 떨쳐내려는 건지, 토베가 자기 가슴을 탁 치며 말을 이었다.

"왜냐면 나, 하야토한테 진짜 엄청 도움받았걸랑. 그거 하난 완전 자신 있다니까?"

"딱히 자랑스러워할 일은 아닌 거 같다만……."

면박을 줬지만, 토베는 딱히 멋쩍어하는 기색도 없이 끄아~ 하고 신음하며 뒷머리를 마구 잡아당겼다.

"이걸 우째~. 빚 쩔잖어, 나 완전 빚쟁이잖어~."

"조만간 갚으면 되잖아."

"맞아! 바로 그거야! ……뭐, 그럴 필욘 없을 거 같지만."

처음에는 평소처럼 적당히 맞장구치는 느낌이었지만, 뒤로 갈수록 그 기세가 사그라들었다. 토베치고는 몹시 진지한 표정을 지은 게 마음에 걸려, 시선으로 설명을 요구했다. 그러자 토베가 뺨을 긁적이며 입을 열었다.

"난 자주 상담도 하고 그러는데……. 하야토가 나한테 뭔가 상담한 적은 없거든. 곤란한 일 생겨도 아마 난 모를걸."

말을 마친 토베가 싱긋 웃었다. 그것이 맞은편에서 불어오는 메마른 바람을 연상케 했다. 습기라곤 없는데도, 어딘가 쓸쓸한 느낌이.

그 말을 끝으로 침묵하자니 너무 어색해서, 뭔가 할 말을 찾다가 문득 떠오른 생각을 입에 담았다.

"……글쎄다, 또 누가 알겠냐. 고민이 없어서 상담할 것도 없는지."

"하긴! 하야토, 잘생겼으니까!"

"잘생긴 게 뭔 상관인데……. 게다가 전에 디스티니에서도 이것저것 신경 써줬잖아. 그때는 그 녀석도 고마워하지 않았겠냐? 잘은 모른다만."

"하긴! 하야토, 잘생겼으니까!"

이번에는 확실히 얼굴하고 상관이 있구만……. 잘생기면 고생이라니까.

이야기하다 보니 다소 마음이 편해졌는지, 토베가 약간 속도를 냈다. 찬바람이 횡횡 불어올 때마다 혼자 웃춰웃춰 호들갑을 떨어대며.

그러다가 저 앞에서 오오오카와 야마토를 발견했다. 보아하니 좀처럼 나타날 기미가 없는 토베를 배려해 페이스를 늦춰 준 모양이다.

"난 쟤들이랑 합류해야 되니까 먼저 갈게."

"그래라."

짤막하게 대꾸하자, 토베가 나를 향해 손날을 척 세워 보이더니 맹렬하게 앞으로 내달렸다. 그리고 큰소리로 오오오카와 야마토를 부르더니, 손을 흔들며 그쪽으로 뛰어갔다. 그러자 두 사람이 "헉, 나타났어!" "튀어!" 라고 부르짖으며 잽싸게 줄행랑을 쳤다.

도망치는 녀석들도, 쫓아가는 토베도 즐거워 보이니 다행이구만……

다만 원래대로라면 저 속에 한 명이 더 있었을 테지. 만약 사람들의 기대라는 무거운 짐을 짊어지고 있지 않았더라면, 마찬가지로 시시덕거리며 이 시간을 즐겼을 거다.

그런 생각을 하자, 불현듯 아까 무심코 내뱉은 말이 후회되었다.

상담하지 않는다고 고민이 없다니, 그럴 리가 없건만.

× × ×

점심시간을 알리는 종소리가 울려 퍼졌다.

체육 시간에 오래달리기 수업을 할 때는 먼저 끝낸 순서대로 휴식에 들어간다. 그 덕분에 옷을 갈아입고 왔는데도 여유롭게 일착으로 매점에 들어섰다.

적당히 빵을 몇 개 골라 들고, 항상 점심을 먹는 장소로 향했다. 이 계절에 밖에서 먹으려니 추위가 사무치지만, 그렇다고 난방이 들어오는 교실에 있으려니 사람이 득실거려 마음붙일 곳이 없다. 게다가 저번에 보니 점심시간에 내 자리에는 편의점 봉지가 놓여 쓰레기 수거장으로 활용되는 중이었으므로, 내가 자리를 지켰다가는 모두에게 피해를 끼치고 말아!

그런 배려심도 작용하여, 오늘도 내 정위치인 특별관 1층의 보건실 옆, 매점 대각선 뒤편에 있는 계단에 걸터앉았다. 여기서는 테니스코트가 한눈에 들어온다.

시리도록 맑은 겨울 공기 속에 통통 일정한 리듬이 새겨진다. 테니스부가 점심시간에 짬을 내어 연습 중인 모양이다. 곧 대회가 있는지, 그동안 점심시간에는 토츠카만 연습하러 왔던 데 비해 인원이 꽤 늘어났다.

빵을 입에 넣고 우물우물 씹으면서 연습 풍경을 구경하는

데, 부원들을 지도하던 토츠카가 나를 발견했나 보다. 주위에 양해를 구하더니 뭔가를 챙겨 들고 이쪽으로 다가왔다.

"여어."

"응, 여어."

말을 걸자, 토츠카도 똑같이 손을 들며 수줍게 화답했다.

"연습 안 해도 되냐?"

"아, 응. 마침 밥 먹으려던 참이었거든."

그렇게 말한 토츠카가 챙겨온 도시락통을 살짝 들어 보였다. 어째 연습을 방해한 거 같아서 마음이 불편한걸…… 일부러 같이 먹으러 와주기까지 하다니…… 큰일이다. 이러다간 순조롭게 스테이지를 밟아나가 버리겠어. 이대로는 LOVE STAGE!에 도달하는 것도 그저 시간문제일 뿐……

엉덩이를 들어 살짝 옆으로 비켜 앉자, 토츠카가 수줍은 목소리로 고마움을 표하며 내 옆에 앉았다. ……후하하하! 보아라, 솔선해서 자리를 터줌으로써 앉을 위치를 지정해버리는 이 고도의 테크닉을!

토츠카가 조그마한 도시락통을 펼쳐놓는 모습을 곁눈질하며 흘끗 테니스 코트를 돌아보자, 다른 부원들도 점심을 먹느라 잠시 휴식에 들어간 눈치였다.

"다른 부원들도 점심시간에 연습하기로 한 모양이지?"

"응, 신인전이 가까워져서 한번 권유해봤거든. ……맞다, 혹시 생각 있으면 하치만도 같이 할래? 지금부터 준비해도 여름 대회에 나갈 수 있어!"

불끈 움켜쥔 주먹을 위아래로 흔들며, 토츠카가 장난스러운 말투로 내게 말했다. 꺄아 뭐야 얘 너무 귀엽잖아. 아버님, 죄송하지만 토츠카를 제게 주십시오. 아니, 데려오기는커녕 내가 시집가버리고 말 것 같다.

"글쎄다, 그거야 뭐 연습이 일주일에 며칠이냐에 따라……."

"그 말, 진심이야?"

그렇게 말한 토츠카가 몸을 내밀어 내 얼굴을 가만히 들여다보았다. 그러자 토츠카의 머리카락이 사르륵 흘러내렸다. 앞머리 사이로 드러난 눈동자는 장난기로 반짝였고, 그 미소는 묘하게 농염했다.

"아니, 농담."

"그럴 줄 알았어."

토츠카가 짐짓 어깨를 떨구며 낙담한 시늉을 했다. 그러자 우리 둘의 입에서 저절로 웃음이 새어나왔다. 어차피 말이 안 되는 소리라는 사실을 아니까 이런 농담 따먹기도 할 수 있는 거다. ……사, 사실 처음 제안받았을 때는 꽤나 진지하게 입부를 고려했지만!

"……그보다 뭐랄까. 부장 노릇, 잘하고 있나 보네."

"그야 아직 부장이라고 하기엔 어설픈 구석이 많긴 하지만."

토츠카가 난감한 기색으로 아하하 웃었다. 겸손 반 사실 반쯤 되려나. 그래도 부장이 오랫동안 솔선수범해서 자율 연습을 해온 건 사실이다. 그런 모습이 그 어떤 말보다도 강하게 부원들의 마음을 움직였을 게 분명하다.

그야말로 이상적인 부장의 모습이랄까. 어느 부 부장님도 그런 점을 좀 본받아줬으면 하는 마음이 간절합니다만. ……하긴 그 녀석은 이 정도가 딱 균형이 맞으니 상관없지만.

그보다 부장이라는 말에 문득 떠오르는 게 있었다.

그러고 보니 하야마의 본심을 알아보기 위해 토츠카의 이야기를 들어봐야겠다고 생각했지. 토츠카하고 오순도순 이야기하고 싶다는 동기가 불순했던 데다, 자이모쿠자가 훼방을 놓는 바람에 까맣게 잊고 있었지만…….

게다가 안 그래도 토츠카에게는 관심이 있다. 엇 실수, 토츠카의 진로에는 관심이 있다.

"토츠카. 너 문과냐, 이과냐?"

질문을 던지자, 토츠카가 덤불숲에서 뛰쳐나온 밤비처럼 의아한 표정을 지었다.

"하치만이 그런 걸 다 물어보다니, 별일이네."

"그래?"

그 말과 표정이 뜻밖이었기에 되묻자, 토츠카가 망설임도 주저도 없이 단언했다.

"응. 뭔가 항상 관심이 있는 문제는 딱 정해져 있다는 느낌이 들었거든."

아, 하긴. 듣고 보니 정말 그렇기는 하군.

오랫동안 사람들과 적극적으로 어울리지 않은 탓에, 누군가와 이야기를 나눌 때도 명확한 이유나 계기를 마련해두려는 경향이 있다. 정확히는 그런 식으로 대화의 목적을 정해 놓지 않으면 하고 싶은 말이 매끄럽게 나와 주지를 않는다. 요컨대 역설적으로 외톨이는 뚜렷한 목적의식을 지닌 훌륭한 인재라고 할 수 있겠군. 암, 그렇고말고.

혼자 납득하는데, 토츠카가 내 질문에 대답하는 대신 물었다.

"하치만은?"

"난 문과다만."

평소의 나라면 질문에 질문으로 응수한 시점에서 설교실 직행을 선고했을 테지만, 귀엽게 고개를 갸웃하며 사슴 같은 눈망울로 바라보면 냉큼 이실직고할 수밖에 없다. 만약 물어본 사람이 코마치나 잇시키였으면 한껏 잔소리를 늘어놓은 다음 사실대로 말해줬겠지. 아이참! 결국 말해주는 거냐고! 물러 터졌어!

토츠카가 달그락 젓가락을 내려놓고 하늘로 시선을 향했다. 생각에 잠긴 듯 침묵하는 사이, 휘잉 차가운 겨울바람이 불어와 토츠카의 앞머리를 쓸어 넘겼다.

"그렇구나……. 그럼 나도 문과로 할까……?"

"엇, 그래?! ……아니 저기, 그런 식으로 결정하는 건 좀 그렇지 않냐?"

순간적으로 「계속 함께야!」란 대사가 토츠카 보이스(수줍어하는 몸짓 포함)로 머릿속에서 재생되는 바람에 가슴 뛰는 앵콜이 끓어오를 뻔했으나, 가까스로 미수에 그쳤다.

"좀 더 잘 생각해보는 편이 좋을걸. ……그야 같은 문과면 그건 그거대로 그렇긴 하다만."

가볍게 헛기침을 하며 덧붙이자, 토츠카가 집게손가락을 맞대고 흘끔 이쪽을 곁눈질했다. 저기요, 그런 표정을 지으시면 말이지요, 같이 문과로 가는 정도가 아니라 같이 식장으로 들어가자! 라고 부르짖고 싶어집니다만…….

"나도 나름대로 잘 생각해본 건데……. 내가 가려는 곳, 문과 과목으로도 응시할 수 있거든."

"아, 그러냐. 하긴 과목을 선택할 수 있는 데도 많으니까.

그런 합리적인 판단 기준이 있다면 문과든 이과든 상관없을지도 모른다. 지망 학부가 속한 계열이 아니라 그 학부에 들어가는 데 필요한 입시 과목에 맞춰 계열을 선택하는 것도 분명 하나의 방법이니까.

사립대를 예로 들면 문과는 국어 영어 사회, 이과는 영어 수학 과학으로 구성되는 게 가장 일반적일 테지.

그러나 최근에는 대학이나 학부에 따라 A전형이니 B전형이니 하는 식으로 응시 과목에서 선택의 폭을 넓혀놓은 곳도 있어서, 문과 쪽 학부여도 선발 방식에 따라서는 수리 과목으로 시험을 치를 수 있는 경우도 많다. 더구나 국공립의 경우, 많은 대학이 일종의 대학 수학 능력 시험인 센터 시험에서 주요 과목 전부의 점수를 요구하므로, 전 과목을 빠짐없이 공부해둘 필요가 있다.

지망하는 대학의 스타일에 맞추어 계열을 선택하는 건 간단하다. 하지만 그 반대의 경우는 수없이 다채로운 조합이 존재한다. 그걸 기반으로 하야마의 진로를 예상하기는 어렵겠지.

"토츠카, 네가 지망하는 곳은 어딘데?"

"으음…… 그게, 토코로자와의 인간 과학이나 스포츠 과학으로 할까 하는 중이야."

"아하, 거기 말이냐……."

토츠카가 이야기한 대학은 나도 아는 곳이다. 잘나가는 명문대지만, 그 학교에 가면 4년간 사이타마 벽지의 토코로자와에 갇혀, 쥬만고쿠 만쥬로[#26] 삼시세끼를 때우다가 끝내 바람이 말을 걸어오는 지경에 빠진다나 뭐라나……. 사이타마, 무서운 곳이로고…….

그나저나 그런 비경에 들어가면서까지 하고 싶은 일이 있다니 대단한걸. 난 가급적 치바를 벗어나기 싫고, 타고 다닐 전철은 소부선 일반 열차로 정해놨을 정도인데.

"스포츠 쪽인 건 동아리 때문이냐?"

시험 과목이 해야만 하는 일이라면 지망 동기는 하고 싶은 일에 속한다. 그렇다면 이번에는 반대로 그쪽 방향에서부터 검토해볼 필요가 있겠지.

내 질문에 토츠카가 조금 쑥스러운 기색으로 뺨을 긁적였다.

"으음, 꼭 그런 건 아니지만, 기왕 오랫동안 테니스를 쳤으니까 관련된 분야가 좋지 않을까 싶어서……."

#26 쥬만고쿠 만쥬 사이타마 특산 화과자로, 「바람이 말을 걸어옵니다. (중략) 쥬만고쿠 만쥬.」라는 CF 문구로 유명.

"하긴. ……그럼 스포츠 특례 같은 건 안 노리냐?"

기왕 오랫동안 테니스를 쳤으니 그 정도 보상은 받아도 되지 않을까. 동아리 활동에 힘을 쏟으면서 수험 공부도 게을리 해선 안 되다니, 고생할 게 눈에 선하다. 게다가 토츠카는 안 그래도 인기 대학을 지망하는 형편이라, 동아리 활동을 접은 다음에야 본격적으로 공부를 시작하는 사람과 처음부터 그 학교를 목표로 공부에 매진하는 사람은 아무래도 차이가 날 수밖에 없다. 나 같은 속물은 이왕 목적지가 같다면 최대한 편하게 가는 게 좋지 않으냐는 생각을 하게 된다.

그러나 토츠카는 그런 이해타산을 따질 마음이 없는지, 내 말에 쾌활하게 웃었다.

"아하하, 그런 사람은 극히 일부야. 우리 학교에서는 힘들지 않을까? 만약에 특례 입학을 받는다 해도 별로 유명한 대학은 아닐 거야."

"그러냐……."

하긴 우리 학교에 끗발 날리는 운동부가 있다는 소리는 못 들었다. 그나마 짚이는 데라곤 여름방학 전에 만났던 유도부 선배 정도이려나. 그 선배는 체육 특기생으로 대학에 갔다고 했지만, 어느 대학인지는 들어본 기억이 없다. 참고로 그 선배 이름도 들어본 기억이 없다. 어찌 됐든 그 선배도 진학한 곳에서 적응에 애를 먹는 눈치였으니, 그런 식으로 들어간다고 반드시 편하다는 보장도 없겠지.

역시 대학 입시에서는 일반 전형으로 단판승부를 노리는

게 가장 효율적일 거 같군. 그렇게 결론을 내리는데, 새우 슈마이를 오물거리던 토츠카가 무릎을 탁 쳤다.

"아, 하지만 굉장한 실력자라면 유명 대학교의 셀렉션에 응시할지도 몰라. 또 스포츠 자기 추천이라는 걸 실시하는 곳도 있고."

"셀렉션이라……. 그러고 보니 들어본 것 같은데."

분녕 카드 게임에서 세 번 이기면 소원이 이루어져 무한소녀로……. 아, 그건 셀렉터던가. 셀렉션이란 한마디로 응시생이 개별적으로 각 대학에서 시행하는 선발 시험을 치르는 것을 가리킨다.

그렇게 말하자 토츠카도 고개를 끄덕였다. 하지만 그 표정은 차츰 복잡해져 갔다.

"응, 맞아. 하지만 그런 데 응시하는 건 프로나 올림픽 출전을 노리는 사람들일 테니까……. 우리 학교에서 붙을 만한 사람이라면 하야마 정도 아닐까?"

"……그 녀석, 그렇게 굉장하냐?"

"예를 들자면 그렇다고. 실제로는 더 어려울 거야."

얼버무리듯 혀를 빼꼼 내밀어 보인 토츠카가 운동장으로 시선을 돌렸다. 매일 수업이 끝나면 축구부원들이 연습하는 장소다.

"하야마라면 스포츠 특례보다 그냥 자기 추천이 더 낫지 않으려나? 부장 모임의 총괄역도 맡았고."

자기 추천. 이른바 입학 사정관제(Admission Officer)라는 거 말인가……. 영어 약자는 「아메바도 OK」의 AO라고 했던가? 아닌가? 아무튼 그런 제도도 있어, 그것까지 포함하면 수험 과목과 문이과 선택의 관계성은 더더욱 희박해진다.

"대단한데, 하야마……."

그다지 특별한 것도 없는, 지극히 당연한 감상이 흘러나왔다.

"응. 뭐든지 잘하는 데다 친절하니까."

개인적으로 하야마 하야토의 스펙은 어느 정도 파악이 끝났다고 생각했으나, 확실히 동아리 활동이라는 필터를 거쳐 인식해본 적은 없었다. 토츠카는 같은 운동부 부장이란 입장이기에 볼 수 있었던 부분이 있는 거겠지. 바로 그 토츠카가 불현듯 젓가락질을 멈추더니, 곤란한 기색으로 웃었다.

"대단한 걸로 치면…… 그 소문도 대단하지."

"아, 그거……."

당연한 이야기지만, 역시 토츠카의 귀에도 들어갔나.

"그 이야기를 들었을 땐 좀 놀랐어. 하야마가 좋아하는 건 미우라인 줄 알았거든. 여름방학 때 그런 이야기도 했었으니까……."

그 말대로 지난 여름방학에 치바 마을에서 하야마가 지목한 이니셜은 토츠카도 그 자리에서 들은 바 있다. 그리고 분명 미우라의 이니셜도 Y다.

하지만 체육 시간에 토베는 그 가능성을 일절 언급하지 않았다. 하야마 그룹의 일원으로서 두 사람을 줄곧 지켜봐 온 토베이기에, 그럴 리 없다는 사실을 여실히 느낀 거겠지.

―그렇다면 그 이니셜이 가리키는 인물은 과연 누구일까.

"하치만, 왜 그래?"

부르는 소리를 듣고서야 내 미간이 찌푸려져 있음을 깨달았다. 억지로 눈썹을 위아래로 움직여주고, 덤으로 미소도 머금었다.

"아, 그냥 누굴까 싶어서. Y가 붙는 사람은 꽤 많으니까……."

대표적인 예가 바로 요시테루 자이모쿠자 아니냐. 다크호스로 야마토는 어떨까. 내친김에 잇시키도 이름에 Y를 붙여 「잇시키 와이로하」로 개명해버리자고. 어째 뇌물(賄賂, 와이로) 수수 혐의로 걸려들어 갈 거 같다만……. 게다가 그거, 정확히는 이니셜 W고.

그렇게 실없는 생각을 함으로써, 머릿속에서 맴도는 의문을 떨쳐냈다.

이런저런 이야기를 주고받는 사이, 점심시간의 끝을 알리는 종소리가 들려왔다. 다음 수업종이 치기 전에 교실로 돌아가야 한다. 망했다, 밥을 거의 못 먹었는데. 서둘러 빵을 입에 밀어 넣고 MAX 커피를 들이부어 꾸역꾸역 삼키는데, 먹는 양이 적어서인지 이미 식사를 마친 상태였던 토츠카가 천천히 몸을 일으켰다.

그리고 테니스 코트를 향해 큰소리로 외쳤다.

"전원 해산~! 이따 수업 끝나고 보자~!"

그 음성에 화답하듯 테니스부원들이 라켓을 흔들어 보이자, 토츠카도 힘차게 손을 흔들었다. 나는 멍하니 그 광경을 바라보았다. 뭐랄까, 토츠카의 이런 활발하고 적극적인 모습은 거의 본 적이 없었다.

"……안 어울려?"

내가 옆에 있다는 데 생각이 미쳤는지, 토츠카가 무안한 듯 쑥스러움을 타며 이쪽의 반응을 살폈다.

"엇, 아니. 그런 건 아닌데……."

말문이 막힌 까닭은 놀라서가 아니라, 단순히 눈길을 빼앗겼기 때문이다. 여태까지 보아온 토츠카의 그 어떤 행동보다도 가장 강렬하게 내 마음을 뒤흔들어놓았다.

"그게, 그렇게 부장다운 모습, 몰랐으니까. 좀 놀랐다고 해야 하나."

내가 받은 느낌을 좀처럼 정확하게 표현할 수가 없어, 자꾸만 더듬더듬 말이 끊겼다. 그런 내 반응이 우스웠는지, 토츠카가 소리 내어 웃었다.

"하치만은 모르는 것투성이구나."

"그래, 모르는 것투성이지."

그 미소에 이끌려 저도 모르게 피식 웃자, 토츠카가 휙 시선을 돌려 하늘을 올려다보았다. 그리고 손가락을 꼽으며 뭔가를 세기 시작했다.

"테니스부라든가, 체육 특기생에 대해서라든가."

"그래. 알려줘서 고맙다."

내 말에 가볍게 고개를 끄덕여 보인 토츠카가 다시 손가락을 꼽기 시작했다.

"그리고…… 하야마의 진로라든가, 그 소문에 대해서라든가."

그 점을 지적당하면 입이 열 개라도 할 말이 없다. 실제로 하야마의 진로는 완전히 오리무중인 데다, 토베와 자이모쿠 자를 넌지시 떠봤지만 별다른 수확이 없었다. 게다가 그 소문에 대해서는 보고도 못 본 척하는 판국이다.

아무런 대꾸도 하지 못하자, 침묵이 내려앉았다. 횡횡 불어오는 바람 소리와 학교 안에서 들려오는 왁자지껄한 소음만이 정적을 흐트러뜨렸다.

심호흡을 하듯 겨울 공기를 깊이 들이마신 토츠카가 끝까지 남아 있던 새끼손가락을 가만히 접으며 힘있게 주먹을 쥐었다.

"그리고…… 나에 대해서도."

그 말이 기묘하게 마음에 와 닿았다.

바람에 흐트러진 머리칼을 손으로 빗어 넘기며, 토츠카가 자랑스럽게 가슴을 폈다. 그것은 내가 처음 보는, 내가 모르는 토츠카였다.

"제법 잘하고 있지? ……약간 못 미더울지도 모르지만."

조금 쑥스러운 기색으로 웃으며 덧붙인다. 그것은 내가 안다고 생각했던 토츠카 사이카의 반응이었다.

그러니 아마도 나는 오늘 처음으로 토츠카 사이카라는 소년을 제대로 인식했는지도 모른다. 꾸밈없이, 가감 없이. 그럼에도 결코 알고 있다고는 못 하겠지만.

하지만 그렇기에 더 많은 것을 알고 싶어지는 거다.

"……아니, 그렇지 않아. 나만 해도 의지하고 있으니까. 아직 잘 모르겠지만, 그 뭐랄까……. 그래도 아마 의지할 거야."

그렇게 말하고, 자리에서 일어나 토츠카 쪽으로 한 발짝 다가섰다.

그러자 토츠카가 수줍은 기색으로나마 힘주어 고개를 끄덕였다.

분명 토츠카는 지금처럼 내가 먼저 다가설 준비가 되기를 참을성 있게 기다려줬던 거겠지.

이렇게 조금씩 가면을 벗고 살을 쳐낸 후에야, 비로소 온전히 마주볼 수 있게 된다.

처음부터 서로를 티끌만도 못하게 여기기에, 어찌 되든 상관없을 정도로 무관심하기에 가차 없이 폭언을 퍼붓는 경우가 존재하는가 하면, 천천히 부드럽게 속껍질을 벗겨나가듯, 살살 깨물어보듯, 조금씩 마음의 벽을 허물어나가는 관계도 존재한다.

토츠카는 천사가 아니다. ……작은 악마? 혹은 대천사……. 아니면 혹시 타천사인가?

뭐든 상관없다. 토츠카는 토츠카다.

6

당당하게
유키노시타 하루노는
어둠 속으로
사라져 간다.

　결국 며칠이 지났지만 하야마의 진로에 관해서는 이렇다 할 정보가 들어오지 않았고, 그저 어수선한 동급생들의 목소리만 들려올 따름이었다.

　외부에서 보기에는 하야마 일행 역시 예전과 다름없는 나날을 보내는 것처럼 보였다. 미우라도, 그리고 어쩌면 토베도, 그 핵심에 해당하는 존재를 의식하며 행여나 건드리지 않도록, 그러면서도 결코 노골적으로 멀어지지 않도록 거리감을 조절하는 느낌이 들었다.

　미우라의 상담을 해결하는 데 주어진 시간이 얼마 남지 않았다.

　진로 희망 조사서의 최종 제출일은 이달 말. 그 직전에는 마라톤 대회가 열린다. 그때까지 하야마의 진로에 대해 뭔가 해답을 찾아내야만 한다.

　여태껏 알아낸 거라곤 하야마가 본인의 진로를 철저히 비밀에 부쳤다는 사실뿐이다. 그러니 당분간은 추론에 필요한 단서를 모으는 데 주력하는 수밖에 없겠지.

그렇게 며칠을 공치고, 마라톤 대회가 다음 주 초로 닥쳐온 어느 날 방과 후.

잠시 교실 분위기를 살피다가 복도로 나왔다. 상황은 변함없이 지지부진했다. 유이가하마도 나름대로 활로를 모색해보려는 건지, 하야마 일행이 동아리 활동을 하러 가기 전의 막간을 이용해 적극적으로 대화를 시도했다.

그렇다면 오늘은 먼저 부실에 가 있어도 괜찮겠지. 그렇게 생각하며 교실에서 나와, 홀로 특별관으로 이어지는 복도를 걸었다.

그러다 저 앞에서 나를 향해 까닥까닥 손짓을 하는 히라츠카 선생님과 마주쳤다.

"부실에 가는 건가?"

"네에, 뭐."

"그런가. 마침 잘됐군. 안 그래도 지금 그쪽으로 가려던 참이었다."

그렇게 말하며 특별관 쪽을 가리킨 히라츠카 선생님이 따라오라는 듯 먼저 걸음을 옮겼다. 아무래도 걸어가면서 이야기할 생각인가 보다.

부실로 가려고 했다니, 또 뭔가 일거리를 떠맡기려는 건가……. 기운이 쭉 빠졌지만, 어차피 반항해봤자 좋을 게 없다. 그래서 얌전히 따라나섰다.

"내일 방과 후에 시간 되나?"

"네, 일단은요."

실제로 예정다운 예정은 없었다. 시급한 문제라곤 기껏해야 미우라의 상담을 해결하는 것 정도지만, 그것 역시 뭔가 구체적인 행동을 취할 계획이 있는 건 아니었다.

한마디로 막다른 골목에 부딪힌 상태였다.

주변 사람들의 대화에 귀를 기울여도(스토킹), 하야마의 행동을 주시해도(스토킹), 하야마와 단둘이 될 타이밍을 노려도(스토킹), 번번이 헛스윙(스트라이크)의 연속이었다. 진로 희망 조사서의 제출 기한을 감안하면 스리 아웃은 기본이고 게임 오버도 시간문제였다.

내 대답에 만족했는지, 아니면 처음부터 내 일정이 널널할 거라고 확신했는지는 모르지만, 히라츠카 선생님은 담담하게 설명을 이어나갔다.

"내일 진로 상담회가 열리는데, 일손이 좀 달리는 것 같더군……. 학생회도 최선을 다하긴 했지만 말이다."

뭐야, 그 녀석. 농땡이만 피워대는 줄 알았더니, 뒤에서 할 건 다 하고 있었나.

"……그래서 말인데, 잇시키가 친히 지명했다. 네가 일을 좀 거들어줬으면 한다더군."

이로하스의 주문은 저입니까? 그나저나 일이라는 말을 들으니, 가슴이 전혀 깡총깡총 뛰질 않는다만…….

"근데 걔는 그걸 왜 굳이 선생님한테……."

잇시키는 걸핏하면 봉사부실에서 노닥대니까, 그냥 그때 이야기했어도 됐으련만.

"학생회를 통한 정식 요청이기 때문이겠지. 아무튼 고문의 허가를 받으러 왔다는 점에서는 성장했다고 봐도 될 것 같군. 무슨 속셈인지는 모르겠지만, 자유롭게 활용해도 문제될 게 없는 인력이라는 의미에서는 너희들이 적임자이니, 합리적인 판단이라 할 수 있겠지."

히라츠카 선생님이 흠흠 고개를 끄덕이며 말했다. 아무래도 자기 나름대로 잇시키의 성장을 실감하는 눈치였다. ……아하, 알겠다. 선생님을 개입시킴으로써 우리가 퇴짜를 놓지 못하게 하려는 잇시키의 꼼수구만. 그래도 잇시키 나름대로 열심히 한 모양이니, 조금쯤은 도와줘도 괜찮겠지.

"뭐 정 그렇다면야……. 그나저나 진로 상담회라니, 뭘 하는 건데요?"

"한마디로 입시 대책 상담 같은 거지. 선배들에게 보다 구체적인 조언을 듣는 거라고 생각하면 된다."

"성미도 급하네요. 이 시기에 입시 대책이라니……."

"종례 시간에 담임이 전달했을 텐데."

히라츠카 선생님이 살짝 인상을 썼다. ……듣고 보니 그런 이야기를 했던 것 같기도 하고. 그냥 귓등으로 흘려 넘겨버렸나……? 아하하…….

애매한 미소를 지으며 적당히 얼버무리자, 히라츠카 선생님이 못 말리겠다는 표정으로 휴우 한숨을 쉬었다.

"우리 학교에는 국제 교양과가 있으니까, 유학을 희망하는 경우도 있거든. 그런 학생들은 일찍부터 준비할 필요가 있으니, 다른 학교보다는 조금 빠를지도 모르지."

"유학⋯⋯."

옳거니. 하긴 진로가 반드시 국내에 한정된다는 법은 없다. 그야말로 딴 세상 이야기라서 상상해본 적은 없었지만, 해외에 있는 대학에 진학하는 사람도 있겠지. 우리 학교의 특색 중 하나는 국제 교양과가 존재한다는 점이다. 그래서 유학도 하나의 가능성으로 인식하기 쉬울지도 모른다.

유학이라⋯⋯ 굉장한데⋯⋯? 나도 일단 해외여행 정도는 가봤지만, 외국에서 생활한다는 건 생각해본 적도 없다.

적어도 섣불리 결정할 수 있는 문제는 아니겠지. 그렇다면 유학을 희망하는 사람은 상당히 오래전부터 그럴 마음을 먹었던 건지도 모른다.

"역시 결정을 내린 사람이 많은가요? 벌써 제출한 사람도 있다고 들었는데요⋯⋯."

"아니, 그렇지는 않다. 제출한 사람은 극히 일부지. 이달 말까지라고 일러뒀으니까. 이런 건 막판에서야 내는 경우가 많다. ⋯⋯아, 하지만 하야마는 제출하러 왔더군."

"호오⋯⋯."

마침 그 이름이 나와 주다니, 땡잡았다. 차근차근 밑밥을 깔아나가는 수고를 덜었다. 그렇게 생각하자마자, 히라츠카 선생님이 나를 매섭게 흘겨보았다.

"알려줄 생각은 없다. 개인 정보니까."

"······따, 따따따따딱히 궁금하지도 않거든요?"

"그 심정은 이해가 안 가는 것도 아니다. 주위 사람의 지망 대학은 궁금하기 마련이니까. 본격적인 입시 준비에 돌입할 때까지는 즐거운 화젯거리이기도 하고."

학창시절을 추억하는 것처럼 나직하게 웃은 히라츠카 선생님이 말을 이었다.

"게다가 하야마나 유키노시타 같은 학생은 교사들 중에서도 주목하는 사람이 있을 정도다. 학교 실적에도 영향을 미치니까."

"아, 네에. 기대주로군요······."

"너도 문과 성적만큼은 뒤지지 않지만······. 아무래도 주목 도에서 차이가 난다."

히라츠카 선생님이 볼을 살짝 부풀리며 못마땅한 기색으로 말했지만, 그거야 어쩔 수 없는 일 아니겠습니까. 여태까지 교사와 양호한 관계를 구축해본 역사가 없거든요. 덕분에 시험 점수는 잘 나오는데 성적표를 받아보면 뭔가 한끝 부족한 느낌이곤 했다. 하여튼 중학교에서는 왜 소란스럽고 개구진 (피식) 녀석들이 교사에게 사랑받는 거냐고. 도무지 이해를 못 하겠다니까······.

쓰라린 기억을 곱씹는데, 불현듯 히라츠카 선생님이 걸음을 멈췄다. 그리고 긴 머리카락을 쓸어 넘기며 나를 똑바로 응시했다.

"너는 어쩔 생각이지?"

"전 문과인데요."

서슴없이 대답하자, 히라츠카 선생님이 가만히 고개를 저었다.

"그게 아니라, 더 장기적으로 말이다."

"전업주부요."

대답하기가 무섭게 머리를 찰싹 얻어맞았다. 히라츠카 선생님이 기가 막힌다는 듯 허리에 손을 얹고 못마땅한 시선을 보내왔다. 평소처럼 위압적인 태도가 아니라, 어딘가 누나 같은 느낌을 풍겨서 어쩐지 낯간지러웠다. 히라츠카 선생님이 한숨을 쉬며 말했다.

"현실을 직시하도록."

저, 저는 현실도피를 하는 게 아니라 이상을 추구하는 것뿐이라고요…… 라고 응수하기에는 히라츠카 선생님의 눈빛이 지나치게 진지했다.

그래서 뺨을 긁적이며 시선을 돌리고 대답했다.

"아직 결정 못 했는데요. 게다가 전문적인 직업을 얻거나 연구원이 될 생각도 없으니, 문과로도 충분하고요."

"뭔가 관심 있는 분야는 없나?"

"관심 있는 일은 취미로 할 건데요. 좋아하는 일을 생업으로 삼다니, 인생 그 자체가 괴로워질 것 같아서요."

인생은 괴롭다! 고 『인생』의 CF에서 이야기했던 거 같다. 인생은 힘들어요 빌어먹을이란 느낌이에요.[27]

---

[27] 인생은 힘들어요 빌어먹을이란 느낌이에요 게임 「크로스 채널」에 나오는 미야스미 미사토의 대사.

"……히키가야답군. 하긴 네 주장에도 일리는 있다. 실제로 학부 선택이 장래에 큰 영향을 미치느냐 하면 대개는 그렇지 않으니까."

히라츠카 선생님이 팔짱을 끼더니 창밖으로 시선을 돌렸다.

"이공계를 나와서 출판사에 들어간 사람도 있고, 사회학부를 졸업하자마자 연예 기획사에 취직한 사람도 있다. 어문계로 가서 전 세계를 떠도는 사람도 있고. 법학부에 들어간다고 전부 다 변호사나 검사가 될 리도 없지. 나만 해도 교육학부 출신은 아니니까. 물론 의사나 변호사, 연구원은 조금 다를 테지만……."

"그렇죠. 아니면 약사라든가……."

내 말에 히라츠카 선생님이 고개를 끄덕였다.

실제로 전공과 장래의 직업이 직결되는 건 아니다. 우리 아버지만 해도 뭔가 해괴한 학부를 졸업해서 뭔가 해괴한 직업에 종사하고 있으니까. 엇, 직결되잖아……?

따지고 보면 문과와 이과의 경계도 불분명한 데다, 요새는 학제적 접근이니 뭐니 해서 기업 측에서도 일부러 다른 계열의 인재를 모집하기도 하는 모양이다.

그러니 결국은 본인의 자질과 역량에 좌우되는 거겠지. 예컨대 커뮤니케이션 능력이라든가 커뮤니케이션 능력이라든가, 또는 커뮤니케이션 능력이라든가. 그런 커뮤니케이션 능력이 사회에서는 요구될 테니까. 으아, 싫어라. 구직 활동이라니, 생각만 해도 끔찍해라.

"아무튼 그래도 교사로서 말해두기는 해야겠지……."

그렇게 운을 뗀 히라츠카 선생님이 내 어깨를 툭 쳤다.

"지금 장래를 하나부터 열까지 다 결정할 필요는 없다. 그럴 마음만 있다면 편입도 전과도 반수도 가능하니까. 심지어 전직을 할 수도 있고. 입시는 수많은 선택의 기회들 중 하나에 불과하단다."

"흐음."

진학이 됐든 취직이 됐든, 자신의 앞길을 결정할 기회는 수시로 찾아오는 법이다. 그 말은 곧 결혼도 선택의 기회 중 하나라는 거군요! 물론 그런 기회가 올지는 미지수지만요! 저도, 그리고 선생님도요!

하지만 그건 어디까지나 새롭게 선택할 수 있는 기회가 주어진다는 의미일 뿐이다. 반드시 실패를 만회할 수 있다는 보장은 없다. 오히려 실패를 거듭해서 상처만 더 깊어지는 결과를 낳는 경우도 종종 있을 테지.

"……하지만 첫발을 삐끗하면 위험한 거 아닌가요?"

"그래. 그러니 교사가 해줄 수 있는 일은 선택지를 늘려주는 것. ……그리고 선택지를 줄여주는 거다."

"줄여도 되는 거예요?"

그렇게 묻자, 히라츠카 선생님이 조금 복잡한 표정을 지었다.

"물론 최종 결정을 내리는 사람은 본인이다. 우리는 어디까지나 조언자 역할이지. 우선…… 너는 조속히 전업주부가 되겠다는 야망을 버리도록."

아아, 사라지고 말았어……. 내 선택지가…….

이윽고 기나긴 복도가 끝나며 계단이 나타났다. 나는 곧장 올라갈 작정이었지만, 히라츠카 선생님은 모퉁이를 돌려는 눈치였다. 아무래도 부실까지 따라올 마음은 없는 모양이었다. 잇시키의 의뢰 사항을 전달했으니 볼일은 끝났다는 거겠지.

가볍게 손을 들어 보인 히라츠카 선생님이 나를 남겨두고 발길을 돌렸다. 나도 살짝 고개를 숙여 묵례했다.

그러자 히라츠카 선생님이 걸음을 멈추더니, 고개를 돌려 나를 바라보았다.

"……만약 대학에서 교직을 이수할 수 있다면 이수해두는 게 어떻겠나? 의외로 네 적성에 맞을지도 모른다."

"교사라니, 죽어도 싫어요. 이런 학생도 상대해야 되잖아요."

어깨를 으쓱하며 대꾸하자, 히라츠카 선생님이 쓴웃음을 지었다.

"하긴. 그 점만큼은 나도 동감이다."

……하여튼 말은 잘한다니까. 이렇게 온갖 뒤치다꺼리를 다 해놓고서.

다시 한 번 고개를 숙여 보이고, 멀어져가는 히라츠카 선생님을 배웅했다.

× × ×

부실 문을 연 순간, 유키노시타와 눈이 딱 마주쳤다.

무릎에는 담요를 덮고, 손에는 애용하는 고양이 무늬 북커버를 씌운 문고본을 든 채였지만, 그 시선은 입구 쪽에 쏠려 있었다.

유이가하마는 아직 안 왔는지, 유키노시타 혼자였다. 유키노시타가 나를 향해 살짝 미소를 지어 보였다.

"왔니?"

"어."

짤막하게 대꾸하자, 유키노시타가 책을 덮고 자리에서 일어섰다. 그리고 평소처럼 홍차를 타기 시작했다.

물이 끓기를 기다리는 동안 찻잔과 찻종지를 꺼내며, 유키노시타가 내게 말을 걸어왔다.

"오늘은 조금 늦었구나."

"아, 히라츠카 선생님이 부탁할 게 좀 있대서."

티포트에 넣을 찻잎을 준비하던 유키노시타가 고개를 갸웃했다.

"부탁?"

"내일 진로 상담회가 열리는데, 학생회에서 도우미를 필요로 한다나?"

"그렇구나, 학생회에서……. 그러면 일정을 비워두도록 할게."

"그래. ……엇, 아니 그냥 나 혼자 가도 된다만."

사뭇 당연하다는 말투였던 탓에 그만 무심코 수락하고 말았다. 지명 받은 사람이 나 혼자인 걸로 봐서는 십중팔구 의자 세팅 같은 단순 노동이 주를 이룰 테지. 구태여 유키노시타와 유이가하마의 도움을 받을 필요도 없다.

만류해봤지만, 유키노시타는 별로 망설이는 기색도 없이 대꾸했다.

"괜찮아. ……달리 뭔가 할 일이 있는 것도 아니니까."

"뭐 그야 그렇다만……."

나도 벽에 부딪혔지만, 유키노시타도 이렇다 할 방도를 찾아내지는 못했다. 미우라 앞에서 큰소리를 떵떵 쳐놓고서 이 꼴이라니 민망하긴 하지만, 이게 현실이다. 이럴 바에야 차라리 뭔가 딴 데 정신을 쏟는 편이 그나마 마음 편할지도 모른다.

그 말을 끝으로 둘이서 묵묵히 찻주전자를 응시하며 물이 끓기를 기다리는데, 누군가 부실 문을 힘차게 열어젖혔다.

"야헬롱~!"

"헬로헬로~."

그 독특한 인사말이 왠지 귀에 익었다.

우선 유이가하마. 그리고 뒤이어 부실로 들어온 사람은 바로 에비나 양이었다.

"안녕, 에비나."

"잘 있었어? 설날 이후로 처음이네."

유키노시타가 앉으라며 의자를 권하자, 에비나 양이 고마움을 표하며 자리에 앉았다. 그 후 유키노시타가 손님 몫의 홍차를 준비하는 사이, 나는 유이가하마를 향해 쟤는 또 왜 데리고 온 거니……? 라고 설명을 요구하는 시선을 보냈다. 그러자 유이가하마가 고개를 끄덕이며 입을 열었다.

"그게, 하야토의 진로에 관해 뭔가 알구 있을 만한 사람한테 물어보자구 했었잖아?"

"그랬지."

"그래서 히나한테두 상담해봤는데, 기왕이면 다 함께 생각해보는 편이 좋지 않을까 해서. 그치? 히나."

"으음, 내가 뭔가 도움이 된다면 좋겠지만……."

유이가하마가 동의를 구하자, 에비나 양이 자신 없는 기색으로 수긍했다.

분명 나쁘지 않은 선택이긴 하다. 하야마나 미우라와의 관계로 따지면, 에비나 양은 그들과 충분히 가까운 거리에 있으니까. 유키노시타나 내가 개인적으로 이야기를 꺼내기는 어려운 상대지만, 유이가하마가 중간에 끼면 그것도 가능해진다.

게다가 에비나 양은 부녀자의 탈을 쓰고 있지만, 그 실체는 아직도 베일에 싸인 채다. 비록 정답에 도달하지는 못할지언정, 뭔가 힌트를 얻을 수 있을지도 모른다.

그러나 에비나 양의 표정은 흐렸다. 덤으로 유키노시타가 타준 홍차 때문에 안경도 흐렸다.

"하야토의 진로라……. 그래 봐야 나도 별다른 이야기를 들은 건 아니야. 게다가 하야토는 어느 과목이나 다 잘하니까, 딱 잘라 말하기는 힘들지도 몰라."

"아, 역시…… 하긴……."

유이가하마가 어깨를 축 늘어뜨리며 동의했다. 그야 나처럼 극단적인 경우가 아닌 한, 학업 성적만 가지고 진로를 추측하기는 어렵겠지.

껄끄러운 건 피하고 본다는 사고방식은 소극적인지도 모르지만, 내게는 잘 맞는다. 하지만 그런 가치관이 모든 사람에게 적용된다는 보장은 없다.

왠지 맥이 빠져, 턱을 괴며 나직하게 한숨을 쉬었다.

그때 생각을 거듭하던 에비나 양이 뭔가 떠올랐는지 입을 열었다.

"아, 그래도 직종에 대해서는 언급한 적이 있지 않나?"

"웅? 진짜루? 그런 이야길 했던가?"

유이가하마가 묻자, 에비나 양이 힘주어 고개를 끄덕였다.

"응, 상당히 오래전 일이긴 하지만 직장 견학 때. 매스컴이나 외국계 기업이랬던가?"

"아, 맞다. 진짜 그랬던 거 같아."

유이가하마가 손바닥을 탁 쳤다. 그러고 보니 그때 그런 이야기가 오갔던 것 같은 느낌이 들기는 한다. 하지만 매스컴이나 외국계 기업이나 애매하기는 마찬가지다. 언론사라고 딱히 문과 출신이 유리한 건 아닐 테고, 일괄적으로 외국계라고 한들 그 업종은 천차만별이다. 거기서부터 역으로 추리해 나간다는 건 불가능에 가깝다.

"단순한 흥미본위일 가능성도 있잖니. 추론의 근거로 삼기에는 조금 부족하지 않을까?"

유키노시타가 턱을 매만지며 반론했다. 정확한 지적이다. 거기다 실제로 견학하러 간 곳은 생뚱맞은 IT 기술 업체였고.

하지만 그 점은 에비나 양도 익히 알고 있는 눈치였다.

"응, 나도 그렇게 생각해. 게다가……."

대답하던 에비나 양이 잠시 뜸을 들였다. 그 시선은 부실 한구석에 고정된 채, 이곳에 있는 어느 누구도 보고 있지 않았다.

"게다가?"

유이가하마가 뒷말을 재촉하자, 에비나 양이 가볍게 고개를 저으며 말했다.

"게다가 그때는 결국 다들 똑같은 곳에 갔으니까, 참고가 안 되겠구나 싶어서!"

"아, 하긴."

에비나 양이 말꼬리를 부자연스럽게 끌어올리며 대답하자, 유이가하마가 흠흠 고개를 끄덕였다. 하지만 나는 고개를 끄덕일 수 없었다. 방금 전, 에비나 양은 사실 무슨 말을 하려다 말았던 걸까.

유키노시타가 다리를 바꿔 꼬며, 에비나 양에게 거듭 물었다.

"그 밖에 다른 이야기는 없었니?"

"으음, 딱히 짚이는 건 없는데……."

기억을 더듬듯 고개를 비스듬히 꼬던 에비나 양이 시선을 내 쪽으로 홱 돌렸다.

"그보다 그런 세세한 건 히키타니가 더 잘 알지 않아?"

"엉? 나?"

뜬금없는 지목에 놀라, 내가 나를 가리키며 그렇게 되묻고 말았다.

"하긴 힛키, 자주 보⋯⋯."

유이가하마가 입을 연 순간, 에비나 양이 벌떡 일어서며 그 말허리를 잘랐다.

"그래! 호모 특유의 눈빛 대화라든가! 하야하치라고!"

"무슨 헛소리냐⋯⋯."

호모 특유의 눈빛 대화라니 뭐냐고. 뉴타입 흉내냐. 이 여자가 진짜! 부녀자 따윈 그만두라고요!

"그런 농담은 삼가주라."

"아, 아하하⋯⋯."

"휴우⋯⋯."

유이가하마는 쓴웃음을 지었고, 유키노시타는 두통을 참 듯 관자놀이에 손을 얹으며 한숨을 내쉬었다.

변함없이 부후후후 섬뜩한 웃음소리를 내던 에비나 양이 갑자기 안경테를 쓱 추어올렸다. 렌즈에 빛이 반사되어, 그 시선의 종착점이 모호해졌다.

"⋯⋯뭐 꼭 농담으로 한 소리만은 아닌데."

나직한 목소리로 살짝 덧붙인 말. 그 음성은 자칫 못 듣고 넘어갈 뻔했을 만큼 작았다. 그 진의를 확인하기도 전에, 에비나 양이 끼익 의자를 당겨 앉으며 몸을 척 앞으로 내밀었다.

"자자, 그럼 어디 하야하치의 가능성에 대해 나랑 열띤 토론을 벌여보자고!"

"죽어도 싫거든……?"

"그거 유감이네. 그럼 난 이쯤에서 슬슬 퇴장할래. 그럼 잘 있어, 유이, 유키노시타."

그 말을 끝으로 자리에서 일어선 에비나 양이 부실 문 쪽으로 향했다.

"아, 응! 고마워."

"또 뭔가 생각나는 게 있으면 이야기해주렴."

"응, 굿바이~."

두 사람의 말에 손을 흔들며 화답한 에비나 양이 부실을 뒤로했다.

그 문을 가만히 바라보다가, 가볍게 한숨을 쉬었다.

"아무래도 감을 잡으려면 좀 더 시간이 걸리겠구만."

"그러게."

고개를 끄덕여 보인 유키노시타가 식어버린 찻잔으로 손을 뻗었다. 유이가하마도 한 손에는 머그컵을 든 채, 반대쪽 손으로 휴대폰을 만지작거리기 시작했다.

"……잠깐 화장실 좀 다녀오마."

양해를 구하고 부실을 나섰다.

에비나 양이 봉사부실을 떠난 지 얼마 되지 않았다. 아직 그렇게 멀리는 가지 못했을 테지. 조금 더 자세한 이야기가, 아니, 정확히는 아까 그 말을 한 의도가 궁금했다.

뭣보다 나한테만 작별 인사를 하지 않은 까닭은 에비나 양

본인도 아직 할 말이 남았다고 생각했기 때문 아닐까. 아니면 그냥 내가 있다는 사실을 까먹었거나. 만약 후자라면 그건 그것대로 일종의 괴롭힘 같습니다만? 보이지 않는 존재라니, 어나더였으면 누군가 죽었다.

그렇게 시답잖은 생각을 하며 모퉁이를 돌자, 예상대로 저 앞에서 느릿느릿 걸음을 옮기는 에비나 양이 보였다.

내 빠른 발소리가 복도에 울려 퍼지자, 에비나 양이 이쪽을 돌아보았다.

"있잖아, 별로 의미 없다고 봐."

그리고 대뜸 그렇게 말했다. 마치 내가 뒤따라올 줄 알았다는 양.

"뭐가?"

"이런 식으로 조사하는 거. 하야토가 간단히 허점을 내보일 리 없으니까."

그 자리에 멈추어 서서, 렌즈 뒤편에서 가만히 시선을 보내온다. 그 차가운 눈빛은 평상시 에비나 양이 보여줬던 표정과는 사뭇 다른 분위기를 자아냈다. 어쩌면 저 딱딱한 느낌이야말로 에비나 양의 본질인지도 모른다. 그 점은 수학여행 때도 느낀 바 있다.

가볍게 어깨를 으쓱하며 그 눈동자에서 시선을 돌렸다.

"……그렇겠지. 하지만 미우라한테 큰소리를 쳐놓은 이상, 그냥 뒷짐 지고 있을 수도 없는 노릇이라."

"그래……?"

그 말을 끝으로 대화가 끊겼다.

에비나 양과 나 말고는 아무도 없는 복도다. 둘 다 입을 다물자 쥐죽은 듯 고요해져, 그저 바람이 창문을 두드리는 소리만이 들려왔다.

어색한 침묵 속에 멀뚱히 서서 뒤통수를 긁적이다가, 문득 에비나 양에게 물어보고 싶은 게 생각났다. 그래서 가볍게 헛기침을 하고 입을 열었다.

"반대로 묻고 싶다만, 넌 그래도 괜찮냐?"

"뭐가?"

"그야 이번 일이 어떻게 풀리든 간에, 예전과 똑같을 순 없을 테니……"

"그렇지 않아."

내 말을 가로막으며 에비나 양이 단언했다.

"하야토는 분명 교묘하게 피할 테고, 유미코도 그 정도는 알 테니까. 그러니 반이 바뀐다고 결정적으로 와해되는 일은 없지 않을까?"

군데군데 애매하게 얼버무리기는 했지만, 그 목소리에서는 확신에 가까운 울림이 묻어났다.

"그렇군. 굉장히 신용하는 모양인데."

"꼭 그런 건 아니지만……. 하야토라면 아무도 상처 입히지 않는 방법을 선택해주지 않을까 싶을 뿐이야. 신용이라기보다는, 그냥 제멋대로인 바람이지."

에비나 양이 혀를 쏙 내밀며 웃었다.

예전의 나였으면 에비나 양의 말에 의문을 품지 않았을 게 분명하다. 하야마 하야토는 그런 인간이라고, 마음속 어디선가 단정 지은 상태였으니까.

하지만 지금은 다르다. 명확한 형태를 갖춘 건 아니지만, 그럼에도 뭔가 어렴풋한 위화감이 저 밑바닥에서 꿈틀대기 시작했다.

그래서 물어보고 싶어졌다.

"왜 그렇게 생각하는데?"

"……그야 모두의 기대에 부응해주는 게 하야토니까."

에비나 양이 내게서 시선을 돌리고 다시 한 번 웃었다. 애교스러운 느낌이라곤 찾아볼 수 없는, 입꼬리가 희미하게 올라갔을 뿐인 차가운 표정으로.

그 미소를 눈앞에서 본 탓에, 하려고 했던 말이 나오지 않았다. 한순간 싹튼 침묵을 틈타, 에비나 양이 쓱 내 앞에서 물러서더니 가볍게 손을 들어 보였다.

"그럼 난 이만 가볼게."

"어, 어……."

간신히 대꾸하고, 멀어져가는 에비나 양의 뒷모습을 눈으로 좇았다.

여전히 정답다운 정답에 다다르지는 못했다.

다만 무언가 기묘한 위화감이 느껴졌다. 그 정체에 대해서 생각하며, 부실을 향해 걸음을 옮겼다.

문득 복도 창문으로 하늘을 올려다보자, 주홍색과 남색이 한데 어우러진 어둑어둑한 겨울 하늘이 눈에 들어왔다.

저 하늘은 이윽고 새카만 어둠으로 뒤덮이겠지.

생각해볼 필요도 없이, 지극히 당연하게. 그 누구의 기대도
저버리는 일 없이.

× × ×

에비나 양이 다녀간 뒤로는 아무도 찾아오지 않은 채 동아
리 활동 종료 시각을 맞이했고, 나도 집으로 돌아왔다.

현관에서 "다녀왔습니다."라고 귀가를 알렸지만, 대답은
돌아오지 않았다. 하긴 사축들이 이 시간에 집에 왔을 리 만
무하고, 코마치도 학원에 갔거나 자기 방에 틀어박혀 있겠지.

계단을 올라 깜깜한 거실로 들어서며 달각 소리 내어 전등
스위치를 눌렀다.

팟하고 불이 들어왔다.

그러자 아무도 없는 줄만 알았던 방에 웬 사람 그림자가 흐
릿하게 떠올랐다.

"흐억! 간 떨어질 뻔했네……."

유심히 보니, 그 정체는 탁자에 턱을 괴고 멍하니 앉아 있
는 코마치였다.

얼빠진 소리를 내는 바람에 내가 돌아왔다는 걸 깨달았는지,
그제야 정신을 차린 코마치가 이쪽을 돌아보며 생긋 웃었다.

"……아, 오빠. 어서 와."

"그, 그래. 다녀왔다……."

코트와 가방을 소파에 툭 내던지고 온풍기를 켰다. 아무래도 코마치가 꽤 오랫동안 그렇게 넋 놓고 앉아 있었는지, 거실에는 썰렁한 기운이 가득했다.

"왜 그러냐? 코마치."

소파에 앉아서 그렇게 묻자, 코마치가 에헤헷 쑥스러운 미소를 지어 보이더니, 보란 듯이 탁자에 털썩 엎드렸다.

"코, 코마치, 더는 못 하겠어……."

울먹이는 목소리로 그렇게 호소하며, 코마치가 머리를 쥐어뜯기 시작했다.

"우웃…… 코마치는 분명 이번 입시 실패를 계기로 밑바닥 인생으로 전락하고 말 거야……. 히키가야 씨네 자제분들은 둘 다 히키코모리라네요 우후훗, 하고 동네 사람들의 비웃음을 살 거라고……. 번듯한 인생은 물 건너갔어~!"

"잠깐, 난 히키코모리가 아니다만……."

내 지적에도 아랑곳없이, 코마치가 으아아악 머리칼을 헝클어뜨리더니 도로 털푸덕 탁자에 엎어졌다.

애도 참, 또 시작이네……. 지난 연말과 똑같은 상태구만.

하긴 메리지 블루나 머터니티 블루 같은 것도 있고, 또 테일 블루라는 것도 있다. 요컨대 코마치는 수험 블루쯤 되려나. 그 밖에도 첨삭 레드나 진상 블랙 등등도 있을 거 같다만, 그 전대물. 거참 암울한 전대일세.

아무튼 코마치를 달래는 법이라면 웬만큼은 꿰고 있다.

"기분전환을 해보는 게 어떠냐? 뭔가 신나는 일을 떠올려 본다든가."

오빠 매뉴얼에 따라 그렇게 말해보았지만, 코마치는 아무런 반응도 보이지 않았다. 어라? 예전에는 덥석 미끼를 물곤 했는데…….

의아한 마음에 소파에 기대는 듯한 자세로 탁자 쪽을 돌아보자, 등을 구부리고 앉아 입을 삐죽거리는 코마치가 보였다. 탁자 위에 놓인 손은 힘없이 오므려진 채였다.

"……그래 봤자 소용없단 말야."

그 목소리에는 아까처럼 장난스러운 기색은 없었다. 살짝 토라진 듯한 말투가 어린 시절의 코마치를 연상시켰다.

"무슨 일 있었냐?"

"아니."

대답하는 코마치의 목소리는 퉁명스러웠다. 하지만 그 짧은 대답이 오히려 뭔가 하고 싶은 말이 있다는 느낌을 주었다.

그래서 참을성 있게 코마치가 입을 열기만을 기다렸다. 그렇게 장장 1분여가 흘렀으려나. 벽에 걸린 시계 초침 이외에, 뭔가 소리를 내는 거라곤 거리를 달리는 자동차뿐이었다.

이윽고 코마치가 체념한 기색으로 한숨을 푹 쉬었다.

"……그게, 쉴 때도 밥 먹을 때도 자려고 누워 있을 때도, 이거 안 했다 저거 못 했다 뭐 그런 생각만 자꾸 나."

코마치가 조곤조곤 말을 이어갔다. 그러는 사이에도 코마치가 내 쪽을 보는 일은 없었고, 그저 살짝 오므린 자기 손만 내려다보고 있었다.

"시간에 못 맞추면 어쩌나, ……떨어지면 어쩌나, 하고……."

그 주먹에 힘이 잔뜩 들어갔다. 그것을 부드럽게 다독이듯, 최대한 느긋한 말투로 대꾸했다.

"그렇게 걱정할 필요 없어. 게다가 사립 쪽은 붙었잖아."

"하지만 거긴 가고 싶지 않은걸."

코마치가 고개를 홱 반대편으로 돌려버렸다. 저러고 있으면 표정은 살필 수가 없다. 그리고 띄엄띄엄 풀죽은 음성이 들려왔다.

"비싼 돈 내고 다니기도 싫은 학교에 가다니, 바보 같은 짓이고……. 아빠한테도 미안하고."

우리 집은 맞벌이라 그럭저럭 여유가 있다. 솔직히 사립 고등학교 학비 정도는 계산에 넣어뒀을 거다. 하지만 지금 코마치가 하고 싶은 말은 돈 이야기가 아니겠지.

그나저나 아빠한테 미안하다라. 평소에는 그렇게 못마땅해하면서, 이럴 때는 어김없이 그 이름이 언급된다.

그야 코마치도 진심으로 아버지를 싫어하는 건 아닐 테지.

지금은 입시 스트레스가 극에 달한 탓에, 평상시에는 꼭꼭 숨겨두는 본심에 가까운 부분이 무심결에 흘러나오고만 거다.

"게다가 떨어졌다든가, 그런 소리 듣는 것도 싫고……."

그 목소리가 가늘게 떨렸다.

코마치는 밝은 성격에 항상 웃는 얼굴인, 야무진 여동생이다. 집안일은 물론이거니와 못난 오빠마저도 꼼꼼하게 챙겨준다. 그러니 학교에서도 늘 그렇게 밝은 모습을 보여 왔을 테지.

다만 그런 코마치도 겨울방학 때는 친구들과 거리를 두려는 기색이 역력했다. 그 배경에는 나로서는 짐작도 못 할 인간관계의 알력과 중압감이 존재할 게 분명하다.

밝으면 밝을수록, 그 빛을 잃어버렸을 때의 낙차는 커지기 마련이다. 사립 고등학교는 이미 합격자 발표를 시작했고, 교실에서 동급생의 합격 여부가 화제에 오르는 경우도 많을 거다. 여느 때 같으면 대수롭지 않게 여길 사소한 말 한마디의 가시가, 심장을 꿰뚫는 날카로운 창끝으로 탈바꿈한다.

그래서 사람들로부터, 현실로부터 거리를 두려고 애쓴다.

끊길 듯 말 듯 흘러나오던 코마치의 목소리가 잦아들며, 그 대신에 코를 훌쩍이듯 나직한 숨소리가 들려왔다.

천천히 소파에서 몸을 일으켜, 코마치 앞에 앉았다.

"그래, 고교 입시는 분명 중요해. 여기서 삐끗했다간 상당히 격차가 벌어질 거고, 중학교 때 친구들하고도 왠지 얼굴을 마주하기가 껄끄러워질 테니까."

"응……."

크게 공감이 가지 않는지, 코마치가 떨떠름하게 대꾸했다. 이런 이야기는 학교에서도 학원에서도, 심지어는 부모에게서도 귀 따갑게 들었을지 모른다. 하지만 그럼에도 꿋꿋이 말을 이었다.

"하지만 대학 입시는 그보다 더 중요하고, 취직은 아마 더더욱 중요할걸. 그리고 그때마다 친구들은 줄어들 테고, 뭣보다 거기서 삐끗했다간 고생문이 열리겠지."

"으, 으응⋯⋯."

당혹감이 묻어나는 그 목소리에, 충분한 확신을 담아 대답했다.

"하지만 그래도 괜찮아."

그러자 코마치가 고개를 들었다. 그 눈기는 희미하게 젖은 채였고, 표정에서는 조금 놀란 기색이 엿보였다. 그런 얼굴을 보니 어린 시절의 기억이 떠올라, 저도 모르게 미소를 짓고 말았다.

"거꾸로 말하면 막판에만 잘하면 되는 거니까. 야구의 포스트시즌이나 마찬가지랄까? 좋은 고등학교나 대학교에 가는 건 정규시즌에서 1위를 차지했을 때 주어지는 혜택 같은 거라고. 유리하게 작용하긴 하지만, 그것만으로 모든 게 결정되는 건 아냐."

예전에 3위로 시즌을 마감했으나 그 후 포스트시즌의 단기전에서 승리하고, 끝내는 우승의 영광마저 거머쥐었던 팀이 있었다. 무슨 일이 일어날지는 알 수 없다. 지고 있는 상황에서 대타가 쳐낸 매가리 없는 3루 땅볼이 내야 안타가 되어, 득점 찬스로 연결될지도 모른다. 인생과 야구는 각본 없는 드라마니까.

그렇게 열변을 토하려고 했으나, 코마치는 야구에 별로 관심이 없는 눈치였다. 중간부터는 듣는 건지 마는 건지, 대답도 없이 내 얼굴만 멀뚱히 쳐다보았다.

으음, 내 오빠 레이더에 따르면 아무래도 코마치가 원하는 건 이런 이야기가 아닌가 보다.

달리 무슨 말을 해야 할지 좀처럼 감이 잡히지 않아, 뒤통수를 벅벅 긁다가 일단 생각나는 대로 주워섬겼다.

"저기, 그 뭐냐……. 정 안 되면 너 하나쯤은 내가 어떻게든 책임져주마."

"오빠……."

"한 명이 얹혀사나 두 명이 얹혀사나 달라질 건 없으니까. 엄마아빠한테는 내가 손이 발이 되도록 빌어보마."

"기왕이면 열심히 일하겠다고 말해줬으면 했는데……."

코마치가 그렇게 말하며 눈가를 살짝 훔치고는 피식 웃었다.

"그건 나로서는 최후의 수단이거든. ……단지 내 입으로 말하긴 뭣하다만, 네 오빠는 제법 유능하다고. 어지간한 건 다 할 수 있어. ……그러니까 안심해라."

가만히 코마치 머리로 손을 뻗어 가볍게 툭 치고는, 머리카락을 부스스하게 헝클어뜨렸다.

"있잖아, 오빠. 코마치, 오빠를 보고 있으면……."

코마치가 내 손에 자기 손을 포개며, 아직 희미하게 젖은 눈동자로 내 눈을 바라보았다. 그 상태로 잠시 말을 끊더니, 맥 빠진 기색으로 한숨을 쉬었다.

"고민하는 게 바보처럼 느껴져……."

그리고 찰싹 내 손을 쳐냈다.

"……그거 다행이네."

하여튼 이 녀석, 조금만 잘해주면 이 모양이라니까……. 물론 그런 점도 귀엽지만 말입니다. 으음, 하지만 이 오빠가 기대했던 귀여움과는 약간 다르단 말이지요…….

"에휴, 관두자 관둬. 자, 그럼 어디 공부나 해볼까?"

완전히 평소 페이스로 돌아온 코마치가 끼익 의자를 밀어 젖히며 일어서더니, 총총히 거실을 나서려 했다. 그러나 문고리를 잡더니 그 자리에 멈춰 섰다.

"고마워."

불쑥 내뱉고는 잽싸게 거실에서 빠져나가 거칠게 문을 닫았다. 문 너머에서 탁탁 평소보다 부산스러운 슬리퍼 소리만이 들려왔다.

×　×　×

이튿날 방과 후. 나와 유키노시타, 유이가하마는 회의실 앞에 섰다.

어제 히라츠카 선생님께 부탁받은 학생회 후방 지원, 즉 진로 상담회 준비 작업 때문이다. 나 혼자 가도 된다고 했지만 결국 딱히 할 일도 없다는 결론에 이르러, 셋이서 힘을 합쳐 후딱 끝내버리자! 라는 분위기가 조성되고 말았다.

이 회의실에 오는 건 문화제, 아니 체육대회 이후로 처음이다.

문고리를 잡으니, 자물쇠는 이미 열려 있었다. 아마 잇시키를 비롯한 학생회 임원들이 먼저 도착한 거겠지. 노크를 하니 살짝 늘어지는 목소리로 들어오세요~ 라는 대답이 돌아왔다. 문을 열자, 창가에 있던 잇시키가 이쪽을 돌아보았다.

"아, 선배님!"

느·으·려~! 라고 외치듯 총총히 달려온 잇시키가 내 소맷자락을 붙잡으려 했다. 그러다 내 뒤에 있는 두 사람을 발견하고는 다소곳이 고개를 숙였다.

"그리고 두 분도 와주셔서 감사해요~."

"이로하, 야헬롱~!"

"우리는 뭘 하면 되니?"

그 인사에 유이가하마가 싹싹하게 화답했고, 유키노시타는 회의실을 빙 둘러보았다.

덩달아 나도 회의실 안을 쭉 훑어보았지만, 아무래도 아직 디폴트 상태 그대로인 눈치였다. 책상은 기다란 ㅁ자로 늘어선 상태였고, 그 주위로 의자들이 가지런히 놓여 있었다.

"진로 상담회를 할 거니까, 일단 그 포맷에 맞게 책걸상을 재배치해야 돼요~. 덤으로 우리 학생회는 그 행사의 입회자랄까, 보조 스태프 같은 느낌이고요."

"흐음, 그거 꽤나 장기전이 되겠구만."

내 말에 잇시키가 힘없이 어깨를 떨궜다.

"맞아요, 이것도 학생회 업무라고 해서요……. 진짜 완전 허드렛일 전문이라니까요~."

"그야 학생회가 원래 그런 데 아니냐……."

"그런 이야기 못 들었다고요~. 휴우, 누구 씨가 회장이 되라고 등 떠밀지만 않았어도……."

흘끔, 흘끔흘끔흘끔. 잇시키가 일부러 티 나게 나를 곁눈질했다.

"짜증 나게 뭔 짓이냐……. 게다가 너 말만 그렇지. 착실하게 제 몫을 다하고 있잖아."

"……그, 그야 일이니까요."

뭔가 거북한 기색으로 몸을 뒤틀던 잇시키가 시선을 홱 돌려 나를 외면했다. 그리고는 흠흠 헛기침을 하더니 손맡의 서류를 팔랑팔랑 넘기며 말했다.

"아, 아무튼! 책상 걸상을 옮기고, 칸막이를 설치해서 개별 부스를 여섯 개 만들어주세요. 선배님과 부회장은 무거운 짐을 좀 날라주시고요."

알겠어여! 하고 마음속으로 가로 브이☆를 그려 보이며 고개를 끄덕이자, 잇시키도 힘주어 고개를 끄덕이고는 유키노시타와 유이가하마를 돌아보았다.

"그리고 여자 분들은 의자 정리를 부탁드릴게요. 의자는 튜터(チューター, 츄타) 쪽에 하나, 재학생 쪽에 두 개씩 놓아주시고요. 시간이 남으면 튜터들이 마실 차를 준비해주세요."

잇시키가 서류를 들여다보며 후속 지시를 내렸다. 행동거지가 놀라울 만큼 빠릿빠릿한 게, 회장 노릇에 도가 튼 눈치였다. 그 말에 머리를 양갈래로 땋은 안경 소녀 서기 양이 힘차게 고개를 끄덕였다.

　한편 고개를 갸웃하는 사람도 있었다. 물론 유이가하마였다.

　"튜터? ……생쥐?[#28]"

　"애완동물 이름이 아니라고……."

　냥타나 햄조나 타조나 백조 같은 게 아냐. 뭐라고 설명해야 되나 고민하는데, 유키노시타가 쓰윽 한 발짝 앞으로 나섰다.

　"튜터. 보통 조언자 역할을 수행하거나 학습 지도를 보조하는 사람을 가리켜. 이 경우에는 상담에 응하는 사람을 말하는 게 아닐까?"

　"네, 맞아요. 선생님들 말고도 졸업생과 추천 입학이 결정된 3학년 선배님들이 와주시기로 했어요~."

　"졸업생……?"

　그 말을 들은 유키노시타가 인상을 썼다. 신기한걸, 나도 방금 너하고 똑같은 상상을 한 것 같거든. 자고로 불길한 예감일수록 잘 들어맞는 법이다.

　"그럼 저는 튜터 분들을 모시러 갔다 올게요. 부회장, 뒷일을 부탁할게요."

　그 말을 끝으로 잇시키가 회의실을 뒤로했다. 남겨진 우리는 부회장의 지시에 따라 작업을 진행해나가기로 했다.

　힘을 합쳐 칸막이를 나르던 도중, 부회장이 미안한 표정으로 입을 열었다.

　"미안해, 덕분에 살았어. 행사장 세팅만 좀 거들어줄 사람

#28 생쥐 만화 「감바의 모험」에 등장하는 생쥐 캐릭터 츄타(忠太)를 말함.

이 필요했거든."

"아, 괜찮아. 할 일이 정해져 있는 것만 해도 어디냐."

지난 크리스마스 이벤트 때는 할 일조차 정해지지 않은 상태였기에 홍역을 치렀다. 그때에 비하면 상황은 훨씬 나아졌다. 잇시키의 의욕도, 학생회 멤버들 간의 거리감도. 그리고 우리들의 관계도.

계기야 뭐가 됐든, 지금처럼 무거운 짐을 함께 짊어지고 한 발 한발 나아갈 수만 있다면 그 양상을 바꿔나갈 수 있다.

책상을 옮기고 칸막이를 세우자, 여자들 쪽의 소소한 작업만 빼고 준비가 완료되었다. 요령 좋게 척척 일을 처리한 덕분인지, 행사 시작 시각까지는 아직 다소 여유가 있었다.

한발 먼저 도착했는지, 회의실 입구에서 서성대며 교실 안을 기웃거리는 사람을 발견했다. 문 앞을 지나칠 때마다 낯익은 포니테일이 흔들렸다.

쟤 이름이 혼다, 아니 스즈키…… 아니면 야마하? 분명 뭔가 바이크 비슷한 이름이었는데. 저 살짝 불량해 보이는 외모부터가 그야말로 바이크라는 느낌. 바이크, 바이크…… 바이크, 카와사키, 바이크? 그래, 아마도 카와사키가 맞을 거다.

들어가도 될지 망설이는 기색이길래, 가서 이야기해주기로 했다.

"저기, 아직 좀 더 기다려야 될 거 같다만."

"……그래."

말을 걸자, 카와사키가 움찔 몸을 굳혔다. 돌아온 대답도 무진장 짧고 무뚝뚝했다. 저 녀석, 항상 저런 식이란 말이지…….

어쨌든 그냥 우두커니 서서 하염없이 기다리라고 하는 것도 기껏 와준 사람에 대한 예의가 아니다. 그래서 행사장 세팅이 끝날 때까지 심심풀이 말동무를 해주기로 했다.

"근데 너, 이런 진로 상담회 같은 데도 오는구나."

"이, 일단은……."

카와사키가 우물쭈물 대답했다. 저런 반응을 보일 때는 그냥 평범한 여자애라는 느낌인데. 험악한 이미지와 달리, 이런 진로 상담 같은 데는 빠짐없이 참석하는 게 착한 아이 같구나. 이 아저씨는 그런 부분을 높이 산단다. 암, 그렇고말고.

말 나온 김에 카와사키한테도 진로에 대해 물어볼까. 참고가 될지는 모르겠지만.

"그러고 보니 너 진로는 어쩔 거냐?"

"뭐? 나? 나는…… 국공립 문과나 뭐 그런 쪽으로 갈까 하는데……."

"뭔가 구체적인 것 같으면서도 애매하구만……."

지망 학교를 정하기 일보 직전까지 간 것치고 그 말투에는 확신이 없었다. 떨떠름한 반응에 카와사키가 눈을 가늘게 뜨고 나를 노려보았다.

"뭐야, 불만 있어?"

"없습니다요. 없고말고요."

반사적으로 존댓말을 쓰고 말았다. 그 살짝 호전적인 태도, 어떻게 좀 안 되냐……. 저한테 불만이 있을 리 없잖습니까.

그렇게 무림 고수처럼 살벌한 오라를 뿜어내는 건 삼가주시면 안 되겠습니까. 폭렬권 정도는 쓸 줄 알 것 같단 말이지, 저 녀석······.

"이미 결정했으면 굳이 올 필요도 없는 거 아니냐?"

"······성적이 미묘해서, 그 점에 관해 문의하고 싶었을 뿐이야."

딱 부러지는 대답이었지만, 그 음성에서는 자신 없는 기색이 엿보였다. 아무래도 국공립을 노린다는 전제조건에는 흔들림이 없나 보다.

아하, 그래. 저 녀석 형제가 많았지. 집집마다 제각기 사정이라는 게 있는 법이다.

어느 집에나 다 사정은 있다. 그 점은 하야마나 유키노시타도 마찬가지일 테지. 카와사키의 경우, 그 사정은 바로 형제가 많다는 거겠지. 앞일까지 내다보고 국공립을 지망하는 셈이다. 하긴 카와사키네 막내 여동생은 아직 어린이집에 다닐 나이니까. 국공립으로 진학해서 나쁠 거야 없다. 거참 착한 언니일세. 어느 집 언니 분하고는 천지차이로군요······.

"그러고 보니 네 여동생, 잘 지내냐? 뭐더라, 미이라고 했던가?"

"뭐(はあ, 하아)? 그게 누구야?"

카와사키가 도끼눈을 뜨고 나를 째려보았다. 그, 그냥 이름을 좀 헷갈린 것뿐이잖아······. 저 시스콘 같으니라고······. 그나저나 뭐였더라, 걔 이름. ······하아였나? 아니, 그건 날 말하는 거였지. 하치만이라서 하아였고. 그럼 카아인가? ……
그건 엄마(母ちゃん, 카아짱)고.

그렇게 유추를 거듭한 끝에 어디선가 들어본 적이 있는 이
름에 도달해 아, 하고 손바닥을 쳤다.

"아하, 사아였지."

그 순간, 침묵이 내려앉았다. 잠시 후, 정신을 차린 카와사
키가 스슥 뒤로 물러섰다. 그리고 얼굴을 새빨갛게 물들이며
따발총처럼 쏘아붙였다.

"뭐어?! 어째서 너한테 사아라고 불려야, 그럴 이유 없거
든?!"

"아, 맞다. 사키였나."

저 녀석, 그래서 사아언니라고 불렸던 거로군. 납득했다. 그
러나 카와사키는 전혀 납득이 가지 않는지, 한 발짝 더 물러
섰다.

"뭐, 뭐어?!"

거참 뭐어뭐어 시끄럽구만. 네가 무슨 절 태생의 T씨냐[29]
카와사키니까 K씨인가? 아, 그래. 케이였다.

"케이였지, 케이. 생각났다고."

내 말에 카와사키가 눈을 부라리며 내게 험악한 시선을 보
내왔다.

"또 까먹으면 맞을 줄 알아."

"아, 알았어……."

말 못해…… 여동생 이름은 고사하고, 카와 어쩌고 양의 이름조차도 엄청 헷갈린다고는 말 못해……. 그나저나 여동생 이야기가 나오자 카와사키의 기분도 다소 누그러졌는지, 아까하고는 전혀 딴판인 소심한 목소리로 입을 열었다.

"그게, 또 만날 일이 생길 경우의 이야기지만…… 케이, 아니…… 케이카하고 놀아줘."

"어, 그래. 그럴 기회는 없을 거 같다만, 만나게 된다면."

"응……."

숫기 없는 대답에 고개를 끄덕여 보이자, 회의실 문이 찰칵 열리며 유이가하마가 쓱 고개를 내밀었다.

"힛키, 준비 다 됐어."

그러다 카와사키를 발견한 유이가하마가 안녕~ 하고 손을 흔들었다. 카와사키도 인사를 할 요량인지, 말없이 살짝 고개를 숙여 보였다.

"진로 상담 땜에 왔어? 들어와, 들어와~."

유이가하마가 그렇게 말하며 카와사키를 안으로 불러들였다. 그 모습을 바라보며, 회의실 문을 활짝 열어젖혔다. 이렇게 해두면 나중에 오는 다른 학생들도 드나들기 편하겠지.

도어 스토퍼를 고정하려고 쪼그려 앉자, 머리 위에서 나직한 목소리가 날아들었다.

"저기, 그러고 보니 못 들은 거 같은데. ……네 진로."

고개를 돌리자, 얼굴만 이쪽으로 향한 채 대답을 기다리는 카와사키가 보였다.

"난 사립 인문계다만."

"그래, 문과구나."

카와사키가 심드렁한 말투로 그렇게 대꾸하고, 유이가하마가 손짓하는 쪽으로 걸어갔다. ……뭐 같은 문과니까. 혹시 내년에 같은 반이 되기라도 하면, 여동생과 또 얼굴을 마주할 기회가 생길지도 모른다. 그렇게 되면 놀아줘도 괜찮겠지.

×　×　×

카와사키가 찾아온 후로, 다른 학생들도 하나둘씩 모습을 드러내기 시작했다. 흘끗 시계를 보니, 슬슬 시작할 때였다.

활짝 열어놓은 문 너머, 복도 쪽에서 떠들썩한 이야기소리가 들려왔다. 그러자 옆에 있던 유키노시타가 잠자코 그 음성에 귀를 기울였다. 유이가하마도 뽀르르 이쪽으로 다가오더니, 의아한 눈빛으로 문 쪽을 바라보았다.

내게도 귀에 익은 목소리였다. 잠시 후, 그 목소리의 주인공이 잇시키 이로하를 대동하고 회의실로 들어섰다. 예상대로 역시 유키노시타 하루노였다. 뒤따라 들어오는 메구리 선배의 모습도 보였다.

나를 발견한 하루노가 살갑게 손을 흔들었다.

"와, 히키가야잖아? 햣헬롱~!"

"안녕하세요."

가볍게 고개를 숙여 인사하자, 하루노가 만족스럽게 웃더니 유키노시타 쪽을 돌아보았다. 유키노시타는 그 시선을 의연하게 받아냈다. 두 사람의 시선이 뒤엉켰다.

　"……언니."

　"유키노도 왔구나. 그래그래, 오늘은 이 언니가 이것저것 상담해줄게."

　장난스러운 대꾸에 유키노시타가 살짝 눈살을 찌푸렸다. 일촉즉발의 긴장감……. 그러니까 너희들, 그런 건 집에 가서 하라고…….

　그 살벌한 분위기를 재빠르게 감지한 유이가하마가 유키노시타 옆으로 다가가, 하루노에게 말을 걸었다.

　"아, 졸업생이라는 게 역시 하루노 언니였군요!"

　"맞아맞아. 뭔가 약소하나마 사례도 한다길래…… 와버렸지롱♪"

　하루노가 무척 유쾌해 보이는 미소를 지었다. 저 사람, 사실은 무진장 한가한 거 아닌가? 친구 없는 거 아냐……? 그런 의심이 고개를 쳐들었으나, 사실 하루노는 사람들에게 인기 있는 타입이다. 오늘도 그 신봉자를 한 명 늘렸는지, 잇시키가 그 옆에 찰싹 달라붙어 반짝반짝 빛나는 눈망울로 하루노에게 말을 걸었다.

　"무척 훌륭하신 선배님이 와주셔서 정말 다행이에요~!"

　"그래? 별로 대단할 것도 없는데?"

　가볍게 겸손을 떨어보지만, 하루노의 여유로운 미소에는

자신감이 가득했다. 그 표정은 어딘가 요염한 느낌마저 주었다.

"천만에요, 하루 선배님, 진짜 멋져요! 선망의 대상이라니까요! 나도 하루 선배님처럼…… 하고요."

"고마워~!"

하루노가 잇시키를 와락 끌어안고 머리를 쓰다듬었다. 그 품속에서 잇시키가 씨익 음흉한 미소를 지었다. 엇, 설마 저 녀석, 유력자에게 빌붙어 그 노하우를 얻어내겠다는 심산인가……?

그러나 상대방도 만만치 않은 터라, 하루노가 잇시키의 머리를 쓰다듬으며 키득 고혹적인 미소를 지었다. 마치 그깟 얄팍한 계산쯤은 전부 꿰뚫어보고 있다는 듯.

섬뜩한 장면을 목격하고 말았다……. 부디 잇시키는 하루노처럼 되지 않기를 바랄 뿐이다. 하지만 그런 으스스한 광경도 보는 사람에 따라서는 좀 다르게 느껴지는지, 메구리 선배는 생글생글 웃으며 그 모습을 지켜볼 따름이었다.

치유의 파동, 포근포근 팟팟 메구메구메구☆링 메구링 파워에 의해 내 마음도 한결 메구리시된 기분이 들었다.

내가 보고 있음을 알아차린 메구리 선배가 인사를 하려는 생각인지, 손을 흔들며 타박타박 이쪽으로 다가왔다.

"히키가야, 왠지 오랜만이네."

"아, 네에……. 선배도 불려 온 거예요?"

"응. 난 지정교 추천을 받기로 했으니까."

그런 이야기가 오가기 시작하자, 유이가하마가 후다닥 끼어

들었다.

"지, 지정교 추천이란 게 뭔데요?"

"지정교 추천이란 대학 측이 특정 고교를 지정해서 추천 인원을 할당하면, 고교 측에서 그 규정된 선발 요건을 충족하는 학생을 선택하여 추천하는 제도를 말해. 자기 추천과는 달리 합격률이 상당히 높은 게 특징이지."

유이가하마의 의문에 어찌 된 영문인지 유키노시타가 대답했다. 메구리 선배는 흠흠 고개를 끄덕이며 그 설명을 들었다.

"역시 유키노시타구나, 잘 아네! 우리 학교 정도면 제법 괜찮은 대학의 추천이 들어오거든. 교내에서 우수한 성적을 거두면 추천을 받을 수 있어."

후훗 웃으며 살짝 뻐기듯 가슴을 펴는 메구리 선배가 귀엽다. 아아, 메구리시된다…….

하지만 이 선대 학생회장, 단순히 포근하기만 한 건 아니다. 주어진 일은 착실하게 해내는 성격이다. 안 그러면 지정교 추천 같은 건 못 받지. 그 야무진 메구리 선배가 흘끗 시계를 보았다. 이제 몇 분 후면 시작할 시간이다.

여전히 하루노와 시시덕대느라 바쁜 잇시키 옆으로 타박타박 다가간 메구리 선배가 물었다.

"회장, 이제 우리는 어떡하면 될까?"

"아, 그럼 시로메구리 선배님은 맨 끝에 있는 부스를 쓰시고, 하루 선배님은 그 옆에…….

현실로 되돌아온 잇시키가 자리를 배정해주는 사이, 유키노시타가 다시 흘끗 시계를 곁눈질했다. 그리고 하루노를 향해 말했다.

"언니, 잠시 이야기 좀 할 수 있을까?"

"응? 왜~?"

"물어보고 싶은 게 있어서. 히키가야, 유이가하마. 너희들도 잠시만 시간을 내주겠니?"

그렇게 말하며 유키노시타가 우리를 회의실 구석으로 이끌었다. 물어보고 싶은 게 있다는 말에 우리 둘을 함께 불러냈다는 점에서 대충 감을 잡았다. 하루노에게서 하야마의 진로에 관한 정보를 캐낼 요량인 거겠지. 따지고 보면 교내외를 통틀어, 하야마와 가장 오랫동안 알고 지낸 사람은 바로 하루노다. 그러니 유키노시타의 생각에도 일리가 있다.

회의실 구석. 남들의 시선을 피하듯 우리를 한데 불러 모은 유키노시타가 단도직입적으로 물었다.

"하야마의 진로에 대해 뭔가 짐작 가는 거 없어?"

전혀 예상치 못했던 질문이었는지, 하루노가 두세 번 눈을 깜빡였다. 하지만 이내 훗, 하고 희미한 냉소를 흘리며 입을 열었다.

"하야토의 진로? 뭐야, 고작 그거였어?"

시시하다는 듯한 그 말투는 뭔가 알고 있다는 느낌도 풍겼다. 그 뉘앙스를 예리하게 캐치한 유키노시타가 재차 물었다.

"뭔가 알고 있어?"

"글쎄? 관심 없으니까 물어본 적도 없어. 어차피 뻔할 테니까.”

되돌아온 대답은 냉랭했다. 하루노가 어이없다는 듯 긴 한숨을 내쉬었다. 그리고 유키노시타를 향해 심술궂은 미소를 지었다. 그 눈동자에는 가학적인 검은 광채가 어른거렸다.

“……뭣보다 유키노 너라면 나한테 물어보지 않아도 알 거 아니야?”

“알면 언니에게 물어보지도 않았어.”

마찬가지로 차가운 눈빛과 예리한 음성으로 유키노시타가 맞받아쳤다. 도발적인 그 말투에 하루노가 살짝 눈살을 찌푸렸다.

하지만 금세 표정을 풀고 냉정한, 그러면서도 모질지는 않은 차분한 목소리로 대꾸했다.

“스스로 잘 생각해보렴.”

“……”

어딘가 타이르는 듯한 말투에 유키노시타가 할 말을 잃었다. 유이가하마도 눈을 휘둥그렇게 뜨고 하루노를 바라보았다. 나 역시 조금 놀랐다. 악의도 적의도 느껴지지 않는, 그럼에도 틀림없이 선의는 아닌, 애정이라 부르기에는 다소 매몰찬 음성이었다.

혀를 빼꼼 내밀어 보인 하루노가 다시 조롱하듯 섬뜩한 미소를 지었다.

“혼자서도 잘할 수 있게 됐나 싶으면 도로 옛날처럼 남한테 의지하지. 어릴 때는 그런 점도 귀여웠지만 말이야~. 아참, 맞다. 그것보다 유키노, 네 진로는 어떡할 거야?

그 물음에 유키노시타도 정신을 차렸다. 어깨에 내려앉은 머리카락을 넘기며, 하루노에게 도도한 시선을 보낸다.

"언니에게 알려줄 의무는 없다고 생각하는데."

"엄마가 궁금해한단 말이야. 이럴 때 말고는 좀처럼 물어볼 기회도 없고. 유키노는 중요한 이야기는 전혀 해주지 않는걸. 언니는 곤란하다구~."

하루노가 뺨에 손을 얹으며 쓴웃음을 지었다. 장난기 어린 말투였지만 그런 살가움은 이내 자취를 감추었고, 그 대신 흘 끗 나를 곁눈질했다.

"……그렇지? 히키가야."

"엇, 그게……."

갑자기 이름을 불리는 바람에 말문이 턱 막혀버렸다. 다 안 다는 듯한 하루노의 시선이 나를 옭아매고 놓아주지 않았다. 입술을 질끈 깨물고 고개를 숙이는 유키노시타의 모습이 시 야 한구석에 들어왔다.

"……언니하고는 상관없는 일이잖아."

"매정하긴. 아참, 맞다. 자아, 히키가야. 이 누나에게 상담 해보렴, 이것저것! ……뭐든지 다 가르쳐줄 테니까, 응~?"

내 볼을 손가락으로 꾸욱 누르며 내 얼굴을 가만히 들여다 본다. 실내라서 그런지, 밖이라면 머플러로 가려질 위치의 속 살이 설핏 드러났고, 달콤한 향수 냄새가 훅 끼쳐 와서 가까 워 가까워 가깝다고!

"아뇨 그게, 전 이미 결정했거든요……?"

다가온 거리만큼 정확하게 한 발짝 물러서며 한껏 몸을 뒤로 젖히자, 하루노가 심통 난 듯 뺨을 부풀렸다. 그리고 김샜다는 표정으로 피이 바람 빠지는 소리를 내더니, 다시 유이가하마를 돌아보았다.

"에이, 뭐야. 그럼 가하마라도 괜찮아."

"꿩 대신 닭이에요?!"

완전히 찬밥 취급을 당한 유이가하마가 비통하게 부르짖자, 하루노가 키득키득 웃었다.

그러는 사이, 잇시키와 메구리 선배가 우리 쪽으로 다가왔다. 하루노를 데리러 온 거겠지. 상담회가 곧 시작될 테니까.

당연한 이야기지만 시간에 딱 맞춰 오는 학생들도 있어, 회의실은 빠른 속도로 활기를 띠기 시작했다.

그러다 문득 그 속에서 하야마 일행을 발견했다. 아마 같이 있는 토베나 미우라를 따라온 거겠지.

물론 저쪽도 우리의 존재를 알아차렸다. 구석에 있기는 하지만, 외부인인 하루노는 아무래도 주위의 시선을 끌 수밖에 없다.

하야마가 입구 부근의, 우리하고는 조금 떨어진 위치에서 입을 열었다.

"하루노 누나……."

"아, 하야토다."

하루노가 반갑게 손을 들어 알은척을 했다. 그러자 회의실

의 술렁거림이 한층 커졌다. 그 반응에 하루노가 고개를 갸웃
했다.

"뭔가 기묘한 시선이 느껴지는데?"

"그야 댁은 눈에 띄잖습니까."

대놓고 말하지는 않지만, 객관적으로 볼 때 하루노는 그냥
길거리를 걷고만 있어도 저절로 눈길을 사로잡는 미인이다.
학교라는 삭막한 환경 하에서는 더없이 눈에 띄기 마련이다.

하지만 내 설명에도 하루노는 뭔가 석연치 않은 표정을 지
었다.

"으음, 그거랑은 좀 다른 느낌인데⋯⋯?"

"아, 그것 때문이려나요? 그 소문요."

잇시키가 생각났다는 듯 한마디 하자, 메구리 선배가 대번
에 반응을 보였다.

"아하, 그 소문 말이지? 뭔가 멋지지 않아? 나도 그런 이야
기 좋아하거든."

"소문? 그게 뭔데? 이로하."

그 단어에 민감하게 반응한 하루노가 생긋 웃으며 잇시키
를 돌아보았다.

"아, 그게요⋯⋯."

질문을 받은 잇시키가 말해도 될지 망설이는 기색으로, 언
짢은 표정의 유키노시타와 조금 떨어진 곳에서 잡담을 나누
는 하야마를 번갈아보며 말문을 흐렸다.

하지만 그런 잇시키를 구슬리듯, 하루노가 그 어깨에 살포

시 손을 얹었다.

"가르쳐줄래?"

잡다한 말들을 덧붙이지는 않았다. 그만큼 그 한마디의 무게감이 컸다. 하루노는 변함없이 웃는 얼굴로 그저 묵묵히 잇시키가 대답하기를 기다렸다. 그렇게 몇 초간의 침묵이 싹트자, 잇시키도 결국 포기했는지 주위의 반응을 살피며 소곤소곤 하루노에게 귓속말을 했다.

하루노는 무척 흥미로운 표정으로 흠흠 맞장구를 치며 그설명에 귀를 기울였다. 아아, 저 사람이 알게 되면 걷잡을 수없는 사태가…….

그러나 하루노의 반응은 상상했던 것과 전혀 딴판이었다.

"뭐야, 그거였어? ……그딴 거, 옛날 옛적에 거쳐 온 길이잖아."

시큰둥한 목소리로 중얼거리더니 잇시키에게 고마움을 표했다. 그리고 흥이 깨졌다는 표정으로 발길을 돌렸다.

"메구리, 갈까?"

"네에~."

하루노가 메구리 선배를 데리고 지정된 부스로 향했다. 그리고 자리를 떠나기 직전, 고개를 돌려 우리를 향해 손을 흔들었다.

"그럼 이따가 봐~!"

그 표정과 몸짓은 쾌활했지만, 대조적으로 내 옆에 있는 잇시키의 미소는 어색했다. 이윽고 끼기긱 소리가 날 것처럼 뻣뻣한 움직임으로 나를 돌아본 잇시키가 후우 한숨을 쉬었다.

"무, 무서워라……. 역시 저분, 유키노시타 선배님의 언니가 맞아요. 틀림없다니까요!"

"누가 의심했다고 그러냐……."

"불쾌한 공통분모로 묶여버렸네……."

유키노시타가 두통을 참듯 관자놀이에 손을 얹으며 한숨을 쉬자, 그 어깨를 유이가하마가 가볍게 토닥였다.

"괜찮아! 유키농은 하나두 안 무서우니까!"

"그건 그것대로 뭔가 조금 바보 취급당하는 느낌이 드는구나……."

"앗, 그, 그런 거 아냐! 유키농은, 우움, 뭐랄까…… 귀엽다구!"

유이가하마가 주먹을 불끈 쥐며 역설하자, 유키노시타가 당황한 기색으로 슬그머니 시선을 돌렸다. 으음, 그나저나 댁들은 사이가 참 좋으십니다 그려…….

우여곡절 끝에 진로 상담회가 막을 올렸다. 다행히도 거들어달라는 분부를 받은 건 회의실 세팅까지다. 뒷일은 학생회에 맡겨도 되겠지.

"그럼 잇시키, 우리는 이만 가보마."

"네, 고생 많으셨어요~."

잇시키가 예의 바르게 꾸벅 고개를 숙였다. 정중한 인사에 고개를 끄덕여주고, 유키노시타와 유이가하마를 불렀다.

"그럼 부실로 돌아갈까?"

"그래."

"응, 알았어."

셋이서 회의실을 나서기 직전, 입구 쪽에 옹기종기 모여 있던 하야마 일행 곁을 지나쳤다. 흘끗 그쪽을 보니, 하야마는 친구들과 담소 중이었다.

"뜨어~ 상담이라니, 대체 누구한테 해야 되냐고~."

"네 차례가 오려면 아직 멀었잖아. 천천히 생각해봐."

토베의 말에 하야마가 쓴웃음을 지으며 말없이 회의실 앞쪽으로 시선을 향했다. 그곳에는 하루노가 있었다.

"있잖아……. 하야토, 저 사람하고 친해?"

미우라가 하야마가 아닌 하루노를 바라보며 조용한 목소리로 불쑥 물었다. 하야마는 살짝 놀란 기색으로 미우라를 돌아보았지만, 이내 빙그레 웃었다.

"……그냥 소꿉친구야."

그렇게 등 뒤에서 오가는 대화를 들으며, 부실로 돌아왔다.

×　×　×

부실 탁자 위에는 자그마한 탁상용 달력이 놓여 있다. 페이지의 대부분이 고양이 사진으로 도배된 상태이니, 굳이 따지면 달력이라기보다는 탁상용 고양이 사진집에 가까울 테지만. 아무튼 나는 그 달력과 눈싸움을 벌이며 끙끙대는 중이었다.

"……홍차, 다 됐어."

"어, 응. 땡큐."

달력을 노려보며 찻종지를 들어 홍차를 후루룩 마시는데, 옆에서 유이가하마도 그 달력을 들여다보았다.

"제출 기한이 얼마 안 남았네."

"그래. 근데 도무지 감이 안 잡힌단 말이지……."

그동안 몇몇 사람들에게 은근슬쩍 물어봤지만, 하야마의 진로를 파악할 만한 실마리는 찾지 못했다. 질문하는 방식에 문제가 있었는지도 모르지만, 그렇다고 너무 대놓고 물어봤다가 하야마 본인의 귀에 들어가면 곤란하다. 이미 본인하고 직접 담판을 지어 거절당한 전력이 있으니까. 하야마가 밝히기를 꺼리는 문제를 캐고 다닌다는 사실이 공공연히 알려지기라도 하는 날엔 입장이 난처해진다. 하야마가 나를 어떻게 생각하든 상관없지만, 상담한 사람은 미우라다. 미우라가 덤터기를 쓰는 상황은 피해야 한다.

남은 날짜를 따져보며 골똘히 머리를 굴리는데, 달그락 찻잔을 컵받침에 내려놓는 소리가 들려왔다.

고개를 돌리자, 유례없이 진지한 표정을 한 유키노시타가 보였다.

"히키가야. ……하야마네 부모님 이야기, 예전에 했었지?"

"그래. 변호사하고 의사랬지?"

"……어?! 진짜루?!"

처음 듣는 이야기인지, 유이가하마가 깜짝 놀랐다.

"몰랐냐?"

내 말에 유이가하마가 살짝 토라진 기색으로 입을 삐죽 내밀었다.

"그런 이야기, 보통은 안 하잖아……. 나 힛키네 부모님두 뭐 하시는지 모르는걸."

"우리 집은 둘 다 평범한 사축이다만."

"아, 우리 집하구 똑같네. 우리 엄만 그냥 가정주부시만……."

그래, 뭔가 그런 느낌이 들기는 한다……. 그 처참한 요리 솜씨와 희한한 데서 주부스러운 감각을 선보였던 전적을 생각하면 기묘하게 납득이 간단 말이지.

자라난 환경은 성격에 다소나마 영향을 미치기 마련이다. 나만 해도 맞벌이인 부모를 보고 자란 탓에 사축이 되는 데 거부감이 있거든. 물론 수입원이 둘이라 경제적으로 고생한 적은 없으니 감사할 따름이지만. 게다가 부모님의 영향인지, 나는 여성의 자립에 긍정적이라고 해도 과언이 아니다. 나중에는 코마치도 취직할 테니 수입원이 셋으로 늘겠군. 우리 집안의 앞날은 창창하다.

환상적인 가족계획을 머릿속에 그려보는 사이, 유이가하마가 이야기를 진행시켰다.

"그, 그럼 하야토는 가업을 잇는 거야?"

질문을 받은 유키노시타가 턱을 매만지며 고개를 갸웃했다.

"글쎄……? 하야마네 아버지도 법률 사무소를 운영하시고, 외할아버지는 개업의니까 가능성 자체는 있다고 보지만……."

"그렇다면 계열을 특정할 요소는 못 되겠는데……."

변호사든 의사든 자격증 취득은 필수다. 어느 한쪽밖에 택할 수 없다면 자연히 선택지가 좁혀지겠지만, 양쪽 다 가능성이 있다면 결국 또다시 미궁 속이다.

설명을 들으며 우움~ 하고 신음하던 유이가하마가 불쑥 고개를 들었다.

"그보다 그거, 어느 쪽을 택하든 대단한 거 아니야?"

"그렇지. 일반적으로 볼 때 유복한 가정이라고 생각해."

유키노시타가 고개를 끄덕였다. 하기야 의사나 변호사라고 하면 돈을 갈퀴로 긁어모은다는 이미지가 강하니까. 하야마네 집에 대해서 머리로는 알고 있었지만, 들으면 들을수록 새삼 굉장하게 느껴지는데. 그런 녀석이 왜 우리 학교에 다니는 거냐고. 더 좋은 사립을 가라고.

하긴 그렇게 따지면 저 녀석도 마찬가지인가. 그렇게 생각하며 유키노시타를 돌아보았다.

"근데 그거, 네가 할 말은 아니지 않냐?"

"캐시로 따지면 그쪽이 위일걸? 총자산이라면 또 모를까."

유키노시타가 별일 아니라는 듯 태연하게 대꾸했다. 떽, 꽃다운 처녀가 캐시니 총자산이니 하면 못 써요. 한편 유이가하마는 고개를 비스듬히 꼬고 허공을 보며, 혼자 뭔가 중얼중얼 뇌까리는 중이었다.

"캐시…… 카드?"

어라, 캐시 카드는 아는 모양이네? 장하다, 유이가하마. 다음에는 체크카드의 존재도 알려줘야지.

어쨌든 일단 유이가하마는 내버려두고, 지금은 하야마의 진로를 파악하는 데 주력하자.

우선 대전제로 대학에는 간다고 봐도 되겠지. 하야마는 학력평가 전교 2등의 수재다. 그런 하야마가 취업을 택했다면 교사들 사이에서 난리가 났을 텐데, 히라츠카 선생님의 이야기를 들었을 때 그런 느낌은 없었다.

여기까지는 문제가 없다.

하지만 알아내야 하는 건 하야마의 진로 그 자체가 아니다. 어디까지나 계열 선택에 관해, 즉 3학년 때의 하야마 하야토에 대해서다.

"……전혀 감이 안 잡히는데."

나직하게 중얼거리자, 마찬가지로 골똘히 생각에 잠겨 있던 유이가하마가 입을 열었다.

"문과 아닐까? 다들 왠지 문과루 갈 것 같구."

"으음, 뭐 그건 대충 상상이 간다만."

실제로 남들이 생각하는 하야마 하야토란 인물은 대강 그런 느낌이겠지. 문제를 일으키지 않고 누구하고나 잘 지내는, 심지어 자이모쿠자나 나 같은 스쿨 카스트 최하층에게도 친절하게 대하는 스타일. 문과에서 화기애애하게 사람들과 어울리는 모습은 여태까지 구축해온 하야마의 이미지와 딱 들어맞는다.

하지만 지금은 그 이미지에 균열이 생겨나기 시작했다. 그 사실을 어떻게 받아들여야 할지, 좀처럼 판단이 서지 않았다.

묵묵히 생각을 거듭하는데, 마찬가지로 침묵하던 유키노시타가 나를 향해 뭔가 하고 싶은 말이 있는 듯한 시선을 보내 왔다. 눈짓만으로 말해보라는 뜻을 전하자, 유키노시타가 머뭇머뭇 입을 뗐다.

"나는…… 이과, 라고 생각해……."

"웅? 왜?"

유이가하마가 묻자, 유키노시타가 자신 없는 표정으로 눈을 내리깔았다.

"근거라고 하기에는 턱없이 부족하고, 그게, 나와 관련된 이야기이기도 하지만……."

"……불편하면 굳이 이야기할 필요는 없어."

여전히 주저와 우려가 묻어나는 그 목소리에 무심코 만류하고 말았다. 그러나 유키노시타는 입을 열었다 닫기를 반복한 끝에, 마침내 결심을 굳힌 기색으로 고개를 들었다.

"저기, 그게…… 알아두어서 손해 볼 것은 없지 않겠니?"

하여튼 말주변이 없구만, 저 녀석. 하긴 나도 남 말 할 처지는 아니다만. 나와 유이가하마는 잠자코 자세를 가다듬고 유키노시타를 바라보았다. 그러자 유키노시타가 천천히 설명했다.

"하야마가 예전부터 우리 가족들과 친분이 있었다는 건 알지? 어릴 때는 언니까지 셋이서 자주 붙어 다니곤 했어. 언니가 저런 성격이다 보니, 하야마도 나도 언니가 시키는 대로 할 때가 많았거든……. 한마디로 언니의 영향을 받으며 자랐다고 해도 과언이 아니야.”

말을 마친 유키노시타가 나직하게 한숨을 쉬었다.

그것은 지난 크리스마스 시즌에 유키노시타가 들려준 이야기와 크게 다르지 않았다. 하지만 세 사람이 함께 있는 모습을 이 눈으로 보고, 지난날의 추억담을 이 귀로 들은 지금은 그 사실이 훨씬 실감 나게 와 닿았다.

하야마는 유키노시타 자매와 같은 시간을 공유해온 거다.

현재의 하야마 하야토. 그리고 과거의 하야마 하야토가 각자의 입을 통해 묘사되었다. 이제부터 생각해봐야 하는 것은 미래의 하야마 하야토. 다른 문제들은 일단 접어두기로 하자.

“우웅, 하루노 언니는 이과라구 했지? 그럼 이과일 가능성도 있겠네. 어릴 때의 경험은 꽤 강렬하니까.”

“그래. ……하지만 꼭 그렇다고 단정할 수도 없어서.”

유이가하마의 말에 유키노시타가 말꼬리를 흐렸다. 나와 유이가하마가 시선으로 그 뒷말을 재촉하자, 유키노시타가 “모순되는 것 같지만…….” 이라는 전제를 깔고서 말을 이었다.

“앞으로도 집안 간의 교류를 지속해나갈 생각이라면, 사무소를 물려받는 편이 더 효율적일 거라고 봐.”

“그러면 문과를 택해야 되는 거 아니냐?”

내 말에 유키노시타가 살며시 고개를 저었다.

“교류를 지속하는 방법은 또 있으니까…….”

그야 그렇다.

변호사가 아닌 다른 업종이어도 친분을 유지해나가는 건 가능하다. 아니면 반드시 사업적인 관계로 한정할 필요도 없다. 예컨대 혼인관계라든가. 지극히 현실감이 떨어지는 이야기지만, 가능성의 하나로 고려해보지 못할 것도 없다.

생각에 잠겨 있는데, 유키노시타가 부연설명을 하듯 덧붙였다.

"물론 하야마네 집안에서 어떻게 생각하는지, 나로서는 알수 없어. 그게 하야마의 진로에 영향을 줄 가능성이 있다는 것뿐. 하야마가 부모님의 뜻을 거슬렀다는 소리는 들어본 적이 없으니까."

"아, 하긴. 하야토, 집안일은 꽤 착실하게 챙기니까."

유이가하마의 소박한 감상에 유키노시타가 고개를 끄덕였다. 이야기를 들은 덕분에, 나도 하야마네 집안 사정은 대충 이해했다. 하지만 그런다고 해결이 되는 건 아니다.

무의식적으로 뒤통수를 긁적이자, 저절로 한숨이 흘러나왔다.

"그렇다고 하야마네 부모님께 여쭤볼 수도 없는 노릇 아니냐. 집안 간의 문제까지 나오면, 우리로서는 손쓸 도리가 없다만."

"그래. ……다만 적어도 우리 엄마는 지속적인 교류를 희망할 거야."

유키노시타의 표정은 침울했다. 저도 모르게 시선을 피하고 말았다.

"알았어. 일단은…… 좀 더 생각해보마."

그렇게 말해서 대화를 매듭지었다.

생각을 정리할 시간이 필요한 건 사실이다. 이렇게 된 이상, 남은 수단은 몇 안 되는 퍼즐 조각을 가지고 추측해보는 것뿐이다. 지금은 오로지 하야마의 진로만을 생각하자.

무엇보다도.

그러지 않으면 뭔가 지독하게 역겨운 상상을 해버리고 말 것만 같았다.

후우 크게 숨을 내쉬어 상황이 일단락되었음을 암시하자, 유키노시타와 유이가하마가 살짝 자세를 풀었다. 누가 먼저랄 것 없이 찻잔으로 손을 뻗었고, 평온한 침묵이 싹텄다. 마시기 딱 좋게 식은 홍차가 메마른 목을 단비처럼 적셨다.

조용한 부실에 달칵 찻잔 내려놓는 소리가 울려 퍼지며, 유키노시타가 천천히 입을 열었다.

"저기……."

"응?"

"지난번에는 미안했어. 엄마가 내쫓은 것처럼 되어버려서……. 내가 조금 더 능숙하게 대처했더라면 좋았을 텐데."

말을 마친 유키노시타가 잔 속에서 일렁이는 수면을 바라보며 입을 꾹 다물었다. 그 어깨를 유이가하마가 다정하게 쓰다듬었다.

"에이, 그런 거 신경 안 써. 게다가 우리두 식구들끼리 오붓하게 보내는 시간을 방해하긴 미안하구. 그치? 힛키."

"그래. 신경 쓸 거 없어."

"……고마워."

유키노시타가 희미하게 수심이 묻어나는 온화한 미소를 지으며, 우리를 향해 살짝 고개를 숙였다.

그 몸짓은 무엇 하나 빠짐없이 아름다웠다. 곧게 펴진 등. 무릎 위에서 가볍게 깍지 낀 손. 가늘고 나긋나긋한 손가락. 지그시 감긴 눈꺼풀에 길게 드리운 속눈썹.

그것을 가만히 바라보다가, 고개를 든 유키노시타와 눈이 마주쳤다. 그리고 둘 다 황급히 시선을 돌렸다.

"오, 오늘은 이쯤에서 끝낼까? 찻잔 치울게."

조금 머쓱해졌는지, 유키노시타가 황급히 일어서더니 뒷정리를 시작했다. 티포트와 찻잔을 차곡차곡 쟁반에 올려놓는다. 가지고 나가서 바깥의 수돗가에서 씻어오려는 거겠지.

"아, 나두 같이 가!"

"괜찮아. 여기서 기다리렴."

엉거주춤 몸을 일으키려는 유이가하마를 가만히 제지하고, 유키노시타가 쟁반을 든 채 종종걸음으로 부실을 빠져나갔다. 남겨진 나와 유이가하마는 말없이 얼굴을 마주보았다. 그러자 유이가하마가 피식 웃었다.

"유키농, 조금씩 자기 이야기를 해주게 됐어. 예전에는 자기가 먼저 집안 이야기를 꺼내진 않았잖아?"

"그건…… 그럴지도."

어쩌면 유키노시타 나름대로 다가서려고 노력하는 건지도

모른다. 한없이 서툰 데다 약간은 갑작스럽고, 조금은 엉뚱하지만. 웬만한 일은 능수능란하게 해내면서, 그런 부분에서는 어설픔이 드러난다.

그야 물론 나도 절대 남 말 할 처지는 못 된다만.

나도 언젠가는 제대로 물어봐야 할 테지. 지금은 무엇부터 물어봐야 할지 잘 모르겠지만, 그래도 언젠가는 제대로.

×　×　×

현관에서 두 사람과 헤어져 자전거 주차장으로 향했다.

날은 완전히 저물어, 건물들 사이로 메마른 바람이 불어왔다. 다른 동아리도 이미 활동을 접었는지, 안뜰 근처는 무척 조용했다.

안뜰을 가로지르는데, "얘~." 하고 부르는 소리가 들렸다. 돌아봤지만 아무도 없었다.

"위야, 위!"

시키는 대로 위를 올려다보았다. 그곳은 바로 학생회실로, 활짝 열린 창가에서 유키노시타 하루노가 손을 흔드는 모습이 눈에 들어왔다.

"잠깐만 기다려~!"

쾌활하게 외친 하루노가 쓱 모습을 감추었다.

"저 사람, 뭐 하는 거냐……."

진짜로 시간이 남아도는 거 아냐? 그렇게 생각하는데, 또

다시 누군가가 창가로 다가왔다. 자세히 보니 잇시키였다. 꾸벅 고개를 숙여 보인 잇시키가 웃는 얼굴로 바이바이~ 라는 듯 손을 흔들어 보이더니, 갑자기 커튼을 확 쳐버렸다. 뭐냐, 저 녀석······.

어리둥절해하며 학생회실 창문을 바라보는데, 이윽고 경쾌한 발소리가 들려오기 시작했다. 고개를 돌리자, 하루노가 이쪽을 향해 달려오는 중이었다.

"에고고, 시즈카랑 이로하랑 수다 떠는 데 정신이 팔려서 너무 늦어버렸네~."

부리나케 뛰어왔는지, 하루노가 가쁜 숨을 내쉬며 말했다. 그러더니 두리번두리번 주위를 살폈다.

"유키노는? 같이 온 거 아니야?"

"그 녀석은 전철이라서요."

"······에이, 뭐야. 괜히 기다렸네."

저기요, 수다 떠느라고 시간 가는 줄 몰랐다고 하지 않으셨습니까? 매복이라니, 하는 짓이 무섭다고, 저 사람······. 아마도 하루노는 진로 상담회가 끝난 후, 학생회실에서 몸을 녹이며 내내 안뜰을 주시했던 거겠지. 그리고 잇시키는 그 말동무 노릇을 하느라 붙들려 있었던 게 틀림없다. 어쩐지 갑자기 미안한 기분이 들려고 하잖아. 나하고는 상관없는 일인데······.

마음을 고쳐먹었는지, 하루노가 내 옆에 서더니 어깨를 툭 쳤다.

"그럼 히키가야로 만족하지 뭐. 역까지 바래다줘."

"엥?"

내 반응이 못마땅했는지, 하루노가 허리에 손을 얹고 심통 난 표정을 지었다.

"뭐야, 설마 이런 시간에 여자를 혼자 보낼 작정이야? 에스코트는 신사의 의무라고."

저기요, 이런 시간까지 노닥거린 당신 잘못이잖습니까. 상식적으로 생각해보시라고요……. 그렇게 반박하고픈 마음이 목구멍까지 치밀어 올랐지만, 억지로 눌러 죽였다. 더 정확히는 숨을 죽였다.

하루노가 내 팔을 잡더니, 밀담이라도 하듯 귓가에 대고 속삭였기 때문이다.

"이런 예쁜 누님과 함께 돌아갈 수 있다니, 흔치 않은 기회잖아?"

오싹. 겨울의 냉기와는 상관없는 한기가 등골을 스쳐 갔다. 황급히 한 발짝 물러나 거리를 두자, 하루노가 유쾌한 기색으로 쿡쿡 웃었다. ……사람을 완전히 갖고 노는구만. 잇시키나 코마치와는 달리, 저 사람의 영악함은 대마왕 레벨이다. 그리고 다들 알다시피, 대마왕에게서는 도망칠 수 없다.

달아오른 얼굴을 손으로 부채질하며, 주차장을 가리켰다.

"뭐 바래다 드릴 수는 있는데요……. 가서 자전거 좀 가져와도 될까요?"

"응. 그럼 같이 갈까?"

그렇게 대답한 하루노가 나와 나란히 걷기 시작했다.

실제로 역까지 가는 길에는 공원과 좁은 골목길 등, 인적이 드문 곳도 있다. 게다가 나는 연공서열 최우선에 여존남비인 일본 사회에서 살아온 남자다. 연상의 여자에게는 약하다. 덤으로 여동생을 비롯한 연하의 여자에게도 약하다. 더불어 남자한테도 강하게 나가지 못하므로, 이쯤 되면 내가 인류 최약이라 해도 무방할 지경이다.

주차장을 벗어나 쪽문으로 나갔다. 끼릭끼릭 자전거를 밀며, 하루노와 함께 밤길을 걸었다.

역까지는 그리 멀지 않다. 공원 옆에 있는 가정집에는 크리스마스에 설치해둔 전구 장식이 그대로 남아 있어, 어두운 밤길을 희미하게 비추었다.

바래다 달라고 우긴 것치고 하루노는 줄곧 침묵을 지켰다. 그렇다고 내가 먼저 말을 걸 리도 만무하다 보니 지나가는 차 소리와 가정집에서 새어나오는 목소리, 그리고 세차게 불어오는 겨울바람과 두 사람의 발소리만이 들려왔다.

이윽고 구불구불한 샛길로 접어들었을 때, 처음으로 하루노가 말을 걸어왔다.

"히키가야, 넌 어느 계열로 갈 거야?"

"아마 문과겠죠."

"그렇구나. 하긴 늘 책을 읽고 있었지. 역시 문학청년."

"엇, 아뇨, 그건…… 뭐어."

확실히 예전에 시내에서 하루노와 만났을 때 책을 읽고 있기는 했다. 하지만 그건 멋쩍은 나머지 그냥 책이라도 읽어야겠다고 생각한 것뿐이란 말이지……. 단순한 필살 책 방어막인 셈이다. 이유가 약간 꼴사납다 보니, 괜히 찔려서 하루노에게서 시선을 돌리고 말았다.

그러나 하루노는 반걸음 앞으로 나서더니, 살짝 몸을 굽혀 내 얼굴을 들여다보았다.

"주로 뭘 읽어?"

"……그냥 잡식성인데요. 뭐 외국 건 잘 안 보지만요."

"흐음, 그럼 아쿠타가와나 다자이 같은 거?"

"그런 것도 읽기는 하는데요……. 평범하게 대중 소설을 보는 경우가 더 많아요."

솔직히 말해서 소위 문학이라고 불리는 장르는 코드가 맞으면 즐겁게 볼 수 있지만, 그게 아니면「과연 지고의 문학 작품! 유명한 값을 하네요! 불후의 명작이라고 느꼈으므로, 별 다섯 개 드립니다!」같은 공허하고 허세 쩌는 감상밖에 나오지 않는 경우도 있다. 그런 점에서 라이트노벨을 위시한 엔터테인먼트 작품은 얼마든지 깔 수 있으니, 설령 그 내용 자체에는 매력이 없을지라도 즐길 수 있다고! 라이트노벨 최고! 이 최악의 감상법은 뭐냐…….

그런 생각을 하며 걸음을 옮기는데, 나란히 걸어가던 하루노가 흠흠 맞장구를 치듯 고개를 끄덕이더니 입을 열었다.

"그럼 문학부는 적성에 안 맞을지도 모르겠네. 사회과학 쪽이 더 재미있을 거라고 봐."

그 말에 그만 입을 떡 벌리고 말았다. 나도 모르는 사이에 상담을 받고 만 모양이다. 그럴 의도는 아니었으므로 뭔가 떨떠름한 기분이지만, 그 호의만큼은 고맙게 받아들여야겠지.

"……고맙습니다."

"천만에."

미소를 지어 보인 하루노가 가볍게 헛기침을 했다.

"그래서 말인데, 유키노가 어느 학부 지망인지 알아?"

크윽, 이게 본론이었나! 괜히 고마워했잖아…….

"아뇨, 문과인지 이과인지도 모르는데요."

"……하긴 그 애가 먼저 말을 꺼내지는 않으려나. 히키가야, 꼭 알아봐 줘야 해, 꼭이야?"

하루노가 등을 탁 치며 그렇게 말했다. 아니, 저한테 그러신들……. 하지만 직접 물어보라곤 못한다. 유키노시타가 하루노한테 솔직하게 대답해줄 리도 없고, 뭣보다 나 역시 물어보지 않았으니까. 내가 하지 않은 일을 남한테 하라고 할 수는 없는 노릇이다.

"다음에 만날 때까지 알아봐두도록."

짐짓 점잔을 빼며 말한 하루노가 뭔가 생각났는지 아, 하고 탄성을 질렀다.

"그러고 보니 하야토한테는 직접 물어봤어?"

"아아, 네. 뭔가 이런저런 핑계를 대면서 가르쳐주질 않던데요."

"흐음, 하야토가……."

그렇게 중얼거린 하루노가 나한테서 시선을 떼고, 저 멀리

보이는 역 앞 번화가로 눈길을 돌렸다. 아무래도 오가는 행인들의 흐름을 살피는 건 아닌 듯했다. 가늘게 뜬 아름다운 그 눈동자에 담긴 것은 아마 현재가 아닐 테지.

"그래, 하야토도 기대했던 거구나."

"뭘요?"

불쑥 흘러나온 그 말은 나한테 한 이야기는 아닌 눈치였지만, 그럼에도 반사적으로 되묻고 말았다. 그러자 히루노가 마침내 나를 돌아보더니, 고혹적인 미소를 지었다.

"찾아내 주기를, 이려나?"

그렇게 아리송한 말만을 남기고, 하루노가 걸음을 조금 빨리해 나를 앞질렀다. 그리고 빨간 코트자락을 나부끼며 빙글 몸을 돌려 나를 보고 섰다.

"이제 그만 가 봐도 돼. 요 앞이 역이니까. 바래다줘서 고마워."

"아, 네에. 그럼……."

가볍게 묵례하려는데, 하루노가 내 얼굴 앞으로 집게손가락을 척 들이대며 경쾌한 목소리로 말했다.

"유키노 진로, 책임지고 알아봐 둘 것! 요다음에 답 맞춰볼테니까. 알았지?"

"답을 맞춰본다는 건 그럴 때 쓰는 말이 아닌 거 같은데요……."

토를 달자, 하루노가 내 이마를 쿡 찌르며 웃었다.

"사소한 데 신경 쓰기 없기! 그럼 잘 가."

가볍게 손을 흔든 하루노가 걸음을 옮겼다. 찔린 이마를 어루만지며, 그 뒷모습을 눈으로 좇았다. 하루노는 한 번도 뒤돌아보지 않은 채, 그대로 인파 속으로 삼켜져 갔다.

　하지만 혼잡한 군중들 속에 섞여도, 유키노시타 하루노의 모습은 똑똑히 보였다.

두 번째 수기

또는 그것은 누구나의
독백이기도 하다.

읽어나가는 도중에 문득 깨닫고 마는 경우가 있다.

더 정확히 말하자면, 되돌아오고 마는 경우가 있다.

이 소설은 분명 나와 가깝게 느껴졌다. 내 본성, 혹은 고약한 습성이라 해도 과언이 아닐 기질과 맞닿아 있는 게 아닐까하는 생각마저 들었다.

하지만 다르다.

포기하지 못하고, 질리지도 않고 다른 책을 빼내 들고 탐색을 계속했다. 『인간 실격』도 『달려라 메로스』도 몇 번씩 읽고또 읽었다.

하지만 역시 결정적으로 다르다.

위대한 문호, 위대한 명작조차도 내 곁에 머물러주지는 않았다.

말을 걸어주고 공감을 표시해준 상대가 알고 보니 완전히이질적인 존재였다는 사실은 절망 이외의 그 무엇도 아니다.

흡사한 점, 유사한 점이 있기에 그 차이가 마음에 걸린다. 두드러진다. 닮은 구석이 너무도 많기에, 오히려 그 차이를 용납할 수 없다.

기대했던 나를, 이해했다고 믿었던 나를, 이해해주었다고 믿었던 나를 용서할 수 없다.

　나는 분명 『인간 실격』에서 묘사된 존재보다도 더욱 왜소하고 비겁하고 저속한 인간이다. 다자이는 안중에도 없었던, 훨씬 더 하찮은 문제에 얽매여 괴로워해 왔다.

　그렇다면 나는 인간 실격 이하의 존재가 아닌가. 간사하고 포악한 왕보다도 훨씬 고독하고 의심에 가득 찬 존재가 아닌가.

　더구나 지극히 개인적인 문제의 해답을 얻기 위해서라니, 그런 극도로 사적이고 이기적인 목적으로 권위 있는 문학을 이용하려는 나 자신에게 혐오감을 느낀다. 이 얼마나 얄팍하고 어리석고 추악한 행위란 말인가. 이 책을 뽑아든 이유는 속죄하기 위해서도, 교양을 쌓기 위해서도 아니다.

　나는 그저 진실에 의해 규탄당하고 싶었다. 위선적인 광대놀음을 간파해주기만을 바랐다.

　외부에서 나를 보는 눈동자에 의해.

　그래서 기대했었다.

　이 책이라면. 혹은 사악함에 남달리 민감한 그 사람이라면, 혹시 나를 찾아내 주지 않을까. 간파해주지 않을까.

　그런데도, 그토록 가까운 곳까지 볼 수 있는데도, 다른 일들은 뭐든 다 꿰뚫어보는 것처럼 느껴지는데도, 오직 나만은 봐주지 않는다.

　그것은 질타와 멸시보다도, 그 무엇보다도 괴로운 일이었다.

언제나 하야마 하야토는 기대에 부응한다.

책을 덮고 소파에 털썩 드러누웠다.

조용한 거실에 스프링 삐걱거리는 소리가 희미하게 울려 퍼지자, 고타츠 안에서 꾸벅꾸벅 졸던 카마쿠라가 귀를 쫑긋 세웠다.

코마치는 학원에 갔고, 부모님은 변함없이 귀가가 늦었다. 그래서 나와 카마쿠라 둘이서 이 썰렁한 거실을 지키는 중이었다.

벌러덩 드러누워 있으려니 전등 불빛이 눈 부셔, 창문 쪽으로 고개를 돌렸다. 창밖은 이미 어두컴컴했고, 매서운 칼바람이 이따금 유리창을 두들겼다.

진로 상담회로부터 며칠이 흘렀지만 하야마 하야토의 진로는 여전히 오리무중이었고, 몇 번 이야기를 들어보려고 시도해봤으나 허탕만 쳤다.

그렇게 허송세월을 하는 사이, 정신을 차리고 보니 어느새 마라톤 대회가 내일로 닥쳐왔다. 진로 희망 조사서 제출은 대회 다음 날까지. 이달 말이 마감이다.

소파에서 뒹굴대던 몸을 일으켜 꾸물꾸물 고타츠로 기어 들어갔다. 탁자 위에는 작성을 끝낸 진로 희망 조사서가 놓여 있었다.

내 진로는 이미 정해졌다.

계열 선택이야 두말할 필요 없이 문과고, 지망 학부에도 사립 인문계 중 내 성적에 걸맞은 그럭저럭 괜찮은 대학과 학부 명을 써넣었다.

무엇을 기준으로 진로를 정했느냐면 지극히 단순명쾌하게, 내가 문과에 강했기 때문이다. ……이과 쪽은 잘 못하는 편이고, 처음부터 버린 패였다고도 할 수 있다.

다행이라고 해도 될지 모르겠지만, 나 같은 경우는 자신의 특성이 성적에 뚜렷이 반영되는 편이었기에 별다른 고민 없이 진로를 선택할 수 있었다.

애초에 선택의 폭 자체가 좁았던 셈이다. 그래서 소거법으로 쉽게 결론을 내릴 수 있었다.

그렇다면 반대로 선택의 폭이 지나치게 넓은 사람은 어떻게 할까.

예컨대 유키노시타 유키노처럼.

유키노시타는 어떤 식으로 결정했을까.

뒤늦게 진작 물어봐 둘걸 그랬다는 생각이 들었다. 단순한 자질만으로 따지면, 하야마 하야토와 가장 유사한 사람은 유키노시타니까.

그럼에도 유키노시타의 선택이 참고가 될지도 모른다는 가능성을 깨끗하게 배제해버렸다. 하지만 이 시점에서 그 사실에 생각이 미쳐봤자 아무런 의미도 없다. 그렇게 해버린 이유를 따지기 시작했다가는 훨씬 더 까다로운 문제에 봉착하고 말 것 같다.

지금 생각해봐야 할 것은 하야마의 계열 선택뿐이다.

하야마 하야토는 대체 어떤 식으로 진로를 선택했을까. 하야마가 지닌 선택지를 열거하면 끝이 없다. 내가 그랬듯 소거법으로 따져보려 해도, 소거할 만한 부정적인 요소가 하나도 눈에 띄지 않는다.

다양한 사람들로부터 이야기를 들으면 들을수록 더욱더 아리송해진다.

문과든 이과든 가리지 않고 잘하는 데다, 체육 특기생의 가능성마저 엿보인다. 저 정도로 뛰어나면 입학 사정관제나 지정교 추천도 염두에 둘 만하다.

토츠카처럼 지망 학부를 알면 역으로 추론해볼 수도 있겠지만, 그걸 물어볼 만한 단계에는 이르지 못했다. 자이모쿠자처럼 노골적으로 대인관계에 어려움을 느끼는 경우라면 상황이 달라지겠지만, 하야마한테는 그런 문제도 없어 보인다.

성적이나 품행 같은 학업 면에서 범위를 좁혀나가는 건 불가능에 가깝다.

그렇다면 다른 방향으로 시점을 돌려야 한다.

예컨대 카와사키처럼 집에 사정이 있는 경우. 카와사키의 결정은 가족을 생각하는 마음에서 비롯된 것이었다. 반면에 하야마는 선택의 폭이 늘어날지언정, 발목을 잡을 우려는 없다.

하야마한테서는 고민이나 결점을 찾을 수 없다. 그 점에서는 나도 토베와 같은 의견이다. 에비나 양의 말을 빌리면 허점을 내보이지 않고 아무도 상처 입히지 않는, 모두의 기대에 부응해주는 존재다.

누구에게 물어보든, 누가 이야기하든, 하야마가 지닌 가능성만이 눈에 들어올 뿐이다.

무엇이든 잘하는 사람. 그게 바로 하야마 하야토의 정체성이겠지.

친절하고 멋지고 밝은 성격에, 서글서글한 미소를 지닌 문무 양도의 완벽 초인.

누구나 하야마에 대해 비슷한 인상을 품는다. 누구나 하야마 하야토는 좋은 녀석이라고 생각한다.

누구나?

과연 그럴까.

오직 한 명, 확실히 그렇게 생각하지 않는 사람이 있다.

오직 한 명, 자기 입으로 내게 그런 생각을 명확하게 밝힌 사람이 있다.

—네가 생각하는 것만큼 좋은 녀석이 아니야.

그 말을 믿는다면 하야마 하야토, 그 자신만큼은 틀림없이 자기가 살아가는 방식에 의문을 품고 있다. 그 혼자만은 그런 인간을 좋은 녀석이라고 여기지 않는다.

　모두가 한결같이 입을 모아 극찬하는 분위기는 꺼림칙하다. 하지만 그 믿음에 부응해버리는 인간이 있다는 건 더 섬뜩하다. 그게 순전히 위선이라는 사실을, 악랄한 허위이자 오만한 자기만족에 불과하다는 사실을 알면서도 계속해서 사람들의 기대에 부응해나가다니, 생각만 해도 구역질이 난다.

　누군가가 말했다. 자신을 희생하는 짓은 이제 그만두라고. 웃기고 있네. 타인의 기대에 부응하기 위해, 타인에게 상처 입히지 않기 위해서라니, 그거야말로 자기희생 아닌가.

　옛날부터 그랬다고 유키노시타는 말했다. 변함없이 그대로라고.

　부모를 비롯한 그 누구의 뜻도 저버리지 않고 살아왔고, 뭐든지 완벽하게 소화해온 인간은 과연 어떤 길을 선택할까. 지금도 기대받고 신뢰받으며, 그 모든 요구에 부응해온 인간은 어떤 미래를 지향할까.

　아아, 도무지 믿겨지지가 않는다.

　나라면 견디지 못하겠지. 그딴 허상은 전부 떨쳐내고 박살 내어 엉망진창으로 만들어버리고 싶어진다. 누군지도 모르는 녀석들의 기대 따위, 그저 성가시기만 할 게 분명하다. 얼굴도 이름도 모르는, 친하지도 소중하지도 않는 녀석들에게서는 한 톨의 긍정도 원하지 않는다. 그것이 기대이든 칭찬이든, 나는 철저히 거부할 테지.

　그러나 하야마 하야토는 그러지 않을 거다. 최후의 최후까지 그 기대에 부응하고자, 누구도 상처 입히지 않고자, 하야 마 하야토로 살아가고자 하겠지.

많은 사람들이 하야마 하야토에게서 선의를, 친절함을, 광 대놀음을 제공받는 것을 당연한 일로 규정하고 그 희생을 강 요해왔다. 거만하게도 그 친절함을 끊임없이 갈구하며, 아귀 처럼 그 주위로 몰려들었다. 그리고 불행하게도 하야마 하야 토에게는 그 요구에 부응할 만한 능력이 있었다.

그런데 그런 하야마가 완강하게 양보하지 않았던 것이 있다.

바로 누구에게도 자신의 진로를 가르쳐주지 않았다는 점이다.

모두의 기대에 부응할 수 있건만.

어째서 하야마 하야토는 누구에게도 말하지 않은 걸까.

바닥에 드러누워 바라보는 유리창에는 밝은 실내 풍경이 어렴풋이 비쳐보였다. 투명한데도 그 너머는 내다볼 수 없었 고, 시선은 그저 그 흐릿한 거울상을 더듬을 따름이었다.

유리창에 비친 얼굴은 짙은 어둠 탓인지 칙칙하고 안색이 나쁜 것처럼 느껴져, 끙차 몸을 일으켜 창문에 얼굴을 가까 이 가져갔다.

그러고 있자니, 불현듯 과거의 한 장면이 떠올랐다. 상반되 는 의뢰를 받으면 그때는 어떻게 할 거냐고, 하야마는 분명히 물었다. 성가신 짓 그만두라고, 그렇게 말했다.

그때는 결국 둘 다 적당히 얼버무리며 모호한 해답을 내놓 는 데 그쳤다. 한쪽은 그때 가서 생각해보겠다고 유보했고, 다른 한쪽은 온화한 미소를 띠고 농담인 척하며.

아마도 같은 거겠지. 과정은 다를지라도, 선택하지 않는다는 결론만큼은.

그렇다면 하야마가 내놓은 해답은 뻔하다.

생각을 정리하고, 고타츠 위에 내버려두었던 휴대폰을 집어 들었다.

등록돼 있는 몇 안 되는 연락처 가운데 미리 점찍어둔 인물을 발견하고, 자리에서 일어서며 통화 버튼을 눌렀다.

한동안 뚜르르 신호음이 이어졌다.

상대방이 받기 전까지 그냥 전화를 끊어버릴까 갈등을 거듭했다. 이런 걸 부탁해도 될지는 알 수 없다. 어쩌면 싫어할지도 모르고, 경멸당할지도 모른다.

그래도 달리 해답다운 해답이 떠오르지 않으니, 내가 할 수 있는 선택은 역시 이것뿐이다.

이윽고 전화기를 통해 소심한 목소리가 들려왔다.

『……여보세요?』

"아, 나야. 이런 시간에 전화해서 미안하다."

사과하자, 통화 상대인 토츠카 사이카가 활기찬 목소리로 대꾸했다.

『아냐, 괜찮아. 하치만이 전화 거는 일은 드무니까 좀 놀라서.』

그야 그렇겠지. 이렇게 제대로 전화한 건 아마도 이번이 처음일 테니까. 하지만 이제부터 이야기하려는 용건을 들으면 더 놀라지 않을까.

토츠카가 눈치채지 못하도록 천천히 호흡을 고르고, 보일리도 없건만 꾸벅 고개를 숙였다.

　"……부탁이 있어."

× × ×

　토츠카에게 전화한 다음 날은 바람은 다소 불지만 화창한 겨울 날씨였다.

　마라톤 대회의 출발 지점인 공원에는 1~2학년 남녀가 옹기종기 모여 있었다. 여기서부터 바다를 따라 난 길을 달리다가, 미하마 대교를 반환점으로 다시 이곳으로 돌아오는 게 남학생용 코스다.

　주행 거리는 길다, 무진장 길다. 수학을 못하는 하치만 어린이는 3보다 큰 숫자는 무조건 많다고 표현합니다!

　하지만 그 거리가 몇 킬로미터이든, 어차피 내가 해야 하는 일은 달라지지 않는다.

　정렬 신호가 떨어지자, 남학생 전원이 출발 지점에 그어진 하얀 선 뒤로 줄줄이 늘어섰다.

　나는 미꾸라지처럼 몸을 꿈틀꿈틀 움직여, 선두 그룹으로 파고들어 갔다. 그러자 뜻밖에도 다들 순순히 길을 터주었다. 뭐지? 내가 미끄덩거려서 그런가?

　기껏해야 교내 마라톤 대회다. 딱히 거창한 이벤트도 아니거니와, 그 결과가 성적에 영향을 미치는 것도 아니다. 그저

시키는 대로 겨울 하늘 아래를 하염없이 달리기만 하는 경기에 의욕을 불태우는 녀석은 거의 없을 테지.

오직 한 명을 제외하면.

2연패의 기대주 하야마는 처참한 성적을 남겨서는 안 될 테니까. 티 나게 농땡이를 피우는 것도 용납되지 않는다.

하야마는 스타트 라인 맨 앞줄, 내 자리에서 옆으로 몇 사람 떨어진 곳에 있었다. 말하자면 폴 포지션[30] 같은 위치다.

그곳에서 하야마가 스트레칭을 하며 몸을 풀기 시작하자, 출발하기를 기다리던 여자애들이 환호성을 질렀다.

여자부 경기는 남자부보다 30분 늦게 시작한다. 그 전까지는 남자부를 응원하거나 시합을 관전하는 모양이다.

환호성이 들려오자, 하야마가 가볍게 손을 흔들어 화답했다. 그 시선의 끝, 꺅꺅대며 소란을 피우는 여자애들과는 조금 거리를 둔 곳에, 미우라가 있었다.

주위 여자애들의 기세에 주눅이 들기라도 했는지, 미우라는 그저 소심하게 흘끔흘끔 시선만 보낼 뿐이었다. 그 옆에는 에비나 양과 유이가하마가, 거기서 다시 한 발짝 떨어진 곳에는 유키노시타가 있었다.

그때 잇시키가 타박타박 그곳으로 다가왔다.

미우라를 발견한 잇시키가 꾸벅 고개를 숙였다. 그 인사에 미우라도 고개를 까닥해 보였다. 그러자 잇시키가 미우라와

#30 폴 포지션 레이싱 경기에서 예선 1위를 한 선수에게 결승전에서 맨 앞에 설 수 있도록 특혜를 주는 것.

하야마를 번갈아 보더니, 후훗 당돌한 미소를 지었다.

그리고는 입가에 손을 가져다 대고 큰 소리로 외쳤다.

"하야마 선배님, 파이팅이에요! ……아, 덤으로 선배님도 요."

그 말을 들은 하야마가 쓴웃음을 지으며 손을 흔들었고, 뭣 때문인지 조금 떨어진 위치에 있던 토베도 아자~! 하고 우렁찬 목소리로 호응했다.

"아뇨, 토베 선배님한테 한 말 아니거든요?"

잇시키가 그렇게 말하며 착각하지 말라는 듯 가볍게 손사래를 쳤다. 그때 묵묵히 그 모습을 지켜보던 미우라가 결심을 굳힌 기색으로 숨을 크게 들이쉬더니, 그 숨결을 목소리와 함께 토해냈다.

"하, 하야토. ……히, 힘내!"

쭈뼛거리는 그 목소리는 다른 환호성 속에 묻혀버려도 이상하지 않을 만큼 작았다. 하지만 하야마는 말없이 손을 들어 보이며, 변함없이 온화한 미소를 머금었다.

미우라는 넋을 놓고 그 모습을 바라보다가, 천천히 고개를 끄덕였다.

옆에서 그런 두 사람을 만족스럽게 바라보던 잇시키가 다시 이쪽을 돌아보았다.

"……선배님도 파이팅이에요~!"

이번에는 아무래도 나를 향해 한 말인 것 같았다.

그, 그래……. 근데 저 녀석, 왜 죽어도 내 이름은 안 부르는 거냐……. 설마 기억을 못 하는 건가……? 그렇게 생각하는데, 잇시키를 멍하니 바라보던 유이가하마가 쓱 한 발짝 앞으로 나왔다.

그리고 힘차게 손을 흔들었다.

"파, 파이팅~!"

주위를 의식해서인지 잇시키의 목소리에 비하면 훨씬 조심스럽긴 했지만, 그래도 똑똑히 내 귀에 와 닿았다. ……다행이다, 이름 안 불려서. 눈물겨운 배려에 그저 황송할 따름입니다.

고마운 마음을 담아 슬쩍 손을 들어 보이자, 유이가하마가 주먹을 꼭 움켜쥐어 화답했다. 그러다 그 옆에 있던 유키노시타와 눈이 마주쳤다.

그러자 유키노시타가 잠자코 고개를 끄덕였다. 희미하게 입술이 달싹인 느낌이 들었으나, 목소리는 들리지 않았다.

뭐라고 했는지는 모른다. 누구에게 한 말인지도 모른다.

그래도 어쨌든 기합은 들어갔다.

자, 그럼 어디 한번 해보실까……?

더 안쪽으로 비집고 들어가, 하야마와 마찬가지로 스타트 라인 맨 앞줄에 섰다. 하야마는 내 쪽에는 눈길도 주지 않고, 그저 정면을 주시하고 있었다.

어깨를 빙글빙글 돌리고 아킬레스건을 풀어주는 시늉을 하며, 또다시 한 발짝 내디뎠다.

만반의 준비를 마쳤을 때, 불현듯 누군가 내 어깨를 두들겼다.

고개를 돌리자 체육복 차림의 토츠카가 눈에 들어왔다. 반바지 밑으로 드러난 가는 다리를 부산하게 움직이며, 추운지 오들오들 떨고 있었다. 하지만 이내 그 떨림을 억누르며, 나를 향해 미소 지었다.

"하치만, 우리 힘내자."

"그래. ……토츠카, 부탁한다."

스타트 라인 앞은 사람들로 발 디딜 틈이 없을 징도리, 고개를 숙이려다 누군가와 부딪치고 말았다. 하지만 그래도 굴하지 않고 끝까지 고개를 숙였다. 어제 내가 전화상으로 부탁한 일은 결코 칭찬받을 만한 행동이 못 된다. 토츠카에게 그런 부탁을 하자니 영 마음이 편치 않았다.

하지만 토츠카는 가볍게 쥔 주먹을 가슴 앞으로 가져와서, 기합이라도 넣듯 힘차게 고개를 끄덕여 주었다.

"응, 맡겨둬! 단지 별로 환영은 못 받을 것 같지만……."

그렇게 말한 토츠카가 조금 난감한 표정으로 다른 학생들의 분위기를 살피더니, 다시 자기 뒤에 있는 사람들을 바라보았다. 그곳에는 테니스부원들이 대기하고 있었다.

"노골적일 필요는 없어. 그냥 의식만 해주면 충분하니까. 너무 무리하지는 말고."

그렇게 말하며 토츠카의 어깨를 토닥였다. 그러다 문득 내 손바닥에 땀이 흥건한 건 아닌지 무진장 신경이 쓰이기 시작해, 얼른 손을 뗐다. 안 돼, 의식하면 땀이 나서 손이 더 축축해진다고…….

초등학교 소풍날, 선생님이 시켜서 여자애랑 손을 잡았다가 땀 때문에 밉상으로 찍혀 히키가에루(두꺼비)라고 불렸던 기억을 얼떨결에 떠올려버릴 뻔했잖아……. 아니, 그 정도면 이미 다 떠올린 거 같다만.

하지만 이렇게 추운 계절에 그리 쉽게 땀이 날 리 없다. 지금도 바다 쪽에서 불어오는 찬바람에 얼굴이 얼얼할 지경이었다.

그때 별안간 그 바람이 멎었다.

"허어, 하치만. 이런 곳에 있었나. ……므흠, 토츠카 도령도 함께인가?"

"아, 자이모쿠자다."

인파를 가르며 불쑥 모습을 드러낸 사람은 다름 아닌 자이모쿠자였다. 아무래도 그 거구를 살려서 바람막이가 되어준 모양이다.

"하치만, 같이 뛰자~!"

"싫다고……. 아, 그보다 네가 해줬으면 하는 일이 있다만."

"흐음?"

기묘한 대꾸를 하며 자이모쿠자가 고개를 갸우뚱했다. 남들에게는 가급적 비밀로 하고 싶은 이야기라, 아주 조금 자이모쿠자 쪽으로 몸을 기울였다. ……어째 이 녀석 주변만 이상하게 따뜻한 게 기분 나쁜데.

소곤소곤 귓속말을 건네자, 자이모쿠자가 푸슈우우우 한숨을 쉬었다.

"므흠……. 네놈의 의도는 이해했다. 허나 본관은 튀는 짓도 피곤한 짓도 별로 하고 싶지 않다만……."

"……뭐 그야 그렇겠지."

방금 자이모쿠자에게 부탁한 건 상당히 큰 부담이 되는 일이다. 자이모쿠자의 운동 능력과 약해빠진 멘탈을 감안하면, 가벼운 마음으로 받아들일 일도 아니다. 뭣보다 만약 내가 그런 부탁을 받았어도 거절했을 거다.

자이모쿠자라면 걸레짝처럼 굴려도 전혀 가슴 아프지 않다는 이유만으로 부탁해봤지만, 그래도 어쨌거나 자이모쿠자도 인간이다. 내 가슴이야 괜찮아도 자이모쿠자의 가슴은 아프겠지.

"됐어, 미안하다. 신경 쓰지 마라. 그냥 잊어버려."

그렇게 말하자, 자이모쿠자가 위풍당당하게 팔짱을 끼더니 거만하게 몸을 젖혔다.

"……나리타케 찐득찐득 라면 한 그릇으로 퉁쳐줄 수도 있다."

"정말 괜찮겠냐?"

내 물음에 자이모쿠자가 포기했다는 듯 요란하게 탄식했다.

"나 참, 정말이지 어쩔 수 없군……. 『의를 보고도 행하지 아니함은 용기가 없음이라』는 옛말도 있으니……."

그 사람 빡치게 만드는 말투는 뭐냐……. 부탁해놓고 이런 소리 하긴 뭣하지만, 거 더럽게 짜증 나네. 싸늘한 눈초리로 바라보자, 자이모쿠자가 주위를 경계하듯 슬며시 말했다.

"단 대놓고 하지는 않겠다! 뒤에서 까이거나 인터넷에서 죽도록 물어뜯기는 건 사양이니! 궁지에 몰리면 본관의 안위를 위해 냅다 네놈의 이름을 불어버릴 테니 그리 알도록!"

자이모쿠자가 손가락을 척 들이대며 선언했다. 그 모습을 보자 그만 쓴웃음이 새어나왔다. 역시 자이모쿠자 나리는 이래야 제맛이죠! 완전 찌질해! 찌질미가 넘쳐흘러!

"그래, 네 마음대로 해라. 덕분에 살았다. 덤으로 버터 토핑도 얹어주마."

"훗, 소모될 칼로리를 보충하기에는 안성맞춤이군."

저기, 아무리 봐도 이 마라톤 대회 정도로 나리타케의 칼로리를 전부 소비하기는 불가능해 보인다만……

토츠카와 자이모쿠자에게 거듭 고마움을 표하고, 스타트 라인에 선 하야마를 바라보았다.

근처에 있는 토베 일행과 이야기 중이던 하야마가 내 시선을 감지하고, 무슨 일이냐고 묻는 것처럼 부드러운 미소를 지었다.

아무것도 아니라는 듯 고개를 가로젓고, 전방을 응시했다.

이제 곧 출발이다. 굳이 공원에 설치된 시계를 보지 않아도 그 정도는 알 수 있다.

뒤에 우글거리는 남학생들의 목소리가 점점 잦아든다. 산발적으로 터져 나오던 여학생들의 환호성도 차츰 줄어들었다.

사방에 정적이 흐르자 마치 그 순간을 기다렸다는 양, 바닥에 그어놓은 흰 선을 향해 누군가가 저벅저벅 걸어왔다.

"좋아. 준비는 됐나?"

그렇게 말하며 하늘을 향해 피스톨을 들어 올린 사람은 바로 히라츠카 선생님이었다.

어째서 히라츠카 선생님이……. 이런 건 보통 체육 교사의 역할일 텐데. 아이참, 하여튼 저분은 이렇게 튀는 역할이라면 아주 사족을 못 쓴다니깐~. 아니면 그냥 피스톨 한번 쏴보고 싶으셨던 걸까나?

히라츠카 선생님이 피스톨을 높이 치켜들고, 다른 한쪽 손으로 귀를 막았다. 그 손가락이 방아쇠에 걸리자, 남자들은 정면을 향했고 여자들은 마른침을 삼키며 그 모습을 지켜보았다.

그 상태로 몇 초가 흐른 후, 히라츠카 선생님이 서서히 입을 열었다.

"모두 위치로. ……준비."

이윽고 방아쇠가 당겨지며, 총성이 울려 퍼졌다.

그리고 우리는 용수철처럼 우르르 달려나갔다.

일단은 다리도 풀어줄 겸 천천히 뛰기로 했다. 당면 목표는 하야마를 따라가는 거니까.

하지만 나란히 서 있던 녀석들 중 대부분은 처음부터 끝까지 클라이맥스인 최대 속력으로 질주했다.

그 이유는 지금 팡팡 터져 나오는 저 플래시 세례겠지. 졸업 앨범 때문인지 뭣 때문인지는 몰라도, 아무튼 우리 학교 마라톤 대회에는 카메라맨이 동행한다.

그 사진에 찍히기 위해, 맨 처음 수십 미터 구간만 전력 질주하는 바보들이 줄을 잇는다. 어차피 목적은 그거 아냐. 이렇게 함으로써「중간까지는 내가 1등이었다고!」라고 으스대려는 거 아냐. 하여튼 남자란 정말이지 바보라니까.

그런 놈들은 대개 이 초반 러시에 목숨을 거는 관계로 금방 녹초가 되어버린다.

고로 승부는 다음 구간, 즉 공원을 빠져나가 인도로 진입하는 곳부터다.

속속 1위 쟁탈전에서 탈락해가는 초반 러시 팀을 가뿐히 피하며, 자이모쿠자를 불렀다.

"자이모쿠자, 부탁한다."

"후욱후욱, 므흠? ……오, 오냐!"

벌써부터 숨차하는 기색인 자이모쿠자를 향해 말하자, 달리는 속도가 빨라졌다. 그래 봤자 어차피 자이모쿠자는 자이모쿠자인 관계로 대단한 속도는 못 되었다.

나와 내 앞에 있는 하야마가 선두로 나서자, 자이모쿠자가 푸륵푸륵 거친 숨결을 내뿜으며 가까스로 우리 뒤로 따라붙었다.

그 상태로 공원이 끝나는 곳까지 오자, 하야마가 오른쪽으로 꺾어 인도로 들어섰다. 나도 그 뒤를 쫓았다.

하지만 자이모쿠자가 전력으로 뛰어봤자 수백 미터가 한계다. 차츰 뒤처지기 시작하더니, 공원에서 인도로 접어드는 좁은 길목에서 급격하게 스피드가 떨어졌다.

"후아…… 더는 못해……."

우는소리를 하며 터덜터덜 걷는 거나 다름없는 속도가 되자, 졸지에 후속 집단의 움직임이 둔해졌다. 저런 떡대가 앞길을 떡 가로막고 느릿느릿 뛰고 있으면 상당히 거치적거리겠지.

자이모쿠자 덕택에 다른 녀석들과의 거리를 어느 정도 벌리는 데는 성공했다.

문제는 이제부터다.

자이모쿠자가 아무리 거구여도 길을 완전히 틀어막을 수는 없다. 이윽고 자이모쿠자 옆으로 치고 나와 선두 집단에 끼어들려는 녀석들이 나오기 시작했다.

흘끔흘끔 뒤돌아보며 상황을 살피는데, 마침 토츠카를 비롯한 테니스부원들이 모습을 드러냈다.

뒤쪽을 확인하던 나와 토츠카의 눈이 마주쳤다. 그리고 서로 말없이 고개를 끄덕였다.

이 마라톤 대회는 평범한 인도를 코스로 사용한다. 따라서 셋이 옆으로 나란히 서면 길을 완벽하게 막아버릴 수 있겠지.

그래서 토츠카에게 한 가지 부탁을 해놓았다. 내가 앞에 있는 동안에는 가급적 테니스부원들끼리 뭉쳐서 달려달라고.

물론 노골적인 진로 방해는 문제가 될 소지가 있다. 그렇다면 뒷사람이 작정하고 뛸 경우, 틈새를 뚫고 나가거나 옆으로 치고 나가 추월할 수 있는 상태라도 괜찮다.

진로를 완전히 봉쇄할 필요는 없다.

그저 심리적으로 앞지르기를 주저하게 만들기만 하면 된다.

마라톤 대회에 크게 집착이 없는 사람의 눈앞에 자신과 비슷한 속도로 달리는 2위 그룹이 있다면 어떻게 할까.

십중팔구 추월하려고 애쓰지는 않을 거다. 꼭 1등을 할 필요가 없는, 준수한 성적 정도로 만족하는 타입이라면 2위 집단에 합류해 기회를 엿보는 정도에 그치겠지.

실제로 공원을 벗어난 뒤로 나와 하야마로 이루어진 선두 집단을 바짝 추격해오는 녀석은 없었다. 어쩌면 막판에 승부를 걸어오는 사람이 있을지도 모르지만, 한참 후에나 일어날 그런 일은 나와 상관없다.

지금은 나와 하야마 둘이서 달리는 상황을 만들 수만 있다면 그걸로 족하다.

앞장서서 달리는 하야마의 등을 지그시 노려보았다.

무대는 마련되었다. 그들이 마련해주었다.

이제부터는 나의, 나만의 승부가 시작된다.

× × ×

바다에서 불어오는 바람에 뺨이 꽁꽁 얼어붙었다. 몸 안쪽에서 솟아오르는 열기가 냉기에 맞닿자 피부가 아려왔다.

운동화 밑창이 아스팔트를 때릴 때마다, 몸속 깊숙이 충격이 전해져왔다.

웅웅 귓가를 울리는 것이 바람 소리인지 아니면 내 몸이 삐걱대는 소리인지, 좀처럼 판단이 서지 않았다. 그 두 소리가 서서히 하나로 뒤엉키며 후끈한 열기로 변해, 입을 통해 밖으로 빠져나갈 뿐이다.

뜨거운 숨결을 토해내자, 바다 내음이 코를 찔렀다.

해변을 따라 심어놓은 나무들은 방사림일까. 출발 지점에는 소나무가 많았지만 그 풍경은 어느덧 멀리 흘러가 버렸고, 지금은 이파리를 다 떨어낸, 백골처럼 앙상한 나무들이 눈에 띄었다.

머리로 일일이 생각하지 않아도 다리는 저절로 나아간다. 마치 자동으로 끊임없이 혈액을 공급하는 심장 같다. 맥박과 뜀박질이 누가 더 빠르냐를 겨루는 느낌이었다.

달리는 사이, 이런저런 생각들이 산발적으로 떠올랐다 사라지고 떠올랐다 사라졌다.

자전거 통학을 해서 다행이다. 그거라도 안 했으면 운동부도 아닌 나는 진작 나가떨어졌을 테지. 오래달리기 그 자체는 딱히 싫지 않다. 오히려 다른 구기 종목보다는 잘하는 편이다. 오직 한 사람, 나 자신만으로 완결되는 경기이기 때문이겠지. 남에게 피해를 줄 일도 없고, 명확한 목표가 설정되어 있다. 나머지는 그저 멍하니 시시한 생각이나 해가며 기계적으로 다리를 놀리기만 하면 그만이다.

그러나 오늘의 마라톤은 조금 상황이 달랐다.

평소보다 훨씬 더 힘겨웠다.

수업 때보다 페이스를 끌어올렸으니까. 추위가 한결 심해진 데다 바람도 부니까. 어젯밤에 이것저것 생각하느라 약간

잠을 설쳤으니까.

그런 이유들도 분명 작용했을 테지.

하지만 가장 큰 이유는 내 눈앞에 하야마 하야토가 있기 때문이다.

하야마는 과연 축구부 연습으로 단련된 몸답게, 별로 지친 기색도 없이 순조롭게 레이스를 이어나갔다. 상체에는 불필요한 움직임이 없고 하반신은 안정된, 세련됐다고 해도 무방한 폼이었다. 작년 우승자라는 말도 납득이 갔다.

반면에 나는 얼굴이 벌겋게 돼서 페이스 조절 따위 도외시하고 달렸는데도, 그저 하야마를 따라가는 것만으로도 힘에 부쳤다.

하지만 그것도 머지않아 끝난다.

아직 시합 전개에는 변화가 없었다. 여전히 나와 하야마가 선두 그룹을 형성하고, 토츠카와 테니스부원들이 주축을 이루는 집단이 2위 이하를 장악한 상태였다. 2위 집단을 능숙하게 규합하여 후발 주자의 스피드를 컨트롤해주고 있나 보다. 아니면 다들 체력을 온존해뒀다가 후반에 치고 나오려는 속셈인지도 모른다.

물론 그 뒤에도 누군가 더 있을 테지만, 워낙 멀리 떨어져 있다 보니 그냥 흘긋 돌아보는 정도로는 정확하게 파악할 수가 없었다.

하야마는 변함없이 견실한 페이스를 유지해나갔다. 우리의 초반 방해 공작이 주효했는지, 제법 거리가 벌어진 탓에 간단히 따라잡힐 우려는 없어 보였다.

다만 문제는 나다.

이제 전체 코스의 절반가량을 왔을 뿐인데, 체력적으로는 한계에 가까웠다.

아까부터 옆구리는 욱신거리고 발바닥은 화끈거리고 귀는 지잉지잉 울어댔다. 솔직히 지금 당장 집에 가고 싶을 정도였다. 만약 이게 식후였더라면 분명 토했을 거다.

그동안은 삐걱대는 몸을 달래가며 어찌어찌 달려왔지만, 이제 슬슬 승부를 걸지 않으면 더 이상 따라가기는 무리일 거 같다.

줄곧 하야마의 등을 노려보며 달리다 보니, 불현듯 발밑에서 전해져오는 감촉이 달라졌다. 반바지 사이로 찬바람이 파고든다.

마침내 반환점인 미하마 대교에 접어든 거다.

다리 위에서 대기 중이던 교사들이 반환점 도착 확인용 리본을 건네주었다.

그래도 절반은 왔다는 생각에 안도의 한숨이 새어나올 뻔했으나, 그것을 힘겹게 억누르고 폐에 산소를 불어넣었다.

아직 긴장을 늦춰서는 안 된다.

몇 발짝 앞서 달리는 하야마를 따라잡고자, 추격에 박차를 가했다. 내딛는 발에 한층 강한 충격이 일었다.

하지만 이 정도로 안간힘을 쓰지 않으면 하야마를 따라잡기는 불가능하다. 슬프지만 나와 하야마의 다리 힘에는 명백한 차이가 있다. 평범하게 달린다면 나와 하야마가 단둘이 뛰는 이런 상황은 만들어지지 않는다.

그래서 토츠카와 자이모쿠자의 도움을 받아가며, 페이스 조절을 완전히 무시하고 여기까지 전력을 쏟아 부었다.

그런 고생을 감수한 까닭은, 바로 지금 이 순간을 위해서였다.

거친 숨결을 쉴 새 없이 토해내며, 가까스로 하야마를 따라잡았다.

어깨를 나란히 하자, 여태껏 단 한 번도 뒤돌아보지 않던 하야마가 처음으로 나를 보았다. 눈이 휘둥그레진 게 조금 놀란 기색이었다.

"용케 따라왔네……."

하야마가 호흡조차 흐트러뜨리지 않은 채 말했다. 반면에 나는 숨이 턱까지 차서 띄엄띄엄 대꾸했다.

"그야, 페이스 조절을, 아예 때려치우면, 불가능하지는 않지."

하야마가 고개를 갸웃하며 나를 흘끗 곁눈질했다. 뭐 하러 그런 짓을 하느냐고 말하는 것 같은 그 표정에 그만 웃음을 터뜨리고 말았다. 그 바람에 바짝 말라붙은 목에 자극이 갔는지, 쿨럭쿨럭 기침이 터져 나왔다. 기침이 가라앉기를 기다렸다가, 천천히 입을 열었다.

"어차피 내 골인을 기대하는 사람은 아무도 없으니까. 도중에 기권해도 상관없다고."

실제로 순위는커녕 완주마저도 안중에 없었다. 아무에게도 방해받지 않고 이 반환점을 돈 시점에서 하야마 하야토와 나란히 달릴 수만 있으면 그것으로 족했다. 이 지점에 도달하기까지 전력을 때려 부었다. ……그런데도 무난하게 페이스를 조절하며 달렸을 터인 하야마를 간신히 따라잡는 게 고작이라니, 절망감이 하늘을 찌른다. 하마터면 좌절해버릴 뻔했으나, 어쨌거나 반환점은 이미 지났다.

힘겨운 고행 끝에 반환점을 통과했을 때, 사람들은 어떤 심정이 될까.

아직 반이나 남았다고 절망할까, 아니면 이제 반밖에 안 남았다고 안도할까. 대부분은 그 둘 중 하나겠지. 그리고 둘 중 어느 쪽이든, 그런 감정은 사람의 마음에 빈틈을 만들어낸다.

그 빈틈은 자신의 피로를 자각하게 한다. 출처는 나. 이제 반밖에 안 남았다고 한숨 돌리려 하면 피로가 봇물처럼 밀려들고, 아직도 반이나 남았다고 낙담하면 발걸음은 저절로 무거워진다.

그 빈틈과 피로야말로 기회다. 여유가 사라졌을 때야말로 사람은 본심을 드러내는 법이다. 코마치가 그러했듯, 마음속 깊은 곳에 도사린 감정을 토해내고 싶어진다.

그래서 여기까지 무리를 했다.

일반적인 상황에서는 무슨 소리를 하든 평소처럼 부드러운 미소를 지으며 받아넘길 테지. 그렇다면 피할 도리가 없는 곳에서, 하야마의 여유를 빼앗고 이야기를 꺼내는 수밖에 없다.

그러나 하야마는 내가 자신을 따라왔다는데 놀라기는 했을 지언정, 여전히 평소처럼 온화한 분위기를 풍겼다. 달리는 중이라 얼굴에 약간 힘이 들어가긴 했지만, 그래도 동요한 기색은 찾아볼 수 없었다.

하야마의 균형을 무너뜨리려면 마지막 한 방이 필요하다.

단 한 번에 확실하게 꿰뚫어야 한다. 하야마의 아픈 곳을.

차오르는 숨을 억지로 가라앉혔다. 가슴이 터질 것 같았지만, 고통을 참고 입꼬리를 일그러뜨리며 웃었다.

"······미우라는 여자 퇴치약으로 제격이든?"

그러자 하야마가 이쪽을 돌아보았다. 매서운 눈초리로 나를 째려보며, 적의를 눌러 삼키는 대신 뜨거운 숨결을 내뱉었다. 아아, 그래. 내가 보고 싶었던 건 그런 표정이라고.

하야마는 말없이 나를 흘겨보고는 무시하기로 마음먹었는지 약간 스피드를 올렸다. 필사적으로 그 뒤에 따라붙으며, 거듭 도발했다.

"어땠냐고, 도움이 됐냐?"

솔직히 미우라가 나쁜 녀석이 아니란 걸 아는 데다, 그 지나칠 정도로 올곧은 심성의 일면을 엿본 입장에서 이런 말을 하자니 조금 가슴이 쓰렸다.

그렇다면 그 말을 듣는 쪽도 같은 기분이겠지.

"좀 닥쳐."

하야마가 나를 외면한 채, 신경질적인 목소리로 말했다. 평소의 차분한 음성과는 동떨어진 그 위압적인 반응에 무심코 한 발짝 물러설 뻔했다.

하지만 의식적으로 더 힘차게 발을 내디뎠다.

"그런다고 얌전히 닥칠 리 있겠냐. ……네가 생각하는 것만큼 좋은 녀석이 아니거든."

언젠가 어딘가의 누군가가 했던 말을 그대로 인용하며 비굴하게 웃어 보였다. 그러자 하야마가 사소롭다는 눈으로 나를 보며 코웃음을 쳤다.

"농담이겠지. 널 좋은 녀석이라고 생각한 적은 한 번도 없어."

그 매몰찬 말투 탓에 내 발걸음이 조금 느려졌다. 긴장을 풀었다가는 이대로 속절없이 낙오되어 버릴 것만 같아, 이를 악물고 고개를 치켜들었다.

"재수 없는 자식……."

무심코 그렇게 중얼거리자, 하야마가 살짝 비웃음 섞인 미소를 지었다.

"네가 할 말은 아니지."

전적으로 동감이다. 저도 모르게 웃어버릴 뻔했다. 하지만 애쓴 보람이 있었는지, 평상시의 하야마와는 다른 반응을 이끌어내는 데 성공했다. 그렇다면 지금 이 타이밍이 적기겠지.

끊김 없이 매끄럽게 말할 수 있도록, 천천히 숨을 고르며 달리다 입을 열었다.

"계열 선택, 뭐로 했냐?"

"말 못해."

"맞춰보마, 이과지?"

서슴없이 맞받아치자, 하야마가 어이없다는 표정으로 나직하게 한숨을 쉬었다.

"……양자택일인데 맞았는지 틀렸는지 알려줄 리가 없잖아."

"그럼 표현을 바꾸지."

거기서 말을 끊고, 발을 내디디는 속도를 아주 약간 높였다. 묵직한 허벅지를 의식적으로 높이 치켜들며, 딱 몇 발짝만 하야마를 앞질렀다. 그리고 고개만 돌려 하야마를 보았다.

"이과로 해라. 네가 어느 쪽을 선택했는지는 몰라. 별로 관심도 없고. 하지만 아직은 변경 가능하니까 바꾸라고."

"뭐?"

하야마치고는 드물게 대놓고 얼빠진 표정을 지으며 순간적으로 발을 헛디뎠다. 하지만 금세 자세를 바로잡고, 다시 나와 나란히 달리기 시작했다.

"……엄청난 소리를, 하네."

조금 당황한 탓인지, 천하의 하야마도 가쁜 숨을 내쉬었다.

"어쩔 수 없잖냐. 어느 계열을 선택했는지 알아내야 하는데……. 가르쳐주지를 않는 데다가 추측해보려고 해도 도통 감이 안 잡히더라고. ……그러니 이쪽이 원하는 해답으로 바꾸게 하는 수밖에."

하야마 하야토는 지나치게 선택의 폭이 넓어서 어느 것 하나로 추려낼 수가 없다. 그렇다면 그 선택의 폭을 쳐내면 그만이다. 하야마의 진로를 이쪽에서 결정할 수 있다면, 미우라의 의뢰는 해결된다.

"본말전도에도 정도가 있지……."

하야마의 입에서 메마른 웃음소리가 새어나왔다. 기막혀하는 건지도 모른다. 하지만 나도 아무런 근거 없이 이런 소리를 늘어놓는 건 아니다.

"바꿀 때 얻을 수 있는 이득도 있다고. 더 정확히는 그것 말고는 네가 원하는 조건을 충족시킬 수 없어."

"조건?"

하야마가 미심쩍은 표정을 지었다. 그 덕분에 하야마가 달리는 속도가 조금 느려졌다. 나도 그 페이스에 맞추어 속도를 늦췄다.

"성가신 짓 그만두라며? ……즉 너는 모두가 바라는 하야마 하야토를 그만두고 싶은 거야."

우뚝 하야마의 발이 멎었다. 그 사실을 깨닫고 나도 그 자리에 멈춰 섰다.

그러자 갑자기 땀이 확 뿜어져 나오는 느낌이 들었다. 아마 여태까지는 맞바람을 쐬며 달린 탓에 의식조차 못 했던 거겠지. 체육복 소매로 쓱 땀을 훔치고, 하야마를 돌아보았다.

하야마는 망연한 표정으로 나를 보다가, 별로 피곤한 것도 아니련만 깊은 한숨을 내쉬었다.

"왜 그렇게 생각하는데?"

따라오라는 듯 흘끗 내게 시선을 준 하야마가 걷기 시작했다. 나도 뒤따라 걸음을 옮겼다.

"그냥 너라면 뭘 버릴까 생각해본 것뿐이야. 못하는 과목이나 하기 싫은 일을 잘라내는 게 계열 선택의 기본이니까."

단순히 입시 문제만을 따질 경우, 하야마 정도의 능력자라면 학교 수업 따위 별다른 영향이 없을 거다. 학원에 다니든 뭘 하든 모자란 구석은 충분히 메울 수 있을 테니까. 따라서 그 계열 선택에 입시 대책이나 지망 대학 같은 수험과 관련된 의미는 없다.

그렇다면 하야마 하야토는 무엇을 잘라내고자 했을까.

남겨진 의미는 고등학교 3학년 때의 학교생활, 더 나아가서는 인간관계뿐이다.

"솔직히 계열 선택 따위, 입시만 어떻게든 커버된다면 별문제가 못 돼. 그런데 너는 그걸 누구에게도 말하려 하지 않았어. 요컨대 말하지 않음으로써 무언가를 잘라낼 작정이었던 거 아냐?"

하야마는 입을 다문 채 대답하지 않았다. 그저 묵묵히 걸음을 옮길 따름이었다. 하지만 그 침묵이 내게 뒷말을 재촉하는 것임은 알 수 있었다.

"이과는 기본적으로 사람 수가 적고, 여자도 적어. 너를 성가시게 하는 문제들로부터 일단 거리를 둘 수 있지. 게다가 진로가 다르면 다들 납득하고 떠나갈 테니까. 자연 소멸이라면 아무도 상처 입지 않고, 누구의 기대도 저버릴 필요가 없지."

목이 칼칼해서 중간중간 목소리가 갈라졌지만, 가까스로 말을 이어간 끝에 마지막 한마디를 덧붙였다.

"네가 바라는 조건을 충족시킬 수 있는 건 그 방법뿐이야."

흘러내리는 땀방울이 거슬리는지, 하야마가 앞머리를 쓸어 넘기듯 이마를 훔치며 바다 쪽을 바라보았다.

그리고 나직한 목소리로 불쑥 중얼거렸다.

"역시 사이좋게 지내지는 못했을 테지……."

"엉?"

되물으려 했을 때, 뒤에서 탁탁 경쾌한 발소리가 들려왔다. 고개를 돌리자, 2위 집단에 섞여 있던 녀석들 중 몇 명이 이쪽으로 다가오는 게 보였다. 아무래도 하야마가 걷기 시작하자 절호의 기회라고 여기고 승부에 나선 모양이다.

하야마와 나는 그들이 앞질러가는 모습을 묵묵히 지켜보았다.

멀어져가는 그 뒷모습을 바라보며, 하야마가 입을 열었다.

"아니. ……대단하구나, 너는."

"뭐야, 그럼 이과가 맞았던 거냐?"

"아니야. 넌 정말로 삐뚤어졌구나."

그렇게 말하며 하야마가 고개를 가로저었다. 양자택일에서 구태여 오답 선고를 했다는 건 남은 쪽이 정답이라는 소리다. 그럼 문과냐고 물으려 했을 때, 하야마의 온화하고 차분한 목소리가 나를 가로막았다.

"나는 네가 싫어."

"그, 그래……."

내 쪽으로는 눈길조차 주지 않은 채 불쑥 내뱉은 그 말에 그만 말문이 막혀버리고 말았다. 별로 남들에게 사랑받는 타입은 못 되는 나지만, 그래도 면전에 대고 직접, 그것도 이만큼 시원스럽게 저런 소리를 들어본 적은 없었다. 하야마는 내 반응 따위 개의치 않는지 앞을 향해 선 채로, 아득히 먼 곳에 시선을 둔 채로, 담담하게 말을 이었다.

"너를 보며 느끼는 열등감, 그게 못 견디게 싫어. 그래서 동격이었으면 좋겠고, 그래서 너를 추켜세우려는 것뿐인지도 몰라. 네게 지는 걸 긍정하기 위해서."

"……그러냐."

그건 분명 나도 마찬가지였다. 하야마를 특별한 존재라고 추켜세움으로써, 나 자신을 납득시키기 위한 거짓말을 반복해온 거다. 하야마 하야토는 의심의 여지 없이 절대적으로 좋은 녀석이라고.

내 의미 없는 맞장구도 이번만큼은 똑똑히 전해졌는지, 하야마가 나를 돌아보았다. 그리고 더할 나위 없이 서글서글하면서도 도발적인 미소를 지었다.

"그러니까 네 말은 안 들어."

"그러냐."

고개를 끄덕이자, 하야마도 마주 고개를 끄덕였다.

아마도 하야마 하야토는 계열 선택 따위 정말로 어찌 되든 상관없었고, 어느 쪽을 고르든지 본인에게는 별 차이가 없었던 거겠지.

그러니 지금은 그 대답을 들은 걸로 충분하다. 미우라의 의뢰도 이것으로 해결이다. 물론 문제가 완전히 해소된 것은 아니다. 다만 앞으로 벌어질 일들은 내 소관 밖이다.

"슬슬 갈까?"

그렇게 말한 하야마가 천천히 달리기 시작했다. 바보 같은 자식, 난 이제 더는 못 뛴다고. 그렇게 생각하면서도 힘겹게 하야마 뒤로 따라붙었다.

한 가지 더 물어보고 싶은 게 있었기 때문이다.

바닥에 끌리려는 다리를 억지로 들어 올렸다. 다행히도 잠시 쉬어준 덕분에 숨쉬기는 한결 편해졌다. 아직도 조금 빠른 맥박을 가라앉히고자 심호흡을 했다.

"……문과를 선택한 건 집안 사정 때문이냐? 소위 친분이라든가 뭐 그런 거."

"집안 사정? 우리 집 이야기를 너한테 했던가?"

하야마한테 이 정도 속도는 기껏해야 조깅 수준인지, 발놀림도 목소리도 경쾌하기 이를 데 없었다.

"아니, 뭐 그냥 어쩌다 주워들었달까……."

땀으로 식어버린 몸에 한층 차가운 바닷바람이 파고든다. 뼛속까지 시린 추위와 끈적하게 달라붙는 불쾌감, 그리고 묘하게 길어지는 침묵에 그만 몸을 뒤틀고 말았다.

그러는 사이, 또 한 명이 우리를 앞질렀다.

그러나 순위는 이미 하야마의 관심사가 아닌지, 흥미로운 눈빛으로 나를 바라보며 뭔가를 생각하는 기색이었다. 그러다 불쑥 입을 열었다.

"그 소문, 신경 쓰여?"

"뭐어? 아니, 그런 게 아니라……. 그냥, 그 뭐랄까, 뭐냐. ……뭔가 좀."

뭐라고 설명해야 할지 몰라 쩔쩔매는데, 하야마가 소리 내어 웃었다. 여태껏 그토록 깨끗한 폼으로 달려온 주제에, 상체가 가늘게 떨리며 볼품없이 흔들린다.

"……왜 웃어?"

내 말에 하야마가 보란 듯이 눈꼬리를 훔쳤다.

"아, 미안. 그 문제라면 걱정할 거 없어. 확실하게 종지부를 찍을 테니까."

"어, 뭐 그래 주면 고맙지. 부실 분위기가 살벌해지는 건 사양이거든."

그런 이야기를 주고받는 사이, 또다시 등 뒤에서 이쪽으로 다가오는 녀석의 숨소리가 들려왔다. 흘끗 뒤를 돌아보고, 다시 앞쪽을 살폈다. 아까 우리를 추월한 녀석들과는 이미 제법 거리가 벌어졌을 터였다.

내 다리는 납덩이를 달아놓기라도 한 것 마냥, 좀처럼 생각대로 움직여주지 않았다.

"상당히 뒤처졌구만……. 천천히 갈까. 미안하다, 2연패를 저지한 꼴이 돼서."

제안 삼아 한 말이었으나, 하야마는 고개를 저었다. 그리고는 가볍게 스트레칭이라도 하듯 손을 탁탁 털더니, 씨익 웃었다.

　"……아니, 이길 거야. ……그게 나니까."

　이기는 게, 모두의 기대에 부응해 보이는 게, 하야마 하야토를 끝까지 연기해내는 게 바로 자신의 역할이라고, 그렇게 선언했다.

　하야마가 서서히 페이스를 끌어올려 터덜터덜 달리는 나를 몇 발짝 앞지르더니, 뒤돌아보며 입을 열었다.

　"게다가 네게 지고 싶지 않거든."

　그 말을 끝으로, 하야마 하야토는 땅을 박차고 달려나갔다.

　나를 뒤에 남겨두고 멀리, 저 멀리로.

　뒤따라갈 힘조차 남지 않은 나는 그저 그 뒷모습을 바라보는 수밖에 없었다. 내가 내놓지 못하는 해답을 내놓고, 내가 믿지 못하는 가능성을 꿈꾸며, 하야마 하야토는 그렇게 내 앞에서 멀어져갔다.

　빌어먹을, 너무 멋지잖아.

　혹시 저 녀석도 승부욕의 화신인 거 아냐? 그런 시답잖은 생각을 하며 달리다 보니, 그만 왼쪽 장딴지를 오른발로 걸어차고 말았다.

　뒤엉키는 다리를 주체하지 못하고 그 자리에 털썩 고꾸라졌다. 그리고 그대로 땅에 벌러덩 드러누워 하늘을 올려다보았다.

탁 트인 맑고 푸른 겨울 하늘에, 내 하얀 입김이 녹아들었다.

× × ×

내가 나자빠지거나 말거나, 마라톤 대회는 원래 예정대로 착착 진행되어갔다.

넘어진 후 한동안 그대로 널브러져 있다가 토츠카의 도움으로 일어나긴 했지만, 그렇다고 더 이상 신세를 질 수도 없는 노릇이라 먼저 보낸 다음, 혼자 아픈 다리를 끌며 가까스로 골인했다.

간신히 꼴등은 면했지만, 라스트 스퍼트 때는 최하위 그룹에 속했기에 골인하기 직전에만 죽을힘을 다했다. 결승점을 통과하는 순간, 무심코 "이제 골인해도 되지……?"라고 중얼거렸을 정도다. 참고로 그 말에 반응을 보여준 사람은 막판에 함께 뛴 자이모쿠자뿐이었다.

경기를 마치자 무릎이 부들부들 떨리는 게, 이거야말로 진정한 니코니코니[#31]…….

털썩 드러누워 몸 상태를 점검해보니, 그야말로 참혹함의 극치였다.

무릎과 정강이는 까졌지, 반바지는 흙투성이에다 엉덩이는

#31 진정한 니코니코니 니코니코니를 니코니코(にこにこ, 생글생글)+니(nee, 무릎)으로 해석한 것. 지쳐서 다리가 후들대는 상태를 일본에서는 「무릎이 웃는다」라고 표현함.

땅기지, 옆구리는 하염없이 쑤셔오지……. 그야말로 멀쩡한 데를 찾기가 더 힘들 지경이었다. 나란 놈은 안 그래도 깨는데 아직도 더 깨질 데가 있구나, 하는 깨달음을 얻었을 정도였다(깼다).

도중에 『파이팅♡ 파이팅♡』#32 하고 나 자신에게 용기를 불어넣지 않았더라면 내 라이프는 제로가 됐을 게 분명하다.

물론 내가 골인하기를 기다려주는 사람이 있을 리도 만무하다.

정확히 말하면 골인 지점 근처에는 형식적으로 배치해둔 체육 교사만 한 명 있을 뿐, 다른 사람들은 죄다 공원 광장에 집결한 상태였다.

그쪽으로 상황을 살피러 가보니, 한창 시상식이 거행되는 중이었다.

고작 교내 마라톤 대회라 원래 시상식 같은 건 안 하는데, 행사 사회를 잇시키가 맡은 걸로 보아 아무래도 학생회의 긴급 기획인 모양이다. 생각보다 유능한 녀석이다. 잇시키 이로하, 무서운 아이…….

"자아, 그럼~! 결과 발표도 마쳤으니! 우승자의 소감을 들어보도록 하겠습니다~!"

학생회 비품으로 추정되는 마이크를 움켜쥔 잇시키가 들뜬 기색으로 신바람을 내며 외쳤다. 그때마다 스피커를 조절하

#32 파이팅♡ 파이팅♡ 19금 만화가 이토 라이프와 관련된 인터넷 드립. 착한 미소녀가 파이팅을 외치며 다정하게 용기를 불어넣어 주는 장면이 많은 데서 유래.

는 부회장의 모습이 어딘가 기묘한 느낌을 주었다.

한 바퀴 둘러보니, 아무래도 학년과 성별의 구분 없이 많은 학생들이 이 광장에 모여 있는 모양이었다. 그 속에는 유이가 하마와 미우라, 에비나 양, 그리고 토베와 토츠카 등, 우리 반 녀석들도 당당하게 한 자리씩 꿰차고 있었다.

먼발치에서 지켜보는데, 잇시키가 우승자를 호명했다.

"우승자 2학년 F반 하야마 하야토, 단상으로 올라오세요~!"

이름을 불리자, 월계관을 쓴 하야마가 즉석 단상 위로 올라섰다. 그러자 객석이 후끈하게 달아올랐다. 그나저나 저 녀석, 정말로 우승해버린 거냐…….

"하야마 선배님, 축하드려요! 전 당연히 선배님이 우승하실 줄 알았다니까요!"

"고마워."

잇시키의 사심 가득한 축하 인사에 하야마가 온화한 미소를 지으며 대답했다.

"그럼 수상 소감 한마디 부탁드릴게요~."

마이크가 하야마 손으로 넘어가자, 박수와 휘파람, 그리고 HA·YA·TO를 연호하는 소리가 들불처럼 일어났다. 토베가 넣어대는 웃샤니 오예니 아자자자자! 니 하는 추임새가 무진장 귀에 거슬렸다.

그 환호에 쑥스러운 듯 웃으며 손을 흔들어 보인 하야마가 입을 열었다.

"중간에 잠시 위기를 맞기도 했지만, 좋은 라이벌과 여러분의 성원에 힘입어 끝까지 무사히 달릴 수 있었습니다. 감사합니다."

매끄럽게 말을 이어가던 하야마가 잠시 뜸을 들였다. 그리고 관객들 속에 있는 미우라를 발견하고 손을 흔들었다.

"특히 유미코와 이로하…… 고마워."

그러자 더 큰 환호성이 터져 나왔다. 오오오카가 삑삑 손가락으로 휘파람을 불자, 야마토가 성대한 박수갈채를 보냈다. 당사자인 미우라와 잇시키는 어땠느냐 하면, 두 사람 다 이름을 불렀을 때는 놀라움에 몸을 굳혔지만, 차츰 쑥스러운 기색으로 몸을 꼬거나 얼굴을 붉히며 고개를 수그렸다. 그런 미우라의 어깨를 유이가하마가 다정하게 토닥였다.

하야마의 따스한 눈길과 두 사람의 반응에 객석이 술렁였다. 옳거니, 종지부를 찍겠다는 게 이런 뜻이었나.

다시 우승자의 수상 소감이 이어졌다.

"앞으로는 당분간 동아리 활동에 집중하여, 우리의 마지막 대회를 목표로 최선을 다하겠습니다. ……그리고 축구부는 오늘 형편없는 성적을 낸 사람이 많았으므로, 가차 없이 굴릴 예정이니 각오하도록."

하야마가 싱긋 독기 어린 미소를 지으며 토베가 있는 쪽을 돌아보자, 토베가 흐엑 비명을 지르며 벌러덩 쓰러졌다.

"뜨어, 하야토오~! 너무하잖아~! 그럴 거면 미리 말해달라고~!"

마이크에 못지않은 생목으로 토베가 울부짖자, 모두가 드왓하하하 웃음을 터뜨렸다. 아아, 상냥한 세계로구나…….

"네, 감사합니다~. 지금까지 우승자의 수상 소감을 들어보았습니다~. 자아, 박수~. ……2등 이하는 그냥 생략해도 되죠~?"

커다란 박수 소리에 섞여, 잇시키가 부회장을 향해 건넨 한마디가 마이크에 똑똑히 잡혔다. 뭐 하는 거냐, 저 녀석…….

잇시키가 자신의 실언을 무마하려고 애쓰는 사이, 단상에서 내려온 하야마는 미우라 일행과 담소를 나누기 시작했다.

그 속에서 얼마 전까지 느껴졌던 거리감은 찾아볼 수 없었다. 오히려 미우라가 주변의 눈을 의식하듯 슬그머니 유이가하마와 에비나 양 뒤로 몸을 숨겼다.

그 모습을 지켜보다가, 광장을 나섰다.

하야마 하야토의 하야마 하야토다움은 이 두 눈으로 똑똑히 보았다. 그것은 어쩌면 남들의 기대에 부응하는데 특화된 위선적인 광대놀음에 불과할지도 모르나, 그 역할을 저토록 완벽하게 소화해버리면 입이 열 개라도 할 말이 없다.

광장을 나서려던 찰나, 마찬가지로 해산하던 사람들의 무리와 마주쳤다. 그들은 두런두런 일상적인 수다를 떠는 중이었다.

"역시 소문은 소문일 뿐이네." "하야마랑 미우라, 역시 사이 좋구나." 라는 이야기를 나누며 걸어가는 그 모습을 곁눈질하다가, 휘청거리는 다리를 끌고 보건실로 향했다.

          × × ×

  학교 안은 한산해서, 아까 그 광장보다 훨씬 썰렁하게 느껴졌다.

  아직도 대부분의 학생들은 마라톤 대회장에 있거나, 아니면 제각기 자유로운 시간을 보내는 중이겠지.

  실내화로 갈아 신고 텅 빈 특별관 복도를 걸었다. 고작 그것뿐인데도 다친 다리가 욱신욱신 아파 왔다.

  보건실 문을 노크했다.

  "들어오세요."

  귀에 익은 목소리가 들려왔다. 어라? 하고 문을 열자, 예상한 대로 그곳에는 유키노시타가 있었다. 유키노시타는 체육복 차림으로 의자에 앉아 어리둥절한 표정으로 나를 바라보았다.

  "히키가야? ……유이가하마가 일찍 도착한 줄만 알았더니."

  "유이가하마는 아직 공원에 있던데. 그보다 넌 여기 어쩐 일이냐?"

  "잠시 쉬는 사이에 기권 처리됐거든……."

  크으 이를 갈며 대답한다. 아무래도 역시나 중도 기권인 모양이다. 분해하는 걸 보니 일단 본인은 완주할 작정이었던 모양이지만…….

  "히키가야 너는…… 부상?"

흘끗 내 다리를 곁눈질한 유키노시타가 보기만 해도 아프다는 듯 눈살을 찌푸렸다.

"어, 실수로 좀."

차마 다리가 꼬여서 넘어졌다고는 말 못한다. 쪽팔리니까. 게다가 또 뭐랄까, 그런 소리를 하면 꼭 가정폭력 피해자가 둘러대는 것처럼 들리잖아. 「아니야! 이건 정말 그냥 넘어져서 다친 거라니까!」처럼. 가정폭력 피해자로 오인당해 괜한 걱정을 끼칠 수는 없는 노릇이다.

"대회장에서 치료받고 왔으면 좋았을 텐데. 보건 선생님도 그쪽에 계실 거고."

"내가 골인했을 때는 없었다고……."

내 대답에 유키노시타가 턱을 매만지며 생각에 잠겼다.

"그래? 타이밍이 나빴나 보구나. ……아니면 운이 나쁜 걸까? 또는 눈, 혹은……."

"성격이니 심보니 이것저것 나쁘다고. 그보다 여기 있는 소독약 같은 거, 그냥 막 가져다 써도 되냐?"

잠겨 있지 않은 쪽 약장을 마구잡이로 뒤지며 묻자, 유키노시타가 한숨을 쉬었다.

"……덤으로 손버릇도 나쁜 모양이구나."

몸을 일으킨 유키노시타가 손짓만으로 나를 약장 앞에서 비키게 하더니, 소독약과 붕대를 꺼내 들고 앞에 놓인 의자를 가리켰다.

"거기 앉으렴."

"아냐, 이 정도는 나 혼자서도 할 수 있다고."

"됐으니까 앉아."

떨떠름한 기분으로나마 일단 시키는 대로 자리에 앉았다. 그러자 유키노시타가 자기가 앉아 있던 의자를 내 앞으로 가져왔다.

그리고는 내 다리에 손을 얹고 상처 소독에 착수했다. 알싸한 소독약 냄새가 코를 찔렀다. 살짝 고개를 숙인 유키노시타의 머리가 다가오자, 은은한 비누 냄새가 풍겨왔다.

소독약을 적신 솜이 상처 난 자리를 톡톡 두들길 때마다, 간질간질한 통증이 일었다. 딱히 이런 식의 치료에 익숙하진 않은 거겠지. 자꾸만 흠칫흠칫 건드리는 통에, 가끔씩 소독약이 깊이 스며들어 쓰라렸다.

"앗, 잠깐, 따, 따갑습니다만……."

"어쩔 수 없잖니. 살균하는 거니까. 히키가야 네게도 효과가 있는 건 당연해."

"윽, 사람을 병균 취급하지 말아줄래?"

"약효가 있다는 증거야. 참으렴."

있잖아, 그 좋은 약은 입에 쓰다는 논리 말인데, 어째 좀 신용이 안 간단 말이지. 쓰다고 다 좋은 거면 제 인생은 그야말로 최고여야만 하잖습니까?

말은 그렇게 했지만, 유키노시타도 조금은 신경을 써줬는지 상처를 건드리는 힘이 약해지며 손놀림도 세심해졌다. 그러자 이번에는 간지러운 느낌이 강해져, 자꾸만 움찔대려는 몸을 애써 억눌렀다.

광범위한 찰과상의 소독이 끝날 때까지, 둘 다 침묵을 지켰다. 따가운 느낌에도 차츰 익숙해지며 경직되었던 몸이 서서히 풀린다. 붕대를 한 바퀴 두 바퀴 감던 유키노시타가 천천히 입을 열었다.

"하야마와 같이 달린 것 같던데……. 뭔가 알아냈니?"

"그래. ……적어도 이과는 아냐."

달리 정확하게 설명할 방도가 떠오르지 않아 그런 미묘한 대답을 하자, 유키노시타가 쿡쿡 웃었다.

"오묘한 표현이구나. ……다 됐어."

유키노시타가 후우 만족스러운 한숨을 내쉬며 고개를 들었다. 그러자 상체를 숙이고 있던 유키노시타와 내 얼굴이 거의 닿을 만큼 가까워졌다.

"……."

둘 다 그 자세로 얼어버리고 말았다.

겨울에 쌓인 눈처럼 새하얗고 투명한 피부. 촉촉하게 물기를 머금은 새까만 눈동자. 눈을 깜빡일 때마다 덧없이 흔들리는 긴 속눈썹. 오뚝하고 고운 콧날. 그리고 가느다란 숨결이 새어나오는 살짝 벌어진 입술.

유키노시타의 가냘픈 어깨가 흠칫 떨리자, 길고 윤기 있는 머리카락이 사르륵 흘러내렸다.

허둥지둥 천장을 올려다보는 척하며 몸을 획 뒤로 젖혀 거리를 벌렸다. 그 바람에 어딘가에 난 상처가 쿡쿡 쑤셔왔다.

"……어, 저기, 치료해줘서 고맙다."

"……아니야, 별로 대단한 일도 아닌걸."

얼버무리듯 감사 인사를 하자, 유키노시타도 앉은 자세를 고치더니 휙 고개를 돌렸다.

그것을 끝으로 보건실에는 어색한 침묵이 내려앉았다.

가만히 있기가 심심해져서, 아까 감아준 붕대를 흘끗 보았다. 그러자 앙증맞은 리본 형태의 매듭이 눈에 들어왔다. ……다 됐다던 게 이거였나. 그 뭐냐, 붕대 고정하는 괴상한 금속 핀 같은 거 있잖아. 그걸 쓰라고, 그걸. 리본이라니 뭐냐고. ……귀엽잖아.

그 리본 매듭을 보고 있자니 저절로 웃음이 새어나왔다. 왠지 한결 마음이 편해졌다.

의자 끄트머리에 걸터앉아 등을 곧게 폈다. 그런 내 자세가 이상해 보였는지, 유키노시타가 고개를 갸웃했다.

지금 유키노시타에게 물어보고 싶었다.

"……있잖아. 진로, 어느 쪽으로 갈 건지 물어봐도 되냐?"

그러자 유키노시타가 조금 당황한 기색을 내비쳤다. 뭔가 생각하려는 듯 턱으로 가져가려던 손은 어정쩡하게 가슴 근처에 머무른 채였다.

"나는 국제 교양과니까, 계열 선택은 상관없는데……."

"……하긴 그렇겠네. 그냥 물어본 것뿐이니까 신경 쓰지 마라."

어렴풋이 예상했던 대답이었지만, 그래도 만족했다. 아마도 자기만족이라고 불리는 감정일 테지만.

가볍게 흘려 넘기라는 뜻으로 한 말이었으나, 유키노시타는 갈 곳을 찾지 못하고 방황하던 손을 가만히 무릎에 올려놓고 살짝 고개를 수그린 채 나를 보았다.

"네가 그런 걸 묻는 건 처음이구나."

"그런가?"

그렇게 둘러대며 시치미를 뗐다.

여태까지도 이런 질문을, 지극히 개인적인 질문을 던질 기회는 얼마든지 있었다. 그때마다 철저하게 선을 긋고, 절대로 넘어가지 않도록 주의해왔다. 결코 용납될 리 없는 행위라고 생각했으니까.

유키노시타는 대답하기 껄끄러운지 헛기침을 하더니, 반응을 살피듯 고개를 비스듬히 틀어 내 얼굴을 올려다보았다.

"……일단 문과 쪽으로 되어 있기는 해."

"그러냐."

"응. 그러니까…… 모두 똑같은 셈이구나."

그렇게 말하며 유키노시타가 미소 지었다. 마치 나들이 전날의 소녀 같은 웃음이었다.

"뭐, 카테고리로 따지면 그렇긴 하지."

나도 문과고, 유이가하마 역시 문과로 간주해도 무방하겠지.

그런 분류에 얼마나 의미가 있을지는 미지수다. 결국 언젠가는 다른 곳으로, 다른 세상으로 떠나가게 될 테니까. 어린 시절을 함께 보낸 세 사람이 계속 함께 있을 수 없었던 것처럼. 시간이 흐르면 관계의 형태는 달라지기 마련이다.

변하지 않는 건 과거의 사실뿐이다. 그것은 사람을 옭아매는 족쇄가 되기도 하지만, 동시에 인연을 비끄러매는 말뚝이 되어줄지도 모른다. 선 안쪽으로 내디딘 걸음이 발자국이 되어 남아준다면 그것으로 족하다.

"그럼 난 이만 교실로 가보마."

"그래. 잘 가렴."

짤막한 인사말과 함께 보일락 말락 들어 올린 손은 여전히 가냘프게 흔들렸다. 그 손짓에 묵묵히 고개를 끄덕이고, 보건실 문으로 손을 뻗었다.

그때 그 문이 덜컹 흔들렸다. 어디서 웃풍이 들어오나 싶어 문을 확 열어젖히자, 눈앞에 웬 사람이 떡하니 서 있었다.

"어이쿠, 깜짝이야……."

그 난데없는 등장에 쿵쾅거리는 심장을 달래는데, 눈앞의 인물, 유이가하마 유이도 경직된 표정으로 말을 잇지 못했다.

"아, 힛키……."

"뭐야, 유이가하마였냐……. 지금 왔어?"

"어? 아, 응, 맞아맞아! 안 그래두 지금 노크하려던 참이었는데……."

아까 느꼈어야 할 놀라움이 뒤늦게 찾아왔는지, 유이가하마가 허둥대며 내 물음에 답했다. 그리고는 살며시 눈을 감고 호흡을 가다듬더니, 쓱 고개를 들었다.

"유키농~! 늦어서 미안~!"

큰소리로 외치며 보건실로 들어가더니, 곧장 유키노시타 앞으로 가서 앉았다. 유키노시타는 조금 미심쩍은 표정을 지었지만, 이내 고개를 젓고는 그런 유이가하마를 향해 미소 지었다.

"괜찮아. 지루하지는 않았으니까."

"그렇담 다행이구……. 아, 맞다. 마침 잘됐네, 힛키두 있구."

유이가하마가 까닥까닥 손짓을 해서 나를 불렀다.

하긴 문을 휑하니 열어놓고 그냥 가버릴 수도 없는 노릇이다. 사이에 있는 거라곤 고작 벽 하나뿐이건만, 복도에는 차디찬 냉기가 감돌았다.

다시 보건실로 들어서자, 따스한 공기가 전신을 감쌌다. 그 온기의 원천인 온풍기 앞에는 유키노시타와 유이가하마가 나란히 앉아 있었다.

"유미코 상담 말야, 오늘 안으루 보고해야 되잖아? 근데 지금부터 뒤풀이할 거라 유미코, 바루 그쪽으루 직행할 거래. 어떡하지?"

초조한 기색으로 묻는 유이가하마와는 대조적으로, 유키노시타는 턱에 손을 얹으며 흐음, 하고 생각에 잠겼다.

"……그러면 가는 길에 미우라가 있는 곳에 들러서 이야기하는 수밖에 없겠구나."

"그러게."

"기왕이면 뒤풀이에 참석한다구 해줘!"

유이가하마의 비통한 절규에 유키노시타와 얼굴을 마주보

앗다. 둘 다 이 패턴에는 이골이 난 몸이다. 말없이 시선을 주고받으며 고개를 끄덕여 보이고, 거의 동시에 대답했다.

"그럼 갈 수 있으면 가마."

"그래. 상황을 봐가며 결정하도록 하자."

"그거, 결국 안 간다는 소리 아니야?!"

지친 기색으로 휴우 한숨을 내쉰 유이가하마가 곰곰이 생각한 끝에 입을 열었다.

"우움, 뭐 그래두 예전에 비함 많이 나아진 건가……?"

혼잣말처럼 중얼거린 유이가하마가 바퀴 달린 둥근 의자를 돌돌돌 끌며 유키노시타 옆으로 다가갔다.

"그럼 함께 가볼까! ……모두, 함께."

다시 한 번 나직하게 뇌까리며, 유이가하마가 살며시 유키노시타에게 몸을 기댔다.

"……더워."

온풍기 앞이라서인지, 유키노시타가 인상을 썼다. 하지만 억지로 밀어내지는 않고 그대로 내버려두었다. 유이가하마 역시 그곳에서 움직일 마음은 없는지, 온풍기 앞에서 노글노글 행복한 표정을 짓기 시작했다.

어차피 이따가 보건 선생님이 돌아오시면 쫓겨날 테지만…….

그때까지는 나도 이 따스한 공간에 머물러도 되겠지.

그리하여
그들의 과거와 미래는
뒤얽히고,
현재로 귀결된다.

　해가 완전히 저물자 기온이 뚝 떨어지며 바람도 거세졌다.
학교를 나와 역으로 향하는 공원 옆길을 걷자, 북풍에 흔들
리는 헐벗은 나무들이 눈에 들어왔다.

　코트 옷깃을 단단히 여미고, 얼굴 아랫부분을 머플러 속으
로 쏙 파묻었다. 그리고 앞서가는 유키노시타와 유이가하마,
그리고 미우라를 뒤쫓았다. 오늘은 방과 후 동아리 활동을
생략하고 지난번 의뢰의 결과를 보고하고자, 미우라와 함께
뒤풀이 장소로 가는 중이었다.

　미우라는 타탄체크 무늬 머플러와 자랑거리인 굽슬굽슬한
머리칼을 바람에 휘날리며, 나직하게 중얼거렸다.

　"그래……. 하야토, 문과란 말이지~?"

　"응. 장담은 못 하지만."

　유이가하마가 자신 없는 표정으로 당고머리를 만지작거렸
다. 그야 한 다리 건너들은 정보인 데다 그걸 말해준 사람이
출처로서 신빙성이 떨어지니까. 소심해질 만도 하지.

그런 애매한 대답을 들었음에도 불구하고, 미우라는 대충 구겨 신은 로퍼로 땅을 툭 차더니 천연덕스러운 표정으로 하늘을 올려다보았다.

"그럼 나아, 문과로 할래."

"그렇게 간단히 결정해도 괜찮겠니?"

유키노시타의 음성은 부드러웠지만, 어딘가 질책하는 듯한 느낌이 묻어났다. 미우라는 그런 유키노시타를 돌아보는 대신, 변함없이 어두운 하늘에 시선을 둔 채로 별을 세듯 걸었다.

"나아, 하고 싶은 일 같은 거 딱히 없거든. 이과가 필요하면 학원서 배워도 되잖아?"

하야마라면 가능할 테지만, 미우라는 글쎄. 너무 낙관적인 태도 아닌가? 그렇게 생각한 사람은 나만이 아니었는지, 유키노시타도 약간 떨떠름한 표정이었다. 참고로 유이가하마는 힘주어 고개를 끄덕여 보였다. 저기, 성적으로 따지면 네가 제일 불안하거든……?

하지만 그런 내 우려는 기우에 불과했다.

"대학이야 재수하면 되지만…… 이건 그렇겐 안 되니까."

그렇게 말하며 걸음을 멈춘 미우라가 까치발을 딛듯 발뒤꿈치를 들며 등 뒤에서 손깍지를 끼었다. 뒤에서는 그 표정을 살필 수 없었다. 하지만 그 눈동자는 틀림없이 겨울 하늘처럼 맑을 거라는 생각이 들었다.

"그놈 상대하려면 뼛골이 빠질걸."

"아이참, 힛키!"

유이가하마가 나무라듯 팔꿈치로 나를 쿡 찔렀다. 그러자 미우라가 고개만 돌려 나를 쏘아보았다.

"뭐어? 그딴 거, 히키오가 말 안 해도 알거든요?"

"그, 그러냐……."

후이잉……. 미우라 땅, 무서버요오……. 미우라는 잠시 나를 째려보았지만, 곧 그 험악한 시선을 거두고 다시 걸음을 옮겼다. 그리고 내 말에 대한 반론인지, 나직한 목소리로 뭔가 구시렁거리듯 말했다.

"그런, 뭐랄까……. 귀찮은 것도 포함해서."

그리고 빙글 몸을 돌려 이쪽을 보고 섰다. 코트 자락과 윤기 나는 금발이 풍성하게 나부꼈다.

"역시 좋은걸."

뒤돌아선 여파로 몸을 비스듬히 기울인 채, 조금 수줍은 듯 빙그레 웃으며 그렇게 말했다.

저렇게 눈부신 미소를 지으며 저런 말을 하면 감탄할 수밖에 없다. 저런 심플한 표현법도 있었던 거다. 직관적이고 간결하고 단순한, 그렇기에 순수한 동경이.

한동안 넋 놓고 그 미소를 바라보고 있자니, 내 시선을 깨달은 미우라가 미소를 싹 거두고 퉁명스러운 표정으로 걸음을 재촉했다.

"그래……. 그걸루 되는 거구나. 더 간단해두 괜찮은 거였어……."

중얼거리는 소리에 뒤돌아보자, 코트 가슴 쪽을 꼭 움켜쥔 유이가하마가 보였다. 그 옆에 있는 유키노시타는 놀란 얼굴로 멍하니 미우라를 바라볼 뿐이었다.

하지만 사실 놀랄 만한 일은 못 될지도 모른다. 수학여행 때도 미우라는 하야마의 의도와 에비나 양의 의지를 정확하게 꿰뚫어봤으니까. 그렇다면 막연한 감정일지라도 진실한 것에 도달할 가능성은 충분하다. ……게다가 미우라 양은 엄마 체질이니까요!

우리가 그 자리에 멈춰서 있음을 깨달은 미우라가 되돌아왔다.

"유이, 고마워."

유이가하마와 마주서서 그 어깨를 가볍게 토닥였다. 그리고 고개만 돌려 나를 흘끗 곁눈질했다.

"아~ 또 히키오도."

건성이잖아……. 곁다리인 티가 팍팍 나고, 내 이름은 히키오가 아니고. 뭐 어차피 상관은 없습니다만.

"그리고…… 유키노시타? 너도…… 그 뭐랄까, 어……."

내게서 시선을 뗀 미우라가 이번에는 유키노시타를 돌아보았다. 그 상태로 우물쭈물 말문을 흐렸지만, 이윽고 결심을 굳힌 표정으로 유키노시타를 정면으로 노려보았다.

"미안."

그리고 미우라가 힘차게 고개를 숙였다. 유키노시타는 의아한 표정으로 눈을 깜빡였지만, 이내 피식 웃고는 벙어리장갑을 낀 손으로 어깨에 내려앉은 머리카락을 쓸어 넘겼다.

"그럴 필요 없어. 오히려 혼자 쳐들어와서 직접 혼찌검을 내주려고 한 그 배짱은 높이 사고 싶을 정도니까."

"뭐야, 그 거만한 태도. 열 받거든요……? 괜히 사과했네."

말은 거칠었지만, 둘 다 목소리는 부드러웠다. 좀이 쑤시는 기색으로 그런 두 사람을 줄곧 지켜보던 유이가하마가 마침내 한계에 도달했는지 미우라와 유키노시타를 와락 끌어안았다.

"좋아! 그럼 우리 다 함께 뒤풀이하러 갈까?"

"나는…….."

유이가하마의 팔에 안긴 유키노시타가 사양하려고 몸을 뒤틀자, 마찬가지로 유이가하마에게 끌어안긴 미우라가 흘끗 그쪽을 곁눈질하며 말했다.

"너도 오든가?"

"……그래. 그러면 조금만 있다 갈게."

주저한 것은 아주 잠시뿐. 유키노시타가 입가에 희미한 미소를 머금은 채 대답했다. 그러자 미우라가 홱 고개를 돌렸다.

이동한 끝에 도착한 뒤풀이 장소는 뭔가 그럴싸한 인테리어의 그럴싸한 가게, 소위 영국풍 펍이었다. 가게 안에서는 하야마 일행과 잇시키를 중심으로 한 학생들이 왁자지껄 시끌벅적 떠들어대는 중이었다.

분위기로 봐서는 뒤풀이라기보다는 하야마의 우승 축하 파티에 가까운 느낌이었다. 하야마 그룹을 시작으로 잇시키와 토츠카 일행, 심지어 어찌 된 영문인지 자이모쿠자까지 있었다.

가게로 들어서자 미우라는 곧장 하야마 쪽으로 갔고, 유이
가하마는 어떻게 할지 망설이는 기색이었지만 유키노시타가
고개를 끄덕이자 멋쩍게 웃으며 미우라를 따라갔다.

남겨진 나와 유키노시타는 간단한 음료를 주문하고, 가게
구석에 있는 바 카운터로 갔다.

"수고했어."

"어, 그래."

옆자리로 온 유키노시타가 잔을 들었고, 나도 비슷한 높이
로 잔을 들어 올렸다. 우리 둘 다 이렇게 소란스러운 분위기
는 영 체질에 안 맞는다. 신나게 노는 모습을 구석에서 지켜
보는 정도가 전원에게 딱 알맞은 거리감이겠지.

한동안 그렇게 말없이 모두가 어울려 노는 모습을 바라보
는데, 그 시선을 느꼈는지 홀 안을 돌던 하야마가 우리 쪽으
로 다가왔다. 주인공은 인사 다니느라 힘들겠구만…….

"안녕. ……와줘서 고마워."

그 말에 유키노시타는 아니라는 듯 고개를 저었고, 나도 동
의하듯 고개를 끄덕였다. 우승 축하 멘트라도 한마디 건네는
편이 좋으려나 고민하는데, 하야마가 불쑥 고개를 숙였다.

"미안해. 여러모로. ……이상한 소문이라든가, 민폐를 끼쳐
서."

당황했는지, 유키노시타는 말문이 막힌 눈치였다. 하지만
그것도 잠시뿐, 금방 당찬 태도로 예전에 부실에서 했던 말
과 비슷한 대답을 했다.

"민폐라고 할 정도는 못 돼. 그때에 비하면 별것 아니니까."

"그때라……."

그렇게 중얼거리는 하야마의 표정은 씁쓸했다. 그 반응에 유키노시타의 얼굴도 조금 어두워졌다.

"……이제는 조금 알 것 같아. 아마도 더 나은 방법이 있었던 거겠지. 그러니 나도 너에게 민폐를 끼쳤다고 생각해. …… 미안해."

이번에는 유키노시타가 살짝 고개를 숙였다. 그러다 고개를 들고, 먼 옛날을 추억하는 듯한 눈빛으로 덧붙였다.

"다만 마음 써준 점에 대해서는 고맙게 생각해."

하야마의 표정은 놀라움으로 가득했다. 한 대 얻어맞기라도 한 듯한 표정으로 유키노시타를 뚫어져라 쳐다보며 입을 열었다.

"……넌 조금 변했구나."

"글쎄. 그저 옛날과는 많은 것들이 달라졌으니까."

그렇게 말한 유키노시타가 유이가하마를 돌아보고, 다시 흘끗 내 쪽을 곁눈질했다. 어쩐지 들어서는 안 될 이야기를 듣고 만 것 같은 거북함에, 반사적으로 시선을 피하고 말았다.

유키노시타가 홋하고 웃는 듯한 숨소리를 내며, 하야마를 돌아보았다.

"너도 이제 과거에 얽매이지 않아도 된다고 생각하는데. ……누군가의 뒷모습을 무리해서 쫓을 필요도 없어."

"……그것도 포함해서, 나인걸."

그렇게 대답하며 하야마는 웃었다. 어딘가 자랑스럽게.

그런 하야마 뒤에서 유이가하마가 부랴부랴 다가왔다. 뒤이어 토츠카도 모습을 드러냈다. 분위기에 취했는지, 잔뜩 들뜬 기색의 유이가하마가 유키노시타의 팔을 와락 끌어안았다.

"유키농, 음식 나왔어! 뭔가 굉장한 새야! 완전 통째루 구웠다구!"

"진짜 대단하더라! 하치만도 같이 먹자!"

토츠카가 활짝 웃으며 말했다. 안 그래도 이 자리에 있기 껄끄럽던 터라, 그 제안이 고맙게 느껴졌다. "그래!" 하고 힘찬 목소리로 두말없이 승낙하고 토츠카를 따라나서려고 했으나, 하야마가 슬쩍 손을 뻗어 나를 가로막았다.

"금방 그쪽으로 돌아갈 거야. ……그렇지? 히키가야."

그렇게 말하며 토츠카와 유이가하마를 향해 온화한 미소를 짓자, 유이가하마가 고개를 끄덕였다.

"그럼 우린 먼저 가서 기다릴게!"

그리고 거부할 틈도 없이 그대로 유키노시타를 연행해갔다. 토츠카도 나를 향해 살짝 손을 흔들어 보이고는 원래 자리로 돌아갔다. 아아…… 나도 토츠카와 새를 썰고 싶었건만…….

세 사람의 뒷모습을 바라보며, 하야마가 잔을 가볍게 돌렸다. 그러자 얼음이 짤그랑 소리를 냈다.

"역시 유키노시타는 조금 변했어……. 더 이상 하루노 누나의 그림자는 좇지 않는 것처럼 보여."

유키노시타를 바라보는 하야마의 눈초리는 가늘고 날카로웠다. 뒤이어 나온 목소리는 어두웠다.

　"……하지만 그게 다야."

　"그러면 된 거 아니냐?"

　깊이 생각해보지도 않고 그렇게 대꾸했다. 유키노시타에게 그것은 분명 일종의 성장이다. 늘 비교되어 왔을 터인 자기보다 뛰어난 존재. 그 그림자를 끊임없이 뒤쫓으며, 하루노와는 다른 것을 손에 넣고자 발버둥 쳐왔다는 증거다. 자랑스러워해야 마땅한 일 아닌가.

　그러나 하야마는 나를 가만히 바라보다가, 씁쓸하게 잔 속의 내용물을 들이켜고는 착잡한 목소리로 물었다.

　"……깨닫지 못했어?"

　"뭘?"

　"하긴 모른다면 상관없으려나……."

　"너 말 한번 짜증 나게 한다."

　"옛날부터 이런 식으로 이야기하는 걸 자주 들어왔으니까. 자연스럽게 닮아버린 거지."

　하야마가 쓴웃음을 지었다. 그 화법은 확실히 내가 아는 누군가를 연상케 했다.

　유이가하마 일행이 자리에 앉자, 몸이 단 미우라와 잇시키가 하야마를 향해 손을 흔들었다. 얼른 오라는 뜻이겠지. 그 재촉에 마주 손을 흔들어 보이고 제자리로 돌아가려던 하야마가 아참, 하고 뭔가 생각난 기색으로 다시 이쪽으로 돌아서며 말했다.

"맞다. 깜빡하고 말 안 한 게 하나 있는데."

"엉?"

"네가 했던 추측에 대해서야. 내가 누구에게도 계열 선택에 관해 말하지 않았던 이유. 난 딱히 관계를 끊고 싶었던 게아니야. 진급이나 진학 정도로 인간관계는 리셋되지 않아."

"천만에, 아주 깨끗하게 리셋되던데."

"그건 히키가야 한정이지. 너하고 나는 달라."

"……아, 그러냐. 그럼 어째서 말 안 한 건데?"

어깨를 으쓱하며 장난스럽게 대꾸하는 하야마를 향해 물었다. 그러자 하야마가 잔을 들어 한 모금 마시고는 나직하게한숨을 쉬었다. 그리고 조금 서글픈 얼굴로, 죽은 이의 영전에 고하듯 천천히 입을 열었다.

"그것밖에 선택의 여지가 없는 걸 고른다고 해서, 그걸 자신의 선택이라고 하지는 않잖아?"

그 말을 듣고서야 비로소 이해가 갔다. 하야마는 자신의진로를 말하지 않은 게 아니다.

말할 수 없었던 거다. 심지어 말하지 않은 것조차도 하야마의 의지가 아니었다.

옛날부터 줄곧 사람들의 기대와 희망에 부응해온 결과, 그에 맞는 행동밖에 취하지 못하게 된 거다. 최선의 답안 이외의 해답을 내놓는 것은 용납되지 않았다. 토베에게 스스로선택하지 않으면 후회할 거라고 했지만, 실제로 후회한 사람은 다름 아닌 하야마 자신이었던 게 틀림없다. 그것은 말 그 대로 참회였다.

그렇게 하야마는 남들의 기대에 계속해서 부응해나갈 테지. 앞으로는 자기 자신의 의지로.

그러니 나만은 부정해주어야 한다. 기대를 강요하지 않는 사람도 있음을 알려주어야 한다.

정곡을 찌르는 부정만이 진정한 이해이며, 차가운 무관심이야말로 친절이라고 생각하니까. 무조건적인 긍정은 하야마를 옭아매는 족쇄가 될 뿐이다.

"나도 깜빡하고 말 안 한 게 하나 있다만. ……나도 네가 싫어."

시선을 피하며 그렇게 말하자 하야마의 눈이 휘둥그레졌지만, 이내 푸흣 웃음을 터뜨렸다.

"그래? 이렇게 대놓고 그런 소리를 들은 건 처음인지도 모르겠네."

웃음을 거두고 만족스럽게 대꾸한 하야마가 이번에야말로 카운터를 등지고 한 발짝 걸음을 옮겼다.

"그래도…… 나는 선택하지 않아, 그 무엇도. 그게 최선의 방법이라고 믿어."

자기만족이지, 라고 덧붙이듯 말하며 미소 지은 하야마가 자신이 속한 곳으로 되돌아갔다.

하지만 나는 웃을 수 없었다.

하야마 하야토가 내놓은 해답을 불성실하다고 질타하는 이가 있다면, 그 사람은 분명 사뭇 납득할 만한 해답을 내놓을 테지. 하야마 하야토와는 다른 번듯한 해답을 내놓을 테지.

손에 든 진저에일을 쭉 들이켜고, 모두가 앉아 있는 곳으로 시선을 돌렸다.

목구멍에는 아릿하고 쌉쌀한 여운이 감돌았다.

세 번째 수기

그렇다면 그것은
누구의 독백이었을까.

몇 번을 읽었는지 모른다.

예전에는 마을 목동에게 공감했던 기억이 난다.

정의니 신실이니 사랑이니, 따지고 보면 전부 부질없다. 하나같이 시시하기 짝이 없다.

그런 느낌을 받을 때마다, 어떤 생각이 문득 뇌리를 스쳐 간다.

나는 신뢰받고 있다. 나는 신뢰받고 있다.

내게는 그 한마디야말로 악마의 속삭임처럼 느껴졌다. 감미로운 울림을 지닌 그 말에 귀를 기울이는 사이, 나를 신뢰의 마물로 변모시켜간다. 배신은 용납하지 않겠다고 마음속에서 으르렁대며 엄포를 놓는다.

자신의 고약한 습성을 알기에, 필사적으로 숨기려 한다. 그렇게 은폐한 결과가 남들에게는 진실한 모습으로 비치고, 이윽고 그것이 당연해져서 어느새 진실한 모습으로 자리 잡는다.

단지 그런 것에 불과한 게 아니냐고 의심하기 시작하면 끝이 없다. 나 스스로는 이미 오래전부터 판단이 서지 않게 되어버렸다.

그랬기에 틀림없이 꿰뚫어봐 줄 사람이 있을 거라 믿고, 줄

곧 그 순간만을 기다려왔다.

그러는 사이, 이윽고 나는 간사하고 포악한 왕에게 공감을 느끼게 되었다.

사람을 믿지 못하겠다고 말하는 왕에게.

그러나 이야기의 결말은 누구나 아는 대로다.

하지만.

진정한 결말은 과연 어떻게 되었을까.

왕은 말했다. 사람의 마음은 신뢰할 수가 없다고.

간사하고 포악한 왕은 아직도 그 진실이라는 것의 존재를 믿지 못하는 게 아닐까.

시험해보고도 확신을 가지지 못하고, 똑똑히 보여주어도 신용하지 못하고, 그래서 자신의 껍데기 속에 틀어박혀 다시 시험해보고 싶다고, 망가뜨려 보고 싶다고 생각하는 건 아닐까.

의심을 품은 대가로 따귀를 맞는다면, 가장 먼저 맞아야 할 사람은 과연 누구일까.

책을 덮고 창밖으로 시선을 돌렸다.

이미 해는 뉘엿뉘엿 지평선 아래로 가라앉아, 마지막 한 조각 잔광마저도 사라진 후였다.

신실, 또는 진실.

그것이 공허한 망상이 아니라고, 어떻게 단언할 수 있을까.

진실된 것이란 게, 과연 있을까.

**그러나
유키노시타 하루노는
이렇게 말했다.**

　읽다 만 책에 책갈피를 끼워 테이블 위에 툭 내던지고 고개를 들었다. 치바역 근처의 오픈 카페에서는 휴일을 즐기는 사람들의 행렬이 한눈에 들어왔다.

　1월 말인 데다 날이 흐려서 기온도 낮은데, 굳이 오픈 카페를 고를 건 뭐냐. 코트를 여미며 원망스런 시선을 보냈다. 그 앞에서는 내가 기다리던 사람이 손을 흔들며 다가오고 있었다. 그 사람은 계산대로 가서 커피를 사 들고 내 앞자리로 걸어왔다.

　"기다렸지?"

　약속 상대인 유키노시타 하루노는 어젯밤에 별안간 전화를 걸어왔을 때처럼 밝은 목소리로 말했다.

　모르는 번호로 걸려오는 전화는 안 받는 주의지만, 몇 번이나 줄기차게 걸려오면 아무래도 마음이 약해지기 마련이다. 급한 용건인가 싶어 마음을 고쳐먹고 전화를 받았더니만, 달랑 약속 시각과 장소만 통보하고 전화를 끊어버리는 바람에

이 꼴이 되고 말았다. 거절하려고 곧바로 다시 걸었지만 무참히 씹혀버렸고……

"……저기요, 어떻게 제 전화번호를 알아내신 거예요?"

"하야토한테 들었지롱~."

하루노가 겸연쩍어하는 기색도 없이 꺄핫☆이라는 느낌으로 대답했다. 그러고 보니 예전에 하야마한테 알려준 적이 있었던가. 그 자식…… 경계 대상 1호한테 홀랑 불어버리기나……

하지만 이미 알려져 버린 건 어쩔 수 없다. 앞으로는 수신 거부 설정을 해놓자고 굳게 다짐하며, 오늘 나를 불러낸 이유를 물어보기로 했다.

"무슨 일이에요?"

대뜸 본론으로 들어가려는 게 못마땅했는지, 하루노가 심통 난 듯 볼을 부풀리며 가느다란 눈초리로 나를 흘겨보았다.

"모처럼 데이트하러 나왔는데 매정하긴~. 가마하랑 있을 때 안 그랬잖아."

"데이……. 아뇨, 그건 그런 게 아니고요, 이것도 그런 게 아니라고요."

횡설수설 반박하자, 하루노가 후훗 여유롭게 웃으며 자신을 가리켰다.

"히키가야는 나처럼 예쁜 누나는 싫어?"

"자기 입으로 그런 소리를 하는 미인은 미움받아도 싸지 않을까요?"

내 대답에 하루노가 흠흠 고개를 끄덕이더니, 눈만 빼꼼 들고 예리한 반격을 가해왔다.

"하지만 넌 자기가 예쁘다는 걸 알면서 안 그런 척하는 애를 더 싫어하잖아?"

"……하긴 그러네요."

저도 모르게 납득해버렸다……. 실제로 그런 여자애는 좀 그렇다고 생각해버렸습니다.

그리고 톡 까놓고 말해서…… 예쁜 누나는 굳이 따지면 무진장 좋아합니다!

하지만 유독 유키노시타 하루노라는 인물에 한해서는 다른 감정이 앞선다.

나는 하루노가 무섭다. 저 완벽한 외모도, 들통 나면 감추려고도 하지 않는 가혹한 내면도. 그리고 저 깊은 곳에 아직 뭔가를 감추고 있는 듯한 그 눈동자도. 그래서 슬그머니 시선을 피하며 거듭 물었다.

"그보다 정말 무슨 일이에요? 일부러 불러내기까지 하고."

"아참, 맞다. 약속했던 답 맞추기를 해볼까 해서. 유키노 진로는 알아냈어?"

"……일단 알고는 있지만, 그걸 제가 말하는 건 반칙이니까요."

"어라, 의리 있네? 아무튼 히키가야한테는 숨김없이 말해줬단 말이지? 흐음…… 유키노한테 무척 신뢰받고 있나 본데?"

하루노가 훈훈한 이야기라는 듯 생긋 웃었다. 남에게 그런 평가를 받자 왠지 낯간지러웠다. 더불어 보건실에서 나눈 대화가 머릿속을 스쳐 간 탓에, 무심결에 손으로 얼굴에 파닥파닥 부채질을 하고 말았다.

"……신뢰라뇨. 그런 게 아닐 텐데요, 그건."

"에이, 뭐야. 알고 있었어?"

말문이 턱 막혔다. 장난스러운 말에 별생각 없이 대꾸했을 뿐인데, 유키노시타 하루노가 웃음기도 없이 시시하다는 투로 내뱉은 말이 귓속을 파고들었다.

커피를 한 모금 마신 하루노가 컵 가장자리를 손끝으로 훑으며, 어두운 눈동자로 나를 보았다.

"그래, 그건 신뢰 같은 게 아니야. ……훨씬 가혹한 무언가지."

촉촉해 보이는 입술만이 유쾌한 기색으로 휘어졌다. 차가운 울림이 담긴 그 목소리는 조금 전까지와는 전혀 딴판이었다.

"아무것도 변한 게 없어. 그래도 괜찮다고 생각하는 거겠지, 그 애는. 물론 그런 점이 귀엽기도 하지만…… 동시에 무척 거슬려."

갸름하고 아름다운 얼굴이 잔혹하게 일그러졌다. 그 눈동자는 눈앞의 나를 비추는 것처럼 보였지만, 실제로는 전혀 다른 곳을 향해 있는 것 같았다. 그 시선을 이쪽으로 되돌려 놓고 싶어, 미처 생각이 정리되기도 전에 입을 열었다.

"신뢰가 아니라면…… 뭘까요?"

"글쎄? 다만, 적어도……."

하루노가 과장스럽게 어깨를 으쓱하며 피식 웃어 보이고

는, 다시 내게 초점을 맞췄다.

"그런 걸 진짜라고 하지는 않아……. 네가 한 말이었지."

분명 그렇게 말했었다. 그 의미도 의의도 파악하지 못한 채로. 개념조차도 불분명한, 그저 신념만으로 이루어진 말.

"진실된 것이란 게, 과연 있을까……?"

짙은 구름에 뒤덮인 겨울 하늘을 올려다보며, 하루노가 뇌까렸다. 희미하게 서글픈 울림이 담긴 그 물음은 누구를 향한 것이었을까.

불현듯 기억의 파편들이 되살아났다. 어떤 이는 닫혀버린 행복이라고 표현했다. 어떤 이는 깨닫지 못한 거냐고 물었다. 그리고 눈앞의 유키노시타 하루노는 아예 그 존재 자체를 의심했다. 진실이라는 게 정말 존재하느냐고.

떨리려 하는 손을 뻗어, 테이블 위에 놓아둔 문고본을 가만히 쓸었다.

사방에서 불어오는 바람을 고스란히 맞은 책은 차갑게 식어 있어, 그 뒤를 읽기가, 결말을 엿보기가 망설여졌다.

안녕하십니까, 와타리 와타루입니다.

어느덧 완연한 가을이군요! 독서의 가을, 스포츠의 가을, 식욕의 가을, 예술의 가을, 노동의 가을, 사축의 가을, 이런 저런 가을이 있습니다만, 여러분은 어떤 가을을 보내고 계신 지요. 저는 계절에 상관없이 항상 일에 쫓기는 처지라, 오히 려 하루빨리 새해 연휴가 시작됐으면 하는 느낌입니다!

하지만 긴긴 가을밤에는 독서와 집필에 탄력이 붙기 마련 이지요. 조용하고 선선하고 밤도 길고…… 혼자 있는 시간을 가장 효과적으로 활용할 수 있는 시기가 아닐까 합니다. 그 런 점에서는 겨울도 조건상 별 차이가 없습니다만, 그런 시간 을 보내면서 깨닫게 되는 것들이 무수히 많습니다.

내가 무슨 부귀영화를 보겠다고 이토록 뼈 빠지게 일하는 가, 밤이 길다고 해봤자 실질 노동 시간에는 차이가 없으니 수면 시간이 길어지는 것도 아니잖아 등등. 물론 부정적인 것 뿐만 아니라 즐거운 것이나 밝은 것에도 눈길이 갑니다만, 창 밖에 펼쳐진 칠흑 같은 어둠을 볼 때마다 그 속에서 암담한 미래를 읽어내고 마는 경우가 더 많지 않나 싶습니다. 물론 그런 부정적인 감정을 극한까지 파고든 후에야 비로소 한줄기 서광이 비치는 법이겠지만요.

그런 시간이 누군가에게, 혹은 누구에게나 소소한 독백을 남기게 하는 것인지도 모릅니다.

끝없이 이어지는 겨울밤의 한복판에서야, 차갑고 거센 맞바람이 휘몰아치는 길 한가운데에서야 비로소 찾아낼 수 있는 해답도 있을지 모릅니다. 그의 해답과 그녀의 의문이 옳은지 그른지는 일단 제쳐놓고……. 비슷한 사람을 만났을 때 느껴지는 것은 친근감일까, 아니면 너무나도 다르다는 괴리감일까. 선 안으로 발을 들여놓음으로써 해답과 의문을 얻은 그는 이제 과연 어떤 선택을 할까요.

그런 느낌으로 『역시 내 청춘 러브코메디는 잘못됐다.』 제⑩권을 보내드립니다.

마지막으로 감사의 말 코너.

퐁칸⑧ 신. 우왓! 사악한 언니 하루노가 표지얏! SHIRO BAKO도 매주 즐겁게 보고 있다궁! 멋져! 감사합니다.

호시노 담당 편집자님. 에이, 다음 마감은 껌이라니까요, 크하핫! 이라고 주장해온 지도 꽤 오래됐군요……. 매번 정말 죄송합니다. 감사합니다. ……에이, 다음 마감은 껌이라니까요, 크하하핫!

미디어믹스 관계자 여러분. 이번에도 이기적인 요구사항이 많아서 폐를 끼쳤습니다. 또다시 새로운 매력을 더해가는 『역내청』을 기대하겠습니다. 감사합니다.

또한 이 책을 쓸 때 『인간 실격』과 『달려라 메로스』(다자이

오사무 지음, 신쵸 문고)를 참고하였습니다.

독자 여러분. 마침내 이 작품도 종반으로 접어들었습니다. 여전히 갈팡질팡 헤매고는 있습니다만, 그래도 착실하게 골인 지점으로 다가가는 중입니다. 부디 끝까지 응원해주셨으면 하는 바람입니다. 감사합니다.

그럼 주어진 페이지도 바닥났으니, 이번 후기는 이쯤에서 마무리하도록 하겠습니다.

10월 모일 추워지면 역시 이게 최고지!
따뜻한 MAX 커피를 마시며
와타리 와타루

■ 역자 후기

안녕하세요, 역자 박정원입니다.

10권은 전체적으로 평화로운 내용이었네요. 갈등의 연속이던 최근 몇 권을 거치고 나니 이 평화가 새삼 소중하게 느껴지더군요. 물론 그저 폭풍 전야에 불과할지도 모르지만요^^;

이제 본격적으로 유키노시타 자매를 둘러싼 스토리가 전개되기 시작한 느낌이네요. 유키노시타 마나님의 등장에 진로 관련 떡밥 투척까지. 은근히 많은 밑밥을 깔아놓은 느낌입니다.

작가님이 후기에서 언급하신 것처럼 이제 스토리도 종반으로 치닫는데, 아직 해결되지 않은 의문들도 신경이 쓰이고요. 이니셜 Y의 정체, 유키노시타가 어렸을 때 팬돌이 원서를 생일 선물로 준 사람은 누구인가, 5권에서 하루노가 했던 유키노는 또 선택받지 못한다는 말의 의미, 구해줘&구할 수 있다고 생각했으니까의 진실 등등……. 저 역시 개인적으로 추측은 해보고 있습니다만, 작가님의 구상은 어떨지 설레는 마음으로 기다리는 중입니다.

그리고 개인적인 감상이지만, 뒤풀이 부분을 읽고 하야마가 하치만의 거울상이라는 느낌이 새삼 들더라고요. 뒤집혀 있어서 방향성은 다르지만 은근히 닮은꼴이랄까……. 하치만은 늘 자기가 외톨이라 선택지가 없다고 강조해왔고, 하야마는 모두의 기대에 부응하느라 뭔가를 선택한다는 개념 자체가 없었고요. 결국 선택의 여지가 없고 선택하지 않는다는 점에서는 둘 다 똑같으니까요. 심지어 그런 삶의 방식만큼은 자의로 선택했다고 말하는 셈까지 똑같네요……. 그밖에도 이런저런 생각이 많이 들었지만 생략하고, 아무튼 하치만을 보면서 짠했던 것처럼 하야마를 보면서도 많이 짠했습니다.

아, 그리고 수기는 말할 것도 없고 본편에서도 인간 실격과 달려라 메로스에 관련된 내용이 툭툭 튀어나오니까 관심 있으신 분들은 한 번쯤 읽어보시는 것도 좋을 거 같네요. 특히 광대놀음(お道化)라는 말은 인간 실격의 키워드 같은 말이기도 해서, 문장 해석상 좀 어색하게 느껴지는 부분도 있었지만 그대로 살렸습니다.

쓰다 보니 뭔가 길어졌네요. 이번 후기는 일단 이쯤에서 마무리하도록 하고, 11권에서 다시 만나 뵙도록 하겠습니다.

사족 1. 책날개의 지은이 소개말은 일본 힙합그룹 드래곤 애시(Dragon Ash)의 『Grateful Days』의 가사 중 「도쿄 태생의 힙합 세대, 나쁜 애들은 대부분 내 친구지」의 패러디입니다.

  사족 2. 토츠카가 지망하는 곳은 와세다대 토코로자와 캠
퍼스일 거예요. 하치만도 말했지만 거기 인간·스포츠과학 쪽
은 제법 세다고 알고 있는데, 힘내라 토츠카!

  사족 3. 하치만, 유이랑 데이트는 진짜 언제 할 거냐⋯⋯.
유이 사리 나오겠다⋯⋯.

역시 내 청춘 러브코메디는 잘못됐다. 10

1판 1쇄 발행 2015년 3월 10일
1판 10쇄 발행 2022년 10월 21일

지은이_ 와타리 와타루
일러스트_ 퐁칸⑧
옮긴이_ 박정원
일본판 오리지널 디자인_ numata rina

발행인_ 신현호
편집장_ 김승신
편집진행_ 권세라 · 최혁수 · 김경민 · 최정민
편집디자인_ 양우연
관리 · 영업_ 김민원

펴낸곳_ (주)디앤씨미디어
등록_ 2002년 4월 25일 제20-260호
주소_ 서울시 구로구 디지털로 26길 111 JnK디지털타워 503호
전화_ 02-333-2513(대표)
팩시밀리_ 02-333-2514
이메일_ lnovellove@naver.com
L노벨 공식 카페_ http://cafe.naver.com/lnovel11

YAHARI ORE NO SEISHUN LOVE COME WA MACHIGATTEIRU. 10
by Wataru WATARI
© 2011 Wataru WATARI Illustrated by PONKAN⑧
All rights reserved.
Original Japanese edition published by SHOGAKUKAN.
Korean translation rights in Korea arranged with SHOGAKUKAN
through Shinwon Agency.

ISBN 978-89-267-9877-5 04830
· ISBN 978-89-267-9311-4 (세트)

값 6,800 원

© KINEKO SHIBAI ILLUSTRATION:Hisasi
KADOKAWA CORPORATION ASCII MEDIA WORKS

온라인 게임의 신부는 여자아이가 아니라고 생각한 거야? 1~2권

키네코 시바이 지음 | Hisasi 일러스트 | 이경인 옮김

온라인 게임의 여자 캐릭터에게 고백!
→ 아깝네요! 실제로는 남자였답니다☆

그런 흑역사를 감추고 있는 소년 · 히데키는 어느 날 게임 안에서
한 여자 캐릭터에게 고백을 받는다. 설마 그 흑역사가 다시금 반복되는 것인가?!
그렇게 생각했으나, 게임 안에서 내 「신부」가 된 아코 = 타마키 아코는
정말로 미소녀에, 현실과 가상세계를 구분하지 못한……다고……?!
"안녕, 루시안!"이라니, 하, 하지 마! 창피하니까 캐릭터명으로 부르지 마!
다른 사람들 앞에서도 게임 캐릭터명으로 부르며 게임 속 남편에게 착 달라붙는 아코.
히데키는 너무나도 유감스럽고 위험한 아코를 「갱생」하기 위해
길드의 동료들을(※단, 다들 미소녀)과 함께 움직이는데—.

유감스러우면서도 즐거운 일상 ≒
온라인 게임 라이프가 시작된다!

라이트노벨의 새로운 빛! ㄴ노벨의 신간은 매월 10일에 발매됩니다. www.lnovel.co.kr

Copyright ⓒ 2013 Senri Akatsuki
Illustrations copyright ⓒ 2013 Ayumu Kasuga
SB Creative Corp.

최약무패의 신장기룡 1권

아카츠키 센리 지음 ┃ 카스가 아유무 일러스트 ┃ 원성민 옮김

5년 전 혁명으로 인해 멸망한 제국의 왕자·룩스는 실수로 난입하고 만
여자기숙사 목욕탕에서 신왕국의 공주·리즈샤르테와 만난다.
"……언제까지 내 알몸을 보고 있을 생각이냐, 이 바보 자식아아아앗!"
유적에서 발굴된 고대병기 장갑기룡.
일찍이 최강의 기룡사라고 불리던 룩스는,
지금은 공격을 전혀 하지 않는 기룡사로서 『무패의 최약』이라고 불리고 있었다.
리즈샤르테의 도전을 받아 결투를 벌인 끝에,
룩스는 어찌 된 영문인지 기룡사 육성을 위한 여학원에 입학하게 되는데……?!
왕립 사관학원의 귀족 자녀들에게 둘러싸인 몰락왕자의 이야기가 시작된다.

왕도와 패도가 엇갈리는
『최강』의 학원 판타지 배틀, 개막!